外国文艺理论丛书

福楼拜文学书简

〔法〕福楼拜 著

丁世中 刘方 译

人民文学出版社
PEOPLE'S LITERATURE PUBLISHING HOUSE

Gustave Flaubert
LETTRES CHOISIES
据 Bibliothèque de la Pléiade, Editions Gallimard, Paris, 1952 年译出。

图书在版编目（CIP）数据

福楼拜文学书简/（法）福楼拜著；丁世中，刘方译.—北京：人民文学出版社，2022
（外国文艺理论丛书）
ISBN 978-7-02-016958-0

Ⅰ.①福… Ⅱ.①福… ②丁…③刘… Ⅲ.①福楼拜（Gustave, Flaubert 1821—1880）—书信集 Ⅳ.①K835.655.6

中国版本图书馆 CIP 数据核字（2021）第 241417 号

责任编辑　黄凌霞
装帧设计　黄云香
责任印制　王重艺

出版发行　人民文学出版社
社　　址　北京市朝内大街 166 号
邮政编码　100705

印　　刷　三河市鑫金马印装有限公司
经　　销　全国新华书店等

字　　数　213 千字
开　　本　880 毫米×1230 毫米　1/32
印　　张　8.875　插页 1
印　　数　1—3000
版　　次　2022 年 1 月北京第 1 版
印　　次　2022 年 1 月第 1 次印刷

书　　号　978-7-02-016958-0
定　　价　52.00 元

如有印装质量问题，请与本社图书销售中心调换。电话:010-65233595

出版说明

"外国文艺理论丛书"的选题为上世纪五十年代末由当时的中国科学院文学研究所组织全国外国文学专家数十人共同研究和制定,所选收的作品,上自古希腊、古罗马和古印度,下至二十世纪初,系各历史时期及流派最具代表性的文艺理论著作,是二十世纪以前文艺理论作品的精华,曾对世界文学的发展产生过重大影响。该丛书曾列入国家"七五""八五"出版计划,受到我国文化界的普遍关注和欢迎。

进入新世纪以来,随着各学科学术研究的深入发展,为满足文艺理论界的迫切需求,人民文学出版社决定对这套丛书的选题进行调整和充实,并将选收作品的下限移至二十世纪末,予以继续出版。

人民文学出版社编辑部
二〇二二年一月

目　次

译本序…………………………………………………… *1*

致路易·科姆南…………………………………………… *1*
致阿尔弗雷·勒普瓦特万………………………………… *4*
致路易丝·科莱…………………………………………… *6*
致路易·布耶……………………………………………… *114*
致马克西姆·迪康………………………………………… *121*
致维克多·雨果…………………………………………… *128*
致埃奈斯特·费多………………………………………… *130*
致勒洛阿耶·德·尚特比小姐…………………………… *134*
致爱丽莎·施莱辛格……………………………………… *144*
致兄长阿希尔……………………………………………… *146*
致莫里斯·施莱辛格……………………………………… *148*
致埃德蒙·帕尼埃尔……………………………………… *150*
致弗雷德里克·博德雷…………………………………… *151*
致儒尔·杜勃朗…………………………………………… *153*
致夏尔·波德莱尔………………………………………… *157*
致泰奥菲尔·戈蒂耶……………………………………… *159*
致埃德玛·德·热奈特…………………………………… *161*
致昂日·佩梅嘉…………………………………………… *174*

致儒尔·米什莱 …………………………………… *176*
致龚古尔兄弟 ……………………………………… *181*
致儒勒·德·龚古尔 ……………………………… *184*
致龚古尔兄弟 ……………………………………… *186*
致爱德蒙·德·龚古尔 …………………………… *189*
致圣伯夫 …………………………………………… *190*
致伊万·屠格涅夫 ………………………………… *200*
致乔治·桑 ………………………………………… *210*
致阿梅丽·波斯凯 ………………………………… *226*
致伊波利特·丹纳 ………………………………… *228*
致莱奥妮·博雷娜 ………………………………… *232*
致玛蒂尔德公主 …………………………………… *239*
致考尔努夫人 ……………………………………… *242*
致居斯塔夫·莫泊桑夫人 ………………………… *244*
致莫泊桑 …………………………………………… *245*
致爱弥尔·左拉 …………………………………… *254*
致卡米叶·勒莫尼埃 ……………………………… *257*
致阿那托尔·法朗士 ……………………………… *258*
致于斯曼 …………………………………………… *259*
致外甥女卡罗琳 …………………………………… *262*
致玛格丽特·夏庞蒂埃 …………………………… *265*
致洛尔·莫泊桑 …………………………………… *267*

译 本 序

曾几何时,手写的书信离我们渐行渐远,取而代之的是便捷即时的电子通信手段。在这个惜时如金的快时代,电子通信的内容越来越短,从以段和行而计的电邮到以字和词而计的短信微信,甚至简化为无字的表情符号。那些标准的、整齐的虚拟文字没有灵魂,没有温度,没有个性,只剩下冰冷坚硬的信息。可是在没有电脑和互联网的时代,书信是人们跨越空间、社交传情的最常用、最重要方式,收发信件就像我们今天收发快递一样习以为常。云中谁寄锦书来?家书抵万金,一行书信千行泪……见字如面,一纸书简承载了多少人的牵挂和期盼,为多少人送去慰藉。

而那些以笔为生、以写作为业的作家们的书信除了具有交际功能外,还具有极高的史料价值和审美意义,不仅为我们勾勒出一幅书写者鲜为公众所知的个人画像,而且让我们管窥到时代、民族等大历史广阔画卷的细部。法国作家尤善书信之道,伏尔泰、卢梭、夏多布里昂、乔治·桑、雨果、左拉等留下了搜之不尽、浩如烟海的书信。阿贝拉尔和爱洛伊丝、塞维尼夫人、乔治·桑和缪塞的往来书信更是成为文学史上的名篇。

尽管圣伯夫、朗松等传统传记批评方法在今天已显得不合时宜,其实书信、日记、自传等作家的自我书写是进入作家世界、开启作品之门的最便捷、最有效的钥匙,只是形式主义、文本主义、结构主义批评家们佯装对这把钥匙视而不见,弃而不用,却手持结构、解构等现代爆破工具煞费周折地破门而入。与以出版为目的、在回顾的滤镜下自带"美颜"功能的自传、回忆录相比,书信、日记这些即时的、私密的书写在写真方面深入至生活和历史的肌理,使后人透过岁月的烟尘窥探书写者心灵的脉动。

在法国作家之中,福楼拜留下的书信并不算多,但是写信的时间却很长,从只有九岁时的1830年直至1880年去世前两天,几乎贯穿了他的整个一生。福楼拜不把写信视为"正业",甚至视为"负担":"说到写信,我是写烦了。我真想在报纸上声明我再也不回任何信了:今天回了四封!昨天六封!前天也是六封!我的时间都被这种愚不可及的胡写乱写消耗了。"(1879年1月16日致外甥女卡罗琳),他在《庸见词典》中称"书信体:仅供女人使用的文体类别",但是他从未搁置写信的笔。据专家考证和整理,在五十年中福氏与近300人有着书信往来,除了被其销毁和散佚的书信外,留下来的计有6944封,其中4505封是福氏写给他人,2439封是别人写给他的。除了少数写给杂志社的信之外,绝大部分是写给亲人、朋友、相知的秘不示人的私人信件。"七星文库"收录的福氏书信遗存计有五卷,而其整个一生中所写的小说、戏剧、习作、草稿、提纲、读书札记等所有其他各种形式的文字也是五卷。可见,书信几乎占据了福楼拜一生所有文字的半壁江山。他的作品集与书信集堪称相辅相成:如果说作品集是成品和半成品,那么书信集则是堆满原材料的制作车间。

福楼拜的书信虽然不乏涉及七月革命、普法战争等时代、国家、宗教的诸多宏大主题和事件在他心中激起的涟漪,是一份关于十九世纪的丰富宝贵的史料,但是主要记录的是庸常琐事、家庭变故、社交往来、世态人情,以及性情心事、读书心得、成长烦恼、情话私语,更是一幅时代的风俗画面和一部心灵日记。福楼拜没有写过自传,因为他拒绝书写自己:"我的原则,是不写自己。"(1857年3月18日致勒洛阿耶·德·尚特比小姐)。但是福楼拜提供了所有的自传素材。他的"传素"被他广泛播撒于他与亲友的书信中,以至于研究者可以根据他的书信复原出他每天的所作所为。与其他法国伟大作家相比,关于福楼拜的传记最少,因为福楼拜本人已经在书信里记录了自己的一生,他人为其作传仅仅是对这些素材加工而已。

写信对于福楼拜来说不仅仅是信息和心灵的交流,而且是一种生活方式。这位在克鲁瓦塞离群索居、专心闭门造车的隐士大部分时间与自己进行内心独白,但是他与世隔膜并不隔绝,书信是他与外界沟通的主要渠道,他也是以书信维系着他的"朋友圈"。在福楼拜的数千封书信中,最有吸引力的当属他与一众文学友人"聊文学"(causer littérature)的文学书简。我们从中可以看到当时的文坛轶事以及他与三代作家的交往:长辈级的米什莱、雨果、圣伯夫、乔治·桑、戈蒂耶等,同辈级的屠格涅夫、龚古尔、勒南、丹纳、波德莱尔,晚辈级的莫泊桑、都德、左拉、于斯曼等。

福楼拜有着矛盾的人格:内心极度敏感,外表极度冷漠。他生就一颗浪漫主义之心,却手握一支现实主义之笔。"我的人和我的志向中有某种假的东西。我天生是抒情之人,却不写诗。我想满足所爱的人,却让他们哭。"(1853年10月25日致路易丝·科莱)他与一切似乎都有一种距离感和隔膜感:与社会、与世俗、与时代、与爱情、与故事,甚至与自己。只有在书信中,他才是一个自由的存在,他针砭时弊,臧否他人,倾诉衷肠,倾吐苦水,喜怒皆形于色。"我"无处不在,无所不谈,"我"的观点、情感、感觉尽情表露,似乎只有在与友人的鸿雁传书中,只有在实际的距离中他才能消弭心理的距离,敞开心扉。书信是他畅所欲言的密室,书信的半私密半开放的特点使他敞开心扉。所有在公开场合和作品中不便说出的话都被他倾吐在了书信中。我们看到了一个在文学鉴赏方面目光如炬、孤傲自负的福楼拜:他最为崇拜的作家是荷马、莎士比亚、塞万提斯、托尔斯泰等,他欣赏的同胞作家是蒙田、拉伯雷、龙沙、伏尔泰等;在同时代作家中,他最崇拜的是雨果:"在这个世纪,只有过一位伟大诗人,那就是雨果老爹……"(1852年9月25

日致路易丝·科莱），他认为司汤达的《红与黑》"写得不好，而且人物性格和意向都令人费解"（1852年11月22日致路易丝·科莱），巴尔扎克在艺术上"属于第二流"（1877年1月18日致爱德蒙·德·龚古尔），拉马丁的语言散发女气，充满"陈词滥调"（1852年4月24日致路易丝·科莱），贝朗瑞是受到大众追捧的肤浅的作家（1846年9月27日致路易丝·科莱），缪塞是充满激情却虚荣市侩的诗人（1852年7月6日致路易丝·科莱）。

福楼拜书信既记录了写作过程中的构思、喜悦、气馁、艰辛、疑惑、犹豫等心境，也有对于他人的作品的意见和点评。书信既是他的读书汇报，也是他的"工作日志"。虽然他偶有下笔如有神的瞬间："那时，某种由衷的、极富快感的东西从我身上突然喷发出来，有如灵魂出窍。我感到心荡神驰，完全陶醉在自己的思绪里，仿佛一股温热的馨香经过室内的通风窗扑面而来。"（1853年3月27日致路易丝·科莱），但是我们读到更多的是他的艰辛、蹒跚和力不从心。他时时感到下笔滞涩："我不知道是否春天了，但是我的情绪坏到极点；我的神经像铜丝一样受到刺激，怒火中烧却不知缘何。也许是因我的小说而起。进展不顺，步履维艰。我比爬山还要累，有时真想放声大哭。写作需要超人的意志，我只是一个人。有时我觉得需要连续睡上六个月。我是以多么绝望的眼神遥望我想攀爬的那些山的顶峰啊！"（1852年4月3日致路易丝·科莱）在谈到创作《包法利夫人》时的写作状态时，他说："自你见到我那天，我一下子写了整整二十五页（六个星期写二十五页）。这二十五页写得真艰苦呀。（……）有时，我的脑子空空的，什么词也想不起来；我潦潦草草写了满满几页，却发现我并没有写成一个句子，每到这时，我便躺到长沙发上，就这样一直在我内心厌倦的沼泽里像蠢人一般待着。"（1852年4月24日致路易丝·科莱）"《包法利夫人》像乌龟爬行一般缓慢；我不时为此绝望。从此刻到再写完六十页，即三到四个月的时间，我恐怕只好这样写下去了。一本书是怎样一部沉重而又特别复杂的建筑机器!"(1852年9月13日致路易丝·科莱)"《包法利夫人》进展不快:一个星期写了两页!!! 如果可以这么说,有时真有理由气馁得死去活来!"(1853年3月27日致路易丝·科莱)关于《布瓦尔和佩库歇》:"我骨头里好像已没有骨髓,而我还像一匹拉破车的老马一样继续走着,筋疲力尽,但勇气百倍。"(1878年7月9日致伊万·屠格涅夫)

福楼拜在艺术追求上是一个如履沼泽的苦行僧,深一脚浅一脚地试图蹚出自己的艺术之路,又像一个手工艺人精心打磨手中的工艺品,修正一切瑕疵,将其精雕细琢成臻于完美的精品。他只管耕耘,不问收获:"出名不是我主要的事。这只能让最平庸的虚荣心得到满足。……我认为成功似乎是结果而不是目标。……一个人的艺术作品如果很优秀,很地道,它总会得到反响,总会有它的位置,六个月以后,六年以后——或在他身后。那又何妨!"(1852年6月26日致马克西姆·迪康)正是出于如此信念,《包法利夫人》打磨了整整五年,《圣安东尼的诱惑》被他搁置二十多年后才修改发表,他早年的习作更是被他封存。

如一句法国谚语所言,天才出于长久的耐心。此言是福楼拜写作的忠实写照。我们看不到巴尔扎克写作时那种灵感附体、灵魂出窍、心游象外、笔走龙蛇的癫狂,更多的是逆水行舟、爬坡过坎的艰辛和泣血。我们眼前仿佛浮现着深夜孤灯下来回踱步、反复揣摩推敲字句的苦吟者剪影。"我宁肯像狗一样死去,也不肯提前一秒钟写完还没有成熟的句子。"(1852年6月26日致马克西姆·迪康)当代作家让·端木松(Jean d'Ormesson)戏称福楼拜的写作是"百分之十的天才加百分之九十的汗水"。诚哉斯言!

福楼拜在其小说中以不动声色、远离故事的冷静的旁观者著称,仿佛戴着面具。这就是人们在评价其写作时所言的"无动于衷"(impassibilité)或"非个人化"(impersonnalité)特点。福楼拜本人在书信中屡次表达了这一原则:"我愿意在我这本书(指《包法利夫人》)里没有一次感情的冲动,也没有一点作者的思考。"(1852年2月8日致路易丝·科莱)"作者在作品中应该像上帝在宇宙中,到处存在,却无处可见。艺术是一种第二自然,这种自然的创造者应该与上帝:让人们在所有原子中、从各个方面都感到一种隐秘无穷的无动于衷。对于观众来说,这种效果应类似于惊愕。"(1852年12月9日致路易丝·科莱)"我对在纸上写下我心中的什么东西有一种难以克制的反感。——我甚至认为,小说家'没有权利(在任何书刊上)表达自己的意见'。上帝难道说过自己的意见?这说明为什么我心里有许多东西让我感到窒息,我想吐出去,却咽下了。其实,有什么必要说出来!"(1866年12月5日致乔治·桑)福楼拜几乎达到一种"无我"之境。

　　福楼拜在作品中最大程度地拒绝现身和发声,他在现实中也谨言慎行,从不公开发表自己的文学见解。但是沉默并非意味着没有自己的观点,恰恰相反。福楼拜是现代主义写作的先声,他的一些文学观念被后世的作家视为圭臬。但是他没有系统的理论阐述,未留下任何文论著作,甚至连一篇阐述文学主张的文章都没有。雨果、巴尔扎克、左拉将作品前的序言、前言作为阐述文学观的"讲坛",在必要时也发表檄文式的文学宣言昭告天下。福楼拜从不为其作品自撰序言,也厌恶在媒体上发表批评文章。某些曾经引发了二十世纪小说革命的文学理念,诸如"作者隐身""不下结论""视角受限""无动于衷"等观点都是东鳞西爪地散见于他与诸多友人的书信往来中,是在与科莱、布耶、勒普瓦特万、杜冈、乔治·桑、屠格涅夫、莫泊桑等一群志同道合的文友们"聊文学"的通信过程中相互启发产生和表达的。"我急不可耐地想看到你的文学批评,因为你的批评出自一个实践家,这很重要。我的朋友圣伯夫和丹纳让我受不了的,是他们对艺术、对作品本身、对文体的构成,简而言之对构成美的东西的重视不够。"(1869年2月2日致伊万·屠格涅夫)他与志同道合、观点各异的通信者的书面对话何尝不是助力其创作的"助产术"。书信是福楼拜表达其文学思考的唯一话语方式。与公开发表的学院派论文或著作相比,这些私人书简更加生动鲜活、有声有色。这也是福楼拜书信中最有价值的部分,他在书信中表达的文学思想深刻影响了法国,乃至整个西方的现代主义文学。

周作人称福楼拜为"文艺女神的孤忠的祭司",这个评价可谓恰如其分。"孤忠"二字传神地点出了福楼拜在艺术面前的状态和态度:"孤"即孤独,虽然福楼拜在生活中不乏朋友,也是巴黎沙龙里的常客,但是他与时代和社会不合拍,大部分时间里像隐士一样幽居于克鲁瓦塞,是形单影只的独行者,像在沙漠中修行的圣安东尼一样:"远离不幸的唯一之策就是自闭于艺术之中,将其他一切视若无物……"(1845年5月13日致阿尔弗雷·勒普瓦特万),他追求曲高和寡、至高至美的艺术境界,颇有"高处不胜寒"的孤寂;"忠"即忠实,艺术是令其心怀敬畏、不敢靠近的冷美人:"就我而言,我最终会走到不敢写一行字的地步,因为我一天比一天更体会到自己的渺小、微不足道、知识贫乏。缪斯是一位具有青铜般坚固童贞的处女,得胆大包天才可能……"(1847年9月17日致路易丝·科莱)他对艺术的钟情终生不渝。虽然他生活中放荡不羁,不乏情人,但是他心中真正忠实的女神只有艺术:"对于艺术家来说,只有一条原则:一切为艺术作牺牲。"(1878年8月15日致莫泊桑)

对他来说,艺术就是宗教,艺术是逃避现实的平庸丑陋的避难所和精神寄托。他在冥冥中感到自己肩负着使命:"我在良心上感到我在履行我的职责,我在服从最高的天命,我在做好事,我有道理。"(1852年4月24日致路易丝·科莱)他为艺术而生,成为作家是他自小立下的不二的志向。除了写作之外,他身无长物:"我的机体是个系统,一切都不带主观成分,顺乎自然,就像白熊生活在冰上,骆驼行走在漠地。我是握笔而生的人。通过笔、由于笔、涉及笔而感受,因笔而感受更多。"(1852年1月31日致路易丝·科莱)这种使命感使他早早地选择了"躺平"的人生:"我既不贪恋财富,也不贪恋爱情、肉体,人们会惊讶于我如此规矩。我已经一去不复返地告别了实际生活。"(1845年5月13日致阿尔弗雷·勒普瓦特万)他看破红尘,远离名利,逃避婚姻,不相信爱情。

波德莱尔和福楼拜,这两位因作品的"伤风败俗"曾官司缠身的难兄难弟在对艺术的理解上有着惊人的一致,他们都视文学为语言的"炼金",是用笔点铁成金、化腐朽为神奇的过程。如果说波德莱尔在生活的丑与恶中挖掘美,那么福楼拜则是在生活的鄙与俗中挖掘美。波德莱尔在《恶之花》的结尾处说:"因为我从每个东西中都提取精华,/你给我的是烂泥,我将之变作黄金。"福楼拜则说:"从前大家都以为只有甘蔗产糖,如今几乎从所有的东西里都能提取糖;诗也一样。我们可以从任何东西里挖掘诗意,因为任何东西里都存在诗,到处都有诗。"(1853年3月27日致路易丝·科莱)

福楼拜追求的美更多的是形式之美,体现为文体。在艺术中,"我压倒一切的爱好仍是形式,但必须是美丽的形式,此外,再没有别的。"(1846年8月6日或7日致路易丝·科莱)。"首要的困难,对我来说,依然是风格问题,形式问题,以及由观念产生的难下定义的美。而美,照柏拉图的说法,是真的华彩。"(1857年3月18日致勒洛阿耶·德·尚特比小姐)他甚至颠覆了传统观念中内容与形式、主题与风格的主从关系:"正因为如此,便不存在高尚的或低下的主题;正因为如此,几乎可以从纯艺术观点的角度确定这个公认的原则:没有任何低下或高尚的主题,因为风格只是艺术家个人独有的看待事物的方式。"(1852年1月16日致路易丝·科莱)风格不再是附属于内容的装饰或点缀,不是附着于"皮"之上的"毛"。风格就是本体,就是"皮"。"文体就是生命!是思想的血液！"(1853年9月7日致路易丝·科莱)最为著名的是他在谈到《情感教育》时所说的这段话："我认为精彩的，我愿意写的，是一本不谈任何问题的书，一本无任何外在捆缚物的书，这书只靠文笔的内在力量支撑，犹如没有支撑物的地球悬在空中。这本书几乎没有主题，或者说，如果可能，至少它的主题几乎看不出来。最成功的作品是素材最少的作品；表达愈接近思想，文字愈胶合其上并隐没其间，作品愈精彩。我相信艺术的前途系于此道。"(1852年1月16日致路易丝·科莱)

　　由于福楼拜的小说过于耀眼，为数不多的小说作品已被从各个角度研究了个底朝天，而他书信的价值相对被遮蔽。他的书信其实也是一个有待探秘和开采的"富矿"，充满思想的密度，从中可以发现许多"矿脉"。

杨国政
2021年5月29日

致路易·科姆南[*]

一八四四年六月七日

于鲁昂

我一定在你们[①]眼里显得有罪,亲爱的路易!您对一个一半时间在生病,另一半时间烦闷到既没有体力也没有智力写出哪怕是温和而浅显的东西的人又能怎样呢?我想寄给您的正是这种温和浅显的东西!您体验过烦闷吗?不是一般的、平常的烦闷——此种烦闷来自游手好闲或疾病,而是那种现代的、腐蚀人内心的烦闷——此种烦闷能把一个聪明人变成能走动的影子、能思想的幽灵。啊!假如您也体验过这种极易蔓延的恶劣心情,我真会同情您。有时我们自认已经治愈了这个毛病,但某一天一觉醒来却感到比任何时候都更痛苦……

您是否知道,我们并没有理由心情愉快!马克西姆[②]走了,他不在您身边一定使您心情沉重。而我,我的神经毛病使我很难得到休息。我们大伙不知什么时候才能在巴黎聚会而且聚会时身体健康心情愉快?一小群搞艺术的好小伙生活在一起,一星期聚会两三次,一边随便吃些浇上美酒的佳肴,一边品味某个诗人饶有风

---

[*] 路易·科姆南(1821—1866),法国自由党人、诗人、记者。他和福楼拜的朋友马克西姆·迪康一起长大,因此也是福楼拜的朋友。
[①] 指巴黎法学院的老师们。
[②] 指马克西姆·迪康(1822—1894),法国作家,法兰西学院院士,《文学回忆录》的作者,于一八四四年五月四日去东方旅行。

味的作品,那是怎样令人开心的事呀!我经常做这样的梦,这种梦想远不如别的梦想雄心勃勃,但就是这一点梦想也未必更容易实现!我刚看过大海①,现在已回到我这反应迟钝的城市,所以我比任何时候都更烦闷。在某些时候,出神观看美妙的东西往往使人感到悲伤。可以说,我们生来就只能承受一定分量的美,稍多一些便会使我们感到疲劳。这说明为什么一些平庸之辈宁愿观看大河而不愿观看大洋,为什么有那么多的人宣称贝朗瑞②是法国诗坛第一人。再说,市侩站在荷马面前打哈欠,而诗人在巨人面前打量巨人时不觉陷入深深的冥想和紧张的、几乎痛苦的沉思,这时他伤心地自言自语:"啊,多么伟岸!"我们可别把这两种情况混淆起来!因此我欣赏尼禄:这是一位达到世界顶峰的古人!阅读苏埃托尼乌斯③的作品而不浑身战栗的人是不走运的!我最近阅读了普鲁塔克撰写的埃拉伽巴卢斯④生平。此人的卓越之处有别于尼禄的卓越之处。埃拉伽巴卢斯更亚洲化、更狂热、更浪漫、更无节制。那是一天中的傍晚,是燃烧着的狂躁;而尼禄却更安静、更优秀、更有古风、更庄重,总之,更高一筹。自基督教诞生以来,群众就失去了他们的诗意。要说雄伟壮丽,您就别对我谈现代。没有任何东西能满足最差劲的连载小说作者的想象力。

看见您在厌恶圣伯夫⑤和他的全部作品方面和我站在一起,

---

① 福楼拜曾去海边小住了几日。
② 贝朗瑞(1780—1857),法国民歌诗人,反对宗教和王室复辟,所作民歌风行社会各阶层。
③ 苏埃托尼乌斯(约70—135),罗马历史学家。《罗马十二帝王传》的作者,其作品中有许多罕为人知的珍贵史料和信息。
④ 埃拉伽巴卢斯(204—222),公元二一八年至二二二年的罗马皇帝,曾任叙利亚太阳神庙祭司,故将叙利亚的祭礼引进罗马,并加大其荒谬成分,后被谋杀。此处福楼拜有误,因普鲁塔克(约50—约125)去世在这位罗马皇帝出生前。
⑤ 圣伯夫(1804—1869),法国作家、文艺批评家。

我真是受宠若惊。我最喜欢的是刚劲有力的句子,是内涵丰富、明白易懂的句子,这种句子仿佛肌肉突出,有着茶褐色的皮肤。我喜爱雄性句子,而不喜爱雌性句子,比如,常见的拉马丁的诗句,和更低级些的,维尔曼的句子。我惯常阅读的作品,我的床头书是蒙田①的、拉伯雷②的、热尼叶③的,拉布吕埃尔④的、勒萨日⑤的著作。我承认,我热爱伏尔泰的散文,他的短篇小说是我的精美调味品。我读过二十遍《老实人》⑥,我把此书译成了英文,而且还不时重读。目前我正在阅读塔西佗的书。过些时候,我身体好些,我要再读荷马和莎士比亚。荷马和莎士比亚,什么都在其中了!其余的诗人,哪怕最伟大的诗人,在他们旁边都似乎显得矮小。

刘　方译

---

① 蒙田(1533—1592),法国著名随笔作家。
② 拉伯雷(约1494—1555),文艺复兴时期法国人文主义代表作家。
③ 马图兰·热尼叶(1573—1613),法国讽刺诗诗人。
④ 拉布吕埃尔(1645—1696),法国作家和伦理学家。
⑤ 勒萨日(1668—1747),法国作家。
⑥ 《老实人》,伏尔泰的小说。

致阿尔弗雷·勒普瓦特万[*]

一八四五年五月十三日
于米兰

……

我真想看到你在我们分别之后都写了些什么。四星期或五星期之后我们可以一道阅读那些东西,就我们俩,在我们家,远离社交界和市侩们,像熊一般关在屋里,在我们的三重毛皮下低声嗥叫。我一直在反复思考我的东方故事[①],我要在今年冬天着手写作这个故事。几天来,我突然有了一个写一出相当枯燥的正剧的想法,内容涉及科西嘉战争中的一段插曲,我是在热那亚历史[②]中看到这个故事的。我曾看到布吕盖尔的一幅表现《圣安东尼的诱惑》[③]的画,这幅画促使我考虑把《圣安东尼的诱惑》改编成剧本。不过,在我之外还需要另一位朝气蓬勃的男子汉。为了买这幅画,我会心甘情愿交出我所收藏的全部《箴言报》(假如我拥有这个收

---

[*] 阿尔弗雷·勒普瓦特万(1816—1848),福楼拜青少年时的挚友,作家莫泊桑的舅舅。
[①] 福楼拜的《东方故事》描写一位伊斯兰苦行僧的七个儿子的故事,七人分别代表七种追求幸福的方式:思想、爱情、声色犬马、暴力、诡计、有产者的见识、愚蠢。
[②] 指爱弥尔·万桑所著《热那亚共和国历史》。
[③] 布吕盖尔父子三人都是十六世纪佛兰德著名画家。此画极可能是小彼得·布吕盖尔(约1564—1638)的作品。

藏的话),外加一千法郎,而大人物们多数在仔细观看这幅画时,肯定会认为那是个坏作品。

刘　方译

致路易丝·科莱*

一八四六年八月六日或七日
于克鲁瓦塞

…………
　　……我应当向你坦白剖析我自己,以回应你的来信,来信中的一页使我看到你对我产生的错觉。对我来说,让这种错觉延续更久会是卑鄙(卑鄙是一种道德败坏,无论它以什么面目出现,我对之皆深恶痛绝)之举。
　　无论别人怎么说,从我天性的实质看,我仍属街头卖艺人一类。在我童年和青年时代,我曾狂热酷爱戏剧。倘若上天让我出生在更穷苦的人家,我或许会成为一名伟大的演员。即使在目前,我压倒一切的爱好仍是形式,但必须是美丽的形式,此外,再没有别的。女人的情感太炽热,思想的排他性太强,所以她们不能理解这种对美的宗教式虔诚,这种由感觉铸成的抽象概念。起因和目的于她们是必不可少的。而我,我欣赏金子,同样欣赏金箔。金箔看上去可怜巴巴,但它为此甚至比金子更富于诗意。在我眼里,世上只有美好的诗句,只有组织得极精彩又和谐、又富于歌唱性的句子,绚丽的日落,月光,色彩丰富的画卷,古代的大理石雕像,雄浑有力的头像。此外,再没有别的。我宁愿当塔尔玛②而不愿做米

---

　　* 路易丝·科莱(1810—1876),法国女诗人、作家,福楼拜的女友。
　　② 塔尔玛(1763—1826),法国著名悲剧演员。

拉波，因为塔尔玛曾经生活的领域更纯更美。笼中的鸟儿和被奴役的人民同样引起我的怜悯。对全部政治，我只理解一件事，那就是骚乱。我像土耳其人一样是个宿命论者，我认为，我们能为人类进步做一切或什么也不做，这绝对是一回事。说到进步，对凡是不明确的概念，我的理解力都是迟钝的。凡属这一类论调都让我极为厌倦。我多么仇恨现代的专制，因为，我认为它既愚蠢、又虚弱、又自我胆怯，但我深深崇拜古代的专制，我把这种专制视为做人的最卓越表现。我首先是一个古怪的人、一个任性的人、一个缺乏条理的人……

刘　方译

一八四六年八月八日
于克鲁瓦塞

…………
　　你对我谈及工作，是的，工作吧，热爱艺术吧。在所有的谎言里，艺术还是最少骗人的。你就尽力爱它吧，以一种专一的、热烈的、忠诚的爱去爱它。这样做是不会有失误的。惟有思想是永恒而且必要的。如今已不存在昔日那样的艺术家，那类艺术家的生命和精神都只是服从自己求美欲望的盲目工具，他们是上帝的喉舌，通过这样的喉舌，上帝向自己证明自己。在这样的艺术家眼里，外部世界是不存在的。谁对他们的痛苦都一无所知。每天晚上，他们上床睡觉时心情忧郁，他们以惊异的目光看待人类生活，有如我们今日出神地观看蚁穴。

你是以女人的身份评判我,我是否该为此而抱怨?你太爱我,所以对我有所误解。你认为我有天才、有思想、有独特的风格,我,我。可你马上要让我变得虚荣了,而我却一向因没有虚荣心而自豪!瞧瞧,你认为我吃了多大的亏,这不,你已失去了批判精神。你是在把一位爱你的先生当作伟人。我多愿成为伟人中的一员呀!好让你为我感到自豪(因为现在是我在为你而自豪。我对自己说:是她在爱你!这可能吗?正是她!)。不错,我很想写一些精彩的东西、伟大的东西,让你赞赏得流泪。我多想让人演一出戏,那时你将会坐在一间包厢里。你听我写的台词,你还能听见别人为我鼓掌。然而,恰恰相反,是你老把我抬高到你的水平,难道你不会为此而感觉疲劳!……童年时,我曾梦想光荣,和所有的人一样。理性在我身上萌发较晚,但却牢固地生了根。因此,未来的某一天,假如公众竟能享受我一行字的快乐,那就很成问题了。即使发生这种情况,那至少也会在十年以后。我不明白我怎么会被引诱到向你朗诵一些东西,你就原谅我这个弱点吧!我当时未能顶住让你器重我这种诱惑,那岂不说明我自信可以马到成功?那是我怎样的幼稚之举呀!你是想让我俩在一本书里结合,你这想法是极有情意的,它使我激动,然而我什么也不想发表。这主意已定。这也是我在我生命中的一个庄严时期对自己发的誓言。我写作是绝对无私的,没有任何不可告人的盘算,也从不为今后操心。我不是夜莺,而是鸣声尖厉的莺,这种莺藏在树林深处,只愿唱给自己听。有朝一日我若出头露面,那一定是全副武装,不过我永远不会很有把握。我的想象力已经在渐渐衰弱,我的激情正在下降,我写的句子连我自己都感到厌恶。如果说我还保留着我写的东西,那是因为我喜欢处在往事的包围之中,正如我从不卖掉我的旧衣服。我不时去放旧衣物的顶楼看看,同时想想它们还是新衣时的情景,以及当时我穿着它们所做的一切……

刘 方译

一八四六年八月十四日夜至十五日
于克鲁瓦塞

你寄给我的诗句多么优美!诗歌的节律甜美,有如你在小鸟般温柔鸣啭时呼唤我的名字那么悦耳。原谅我把它们归入你最美妙的那部分诗句。一想到这些诗是为我而写作,我感受到的并非自爱,不,那是爱,是感动……

你问我此前寄给你的那几行字是否为你而写,你愿意知道是为谁而写的呢,爱嫉妒的人?——不为任何人,正如我所写的全部东西一样。我一向禁止自己在作品里写自己,然而我却在其中写了许多。我向来竭力避免为满足某个孤立的个人而贬低艺术。我曾写过极为温情而又毫无爱情的篇章,写过热血沸腾而血中又毫无情欲的章节。我想象过,我一再回忆过,而且将它们组合起来。不过你所看到的却没有任何回忆的痕迹。你对我预言,说我有朝一日会写出非常成功的东西。谁知道呢(我这是在说大话)?我对此仍表示怀疑,因为我的想象力正在泯灭,我在文艺鉴赏方面正变得太挑剔。我的惟一要求是能继续带着内心的狂喜欣赏大师们的作品,为有这样的狂喜我愿意付出一切,一切。至于最终是否成为大师中的一员,永远不会,这一点我可以肯定。我缺少的东西太多了,首先是天赋,其次是工作的韧性。只有艰苦卓绝的笔耕,只有狂热而始终不渝的不屈不挠精神才能造就个人的风格。布封的话有严重的亵渎之嫌:"天才并非持久的坚韧不拔。"然而这句话也有它一定的真实性,尤其在当今人人都相信此话时更是如此。

今天早晨我同一个朋友①一道读了你书中的一些诗句,当时这位朋友正好前来看望我。那是个可怜的小伙子,一位真正的诗人,他曾写过一些绝妙的吸引人的东西,但他将来一定会默默无闻,因为他缺少两样东西:面包和时间。是的,我们一起阅读了你的作品,欣赏了那些作品。你相信吗,我当时对自己说"她属于我"时心里感觉甜滋滋的……

刘　方译

一八四六年八月二十七日或二十八日
于克鲁瓦塞

…………

昨夜,我读了你研究夏特莱夫人②的著作,非常感兴趣。其中有些信件的片段十分精彩。又一位恋爱过但并不幸福的女人!过错不在德·伏尔泰先生,不在圣朗贝尔和夏特莱夫人自己,也不能怪任何别的人。过错在生活本身,而生活也只因命运不佳而变得不圆满。其中我最喜欢伏尔泰这个角色。那是怎样一位大智大慧的人!而且是个好人。这一点会让你生气。然而像他那样行事的人,像他那样宁愿牺牲自己的虚荣心把爱奉献给情妇,而情妇又爱着别人的人为数很多吗?也许有人会说,那是因为他已不爱自己

---

① 指路易·布耶(1822—1869),法国诗人、剧作家,福楼拜的同窗和好友,他当时在一所寄宿学校任辅导教师。
② 夏特莱侯爵夫人(1706—1749),伏尔泰的女友和启发他灵感的人。《夏特莱夫人》可能于一八四六年出版,并于一八五六年重版。

的情妇了？谁知道这一点？谁也不知道，也许连他本人也不清楚。而且，有人自认为已不再爱某些人了，其实他正在爱着他们呢。世上没有东西会完全泯灭。火熄了之后还有烟，烟比火更持久。——我坚信伏尔泰比任何别人都更怀念夏特莱夫人，如果他死在她前面，也许她的怀念还不如他的怀念深刻呢。当时，这位不同凡响的男人的心灵一定经历过异乎寻常而又复杂的事。我倒愿意看见你在这方面加以发挥和分析，何况我认为这方面业已有了清晰的迹象，一切都是明明白白的。夏特莱夫人的形象，他们在西莱的共同生活，他们之间热烈的爱情交替的各个阶段，所有这些都写得相当突出，有力度，而且有分寸。这点很好。至于你写的伦理小故事①，我哥哥的孩子不会去读的，因为家人对她的养育方式糟透了，尽管已经六岁，她还不会念书。我的另一个侄女还太小，晚些时候我一定读给她听。不过，要阅读这本书的是我，我要使自己重新变得幼小和单纯。我一直盼望具有给儿童讲故事逗乐的才能，然而我丝毫没有这种才能，尽管我非常喜爱孩子……

刘　方译

一八四六年九月十七日
于克鲁瓦塞

…………

　　今后的某一天（你对我谈及我个人的烦恼，正是这个使我想到那些烦心事），我会向你展示我青年时代成长的故事；也许某某

---

① 《伦理小故事》于一八四五年在巴黎初版，是一本散文和诗歌的合集。

人会为此写一本好书,如果存在这样一位工于笔墨足以写此书的某某人的话。不过那绝不会是我。我已经失去很多了,在我十五岁时,我肯定比现在更有想象力。我越往前走,越在激情和独创性上失去也许在文艺批评和审美情趣方面可以得到补偿的东西。我会(我很害怕这点)落得不敢写一行字。对完美的迷恋甚至会使一个人憎恨接近完美的东西。

……

刘　方译

一八四六年九月十八日
于克鲁瓦塞

　　你是一个有诱惑力的女人,我最终会爱你"爱得发狂"!谢谢你写芒特的诗①,我非常喜爱这首诗,相信这点吧。其中有些诗句非常精彩,比如这几句:

　　　　一切都仿佛洋溢着我俩心灵的幸福,
　　　　大自然和天空的光彩交相辉映。
　　　　……
　　　　在那里,一次长吻连接无数次的吻,
　　　　我俩开始欢度爱情的节日。
　　　　接着还有这极富动感的:
　　　　我俩从苍穹降到大地……

---

① 芒特(Mantes)是福楼拜和路易丝·科莱第一次见面的地方。此处所指的诗是该诗的第九节。

> 读到你对旅店的描写,我大笑不止:
> 看见我俩走进来,店老板心里明白,
> 我们定会大方慷慨,从我俩的言表
> 他看出我俩的爱预示着他财运即来。

我很喜欢"味道鲜美的罗斯尼小山鹑"和"塞纳河里捕捞的口感细腻的鳌虾",这里有个烹调地理学上的错误。我想,在芒特,人们不会去塞纳河捕捞鳌虾。这倒无关紧要,其中最引人入胜的是这点:"我俩一道吃着"等等,直到"怎样的美餐!怎样的诱惑!"。我急切等待着读下面空白处的东西①,那里才是最微妙而又难于处理的地方,我对此十分好奇。结尾很有色彩,不过你应当在开头就尽量为那位聪明的铁路职员加进去点什么。吸住两个情人的磁力必须更强大更真实,那磁力一定是以一种不可抗拒的方式从他们身上发出来,因为这种磁力甚至能得到素不相识的人们的理解。

……为什么你不断说我喜爱华而不实、五光十色,喜爱金光闪闪!形式的诗人!这是有人用来侮辱真正艺术家的话。对我来说,在一定的句子里,只要没有给我把形式和实质分离开来,我都会坚持认为这两个词是毫无意义的。没有美的形式就没有美的思想,反之亦然。在艺术世界,美从形式渗出,有如我们自己的世界,从形式生出诱惑和爱。你不将某个物体化为空的抽象,不将它化解成一句话,你就不能从这个物体里萃取组成此物体的性质,即它的颜色、程度、牢固性;同样,你也不能从观念里剔除形式,因为观念仅仅依赖形式而存在。你去设想一种没有形式的观念吧,这根本不可能;正如一种形式不可能不表达某种观念。文艺批评正是靠一大堆蠢话而生存。有人责备写作风格有独到之处的人们忽视思想,忽视道德目标,仿佛医生的目标不是治好病人,画家的目标

---

① 指描写他们爱情的第九节。

不是画出画来,夜莺的目标不是唱好歌,仿佛艺术的首要目标不是美似的!

　　人们接二连三地指控雕塑家塑造了带胸脯(可以储存乳汁)和带髋部(可以怀孕)的真实女人的雕像,然而,如果雕塑家们反而塑出一些满是褶裥塞满棉花的衣服和平得像招牌一般的面孔,有人又会管他们叫唯心主义者、唯灵论者。哦,对,是这么回事:他忽视形式,有人会这么说;但这是位思想家!于是,那些市侩又叫将起来,又强迫自己去欣赏他们厌烦的东西。用某种约定俗成的不规范语言,用两三种流行的概念,很容易自诩为社会主义作家、人道主义作家、革新者,或为穷人、疯子梦寐以求的美好前途而奋斗的先驱者。这就是当今的癖好。有人在为自己的职业脸红。老老实实写诗、写小说、雕刻大理石,噢,呸!这在过去还不错,当时诗人还没有社会主义大任嘛。如今,每件作品都必须具有伦理道德意义,都必须有循序渐进的教育作用。应当赋予十四行诗以某种哲学意义,戏剧必须打帝王们的板子,水彩画得起教育作用。律师式的狡猾无孔不入,还有演讲的狂热、高谈阔论的狂热、辩护的狂热;诗神已变成千百种贪婪的垫脚石。啊,可怜的奥林匹斯!他们有可能在你的山巅上种一株土豆!倘若仅是些平庸之辈参与其事,那倒也罢了。如今虚荣已赶走了骄傲,并在勃勃野心主宰一切的地方认可了万千种卑鄙的贪欲。强者亦如是,大人物们也轮到自己问自己:为什么我的好日子还没有到来?为什么不每时每刻都去鼓动群众,却让他们到后来才去梦想?于是他们上了讲台,上了某张报纸;这不,他们正以自己不朽的名字支撑着一些昙花一现的理论。

刘　方译

一八四六年九月二十七日
于克鲁瓦塞

……你想让我认识贝朗瑞,我也有此愿望。这个人的气质使我感动,但他的——我说的是他的作品——不幸大得无边无际。那就是欣赏他的人所属的阶级。有些伟大的天才只有一个不足,一种缺陷,那就是他特别受到平凡大众的欣赏,对肤浅诗歌容易动心的人尤其赞赏他。三十年来,贝朗瑞一直在为学生式的爱情和旅行推销员的色情春梦提供材料。我很明白,他不是为那些人而写作,但正是这些人最领会他的作品。此外,说也枉然,"深得民心"看上去似乎可以发展天才,其实是使天才庸俗化,因为真正的美并非为群众所有,尤其在法国。《哈姆雷特》永远不如《贝尔·伊斯勒小姐》①逗乐。至于我,贝朗瑞既不能对我谈及我的激情,也不能谈及我的梦想和我的诗歌。我是从历史的角度阅读他的作品,因为他是另一辈人。他在他那个年代是真实的,在我们的时代就不再真实了。他在屋顶阁楼的窗前非常愉快地歌唱他幸福的爱情,这对当前我们这些年轻人来说,完全是一种难以理解的事。人们把这当成一种消失了的宗教赞歌来欣赏,但并不能领会它们。——我见过那么多蠢人,那么多狭隘的市侩唱他的《乞丐》和《好人的上帝》,所以他的确必定是一位伟大的诗人,才可能在我脑海里抵挡住所有这些不可思议的震惊感。

就我个人消磨时间而言,我喜爱的是给人的感觉不那么愉快的天才,这种天才对人民显得更倨傲,更与世隔绝,他们的举止更加豪迈,趣味更加高尚,或者说惟一的一个可以替代其他所有人的人,我的老莎士比亚。我即将开始从头到尾重读他的作品,这次只

---

① 《贝尔·伊斯勒小姐》,大仲马的五幕散文话剧。

会在我能随意找出所有我要找的书页时才肯罢休。——我一读莎士比亚的书就会感到自己变得更高尚、更聪明、更纯洁。每当我攀登上他作品的高峰时,我仿佛登上了一座高山。一切都消失了,一切都出现了。人已经不再是人,他成了眼睛。全新的地平线突然冒了出来,远景伸展开去,无边无际;人再也想不出自己曾在那些几乎辨认不出的简陋小屋里生活过,想不出自己曾喝过那些看上去比小溪更小的河流里的水,曾在那密密麻麻、熙熙攘攘的人群里辗转、焦虑,而且是他们中的一员。

昔日,我曾在一次难得的自豪之情(我真愿意再重温这种激情)的冲击下写出一个句子,你一定会理解这个句子。那是在谈到阅读伟大诗人的作品引起的欢乐时写下的:"有时,我觉得那些诗句激起我的热情仿佛使我成了与诗人同等的人,使我升华到了他们的水平。"①好了,我的信纸已经写满,可我还没有把我想对你说的话写上一个字……

刘　方译

一八四六年十月二十三日
于克鲁瓦塞

不,我并不蔑视光荣:人不会鄙视自己够不着的东西。一听到这个词,我的心比任何人的心都跳得厉害。往日,我曾长时间梦想获得惊人的胜利,那时欢呼声使我浑身战栗,仿佛我真听到了似的。然而,一天早上,不知为什么,我一觉醒来突然摆脱了这个愿

---

① 见福楼拜青年时代的习作《十一月》。

望,摆脱之彻底,比愿望已经实现有过之而无不及。我清醒意识到自己的渺小,于是我运用全部理智来观察我的天性,我天性的实质,尤其是我天性的局限。因此我欣赏的那些诗人于我只显得更高大,离我更遥远,而我,由于我心地善良诚实,我把这种谦卑看作一种享受,换了另一个人准会把肺气炸。一个人具有某种价值时,寻求成功就是恣意糟践自己,而寻求光荣也许就是自我毁灭。

有两类诗人。最伟大、最出众的诗人,真正的大师概括人类,却不为自己操心,也不把自己的激情挂在心上;他们把个人的品格束之高阁,却自我淹没在别人的品格里,从而再现整个宇宙,这宇宙便反映在他们的作品里。这宇宙熠熠生辉,五光十色,千变万化,犹如整个苍穹投影在大海里,带着它全部的星星和完整的湛蓝。也有另一类诗人,他们只需喊叫便能显出和谐,只需哭泣便可使人感动,只需操心自己便可流芳百世。倘若做别的事,他们也许不可能有更大的进展。然而,他们缺乏雄浑的笔力,他们具有的只是活力和热情,所以,他们如果生来就是别种气质的人,他们也许不会才华横溢。拜伦就属此类。莎士比亚却属另一类。其实,莎士比亚爱过什么、恨过什么、感受过什么,对我来说,这有什么意义?这是一位令人胆寒的巨人,很难相信他曾是一个普通的人。

是呀,光荣,人们总希望它纯洁、真实、牢固,如同那些由神和人结合所生的半神半人式的英雄的光荣。有人抬高自己,摆出架势,以图达到人神的高度;有人从自己的才华中抽出心血来潮式的幼稚和本能的忽发奇想,以使它们进入某个约定俗成的类型、某个现成的模子。或者,在别种情况之下,有些人可以自负到相信,只要像蒙田和拜伦那样说出自己之所思和自己之所感便可创造出优秀的东西。后边这个主意对具有独特性的人来说也许是最明智的,因为往往在人不去着意追求什么优点时,他可能有更多的优点。而且,随便哪个人,只要他会正确写作,都会在写自己的回忆录时完成一本极好的书,只要他写得诚实、全面。

好吧,再回头说我自己。我从不认为自己高明到可以创造真正的艺术品,也不认为自己怪癖到可以让作品充塞着我个人。我不具有使我获得成功的灵巧,也不具有足以获取光荣的才能,我便迫使自己只为自己而写作,为我个人的消遣,有如人们吸烟、骑马。几乎可以肯定,我不会复印一行字,我的侄儿们(我是指本义上的侄儿,因为我既不想家里有后代,也不想依靠别人)将来可能会用我荒诞的小说为他们的儿孙制作三角帽;他们还会用我的东方神话故事、我的戏剧、神秘剧等,以及别的一些废话围遮他们厨房里的蜡烛,我可是极认真地把那些东西排列在漂亮的白纸上的。亲爱的路易丝,以上便是我一劳永逸地向你讲述的我思想深处对此话题和对我自己的看法。

刘　方译

一八四六年十二月十一日
于克鲁瓦塞

你不觉得就 D 夫人的故事可以写出一部美妙的小说吗?你能够就近观察那一切,因此你应当参与进去。在激情未使你失去理智时,你思想敏锐,思路清晰、准确;你的思想实质是既热情又遇事持怀疑态度。好好研究那些人物吧,具体的真实性往往被断章取义,你就在你脑子里把那些被删节的东西填补起来吧。给我们把那一切突出再现于一本资料翔实、丰满,经过深思熟虑,笔调多变、观点多样、浑然一体、色彩统一的书里吧!你提供给我的有关那位丈夫的技术细节引人好奇,我要去搜集这方面的材料,而且会告诉你科学对此有何看法。你觉得那个女人的激情听起来不够强烈,哪怕在思想上你也不应当为此责备她。因为感情温而不热就否认存在温而不热的感情,那无异于否认还没有到中午的太阳。中间色调的真实性不下于鲜明色调。我青少年时代有一个真正的朋友①,他对我忠诚到可以为我而舍去他的性命和金钱。然而他不会为讨我喜欢而比平常的习惯早半个钟头起床,也不会加快自己任何一个动作。你在稍微仔细些观察生活时,你会看到雪松不那么高,而芦苇倒更高大。然而我并不喜欢有些人习惯于贬低高尚的激情并削弱超常的崇高行为。因此,一开始阅读德·维尼的书《军人的屈辱和伟大》②我就有些反感,因为我在书中看到他对愚忠(比如对皇帝的崇敬)、对人的狂热崇拜进行了偏执的诋毁,从而有利于"职责"的抽象而生硬的概念。我从来就领会不了这个概念,我认为这个概念似乎并非人的内心所固有。在帝国时期之所以存在崇高的东西,缘于对皇帝的崇敬。那是一种极专一、荒谬、高尚、真正合乎人情的爱。这说明为什么我很少理会祖国于今天的我们意味着什么。我很理解祖国对只拥有自己城市的希腊人,对只拥有罗马的罗马人意味着什么;对在自己的森林里被人追捕的野人,对被人追捕到自己帐篷里的阿拉伯人意味着什么。然而,我们这些人在内心深处不是感到当中国人、英国人和当法国人别无二致吗?我们所有的梦想不都在国外吗?在童年我们就希望去鹦鹉之国,去糖渍椰枣之国生活;我们是伴随拜伦和维吉尔成长起来的;在雨天,我们对东方垂涎三尺,或者巴不得去印度发财,去南美洲开发甘蔗园。祖国就是土地、是宇宙、是星星、是空气。祖国是思想本身,即我们胸中的无限。然而人民与人民之间的争端、此县和彼区的冲突、人和人的争吵都引不起我注意,这些事只有造

---

① 指阿尔弗雷·勒普瓦特万。
② 阿尔弗雷·德·维尼(1797—1863),法国小说家、戏剧家。由三部中篇小说组成的《军人的屈辱和伟大》于一八三五年问世。

出一幅幅红底色的宏伟画卷时才会提起我的兴趣。……

刘　方译

一八四七年一月十一日
于克鲁瓦塞

　　我不认为爱玛·玛格丽特家事的细节多么引人入胜。那故事很平常。其中有市侩的心满意足，使人倒胃口；还有极寻常的幸福，其庸俗之气让我反感。正是为此我才老对贝朗瑞和他那些谷仓里的爱情，对他把平庸理想化抱有偏见。我从不理解二十岁的人在谷仓里怎么会感到舒服①。在宫殿里就不舒服吗？再说，诗人之所以成为诗人，不就为使我们心荡神驰吗？我本来就想忘掉那些轻佻的年轻女裁缝的爱情，忘掉门房的小屋和我磨损了的衣服，我当然不喜欢在书里重新看到这一切。在那里面感到快乐的人可以坚持快乐下去，但写这些东西而且还认为很美，不，不行。我宁愿梦想天鹅皮的长沙发和蜂鸟羽毛的吊床，哪怕为此遭受痛苦呢。

　　你希望有人续写《老实人》，这主意多么奇特！难道有这种可能？谁去写？谁能写？有些作品大而重到极点（《老实人》就属此类），所以谁想扛它们都会被压得粉身碎骨。一副巨人的甲胄，如有哪位矮人将它背在背上，他在走出去一步之前就会被压死。你欣赏得还欠火候，所以崇敬得还欠力度。你的确热爱艺术，但你的

---

①　指贝朗瑞歌词《谷仓》中的一句："二十岁在谷仓里真舒服。"

爱缺少宗教式的虔诚。你在出神凝视那些杰作时如果品尝到一种深切而纯洁的盎然兴味,你就不会在有些时候产生对那些杰作如此奇怪的保留看法……

刘　方译

一八四七年三月七日
于鲁昂

　　你现在不再是给情人写信,这我能理解;但认为连朋友也不是,那就错了。聪明人,当尽其可能,作出聪明的答复。星期六晚上,我走得很晚。我很累,在巴黎度过的这三天,感到厌倦不堪,暗自发誓:今后很长一段时间里,不再踏足此地。本想到巴黎透透气,找点消遣,而得到的却是忧愁、焦虑和各种各样的苦痛。人家怪我独处太久,自私专断,足不出户,自我封闭。而我每次出门,总是碰钉子,随便什么人都能伤害我。

　　至于上星期五咱们之间发生的事,我承认:看到你快快不乐的样子,我十分气恼,再加那一整天我本来就沉浸在忧伤之中①。原因无非是我一天没看到你,我星期三才到,等等!当时我快要失去理智,尽力控制自己不让发作,便对你说明天见,以便能够煞住。我憋闷得很,已经忍无可忍。星期六晚间,我收到你用第三人称写来的信,最终促使我一走了事。你对菲迪亚斯夫人的种种猜疑,我重读之下,心想:"这算到顶了,就差这一点没挑明了。对这样的事,我又能说什么做什么呢?"倘若是菲迪亚斯先生本人跟你谈

---

① 因其童年朋友达尔赛(Charles Darcet)去世之故。

的,我相信那一定是开玩笑,或者是他脑子里突发奇想。——如果这个女人对我说过什么而我因之动情,影响我的心灵或理智(我借用你的话,因为对我而言,这些都是紧密相连的),总之,我要是当真喜欢她,我坦白,我就会把她弄到手的。可是我从来没这念头,当时一礼拜能见到她几次,如今跟以前一样,我们之间只存在泛泛的友谊,一种有趣的亲热罢了。诚然,她是一个我乐于见到的女人,而且从远处望胜于在近处看,因为近了,反而狭窄了。在她身边,只把自己当个分析师。因为一旦"给她搂在怀里",就会失却判断。我是把你当文艺家才说这话的:依我看,这是一个典型的女人,有着女人的所有本能,是一支奏出女性全部感情的交响乐队。而聆听乐队演奏最好的位置,不是置身其中,而应坐在大厅的池座。关于此事,事实就这样简单不过。你信就好;不信,也没什么大不了。

现在谈谈咱们俩吧。你要我至少给你留下一句告别的话。好吧,我从内心深处,向你致以对另一个人所能给予的最亲切最美好的祝福。我知道,你愿意为我付出一切,今后亦然。须知你的爱只有一个完美无缺的男子才配得上;可惜,我不配。难道这是我的错吗?怎么能是我的错呢?我也想像你爱我那样来爱你,我枉自与自己恶劣的天性斗,只是白费力气!驴子在刺蓟上打滚最舒服;但一个人,像躺在草坪上那样躺到刺蓟上,那叫自作自受……

生平最喜欢清静和悠闲,但在你身上,只找到骚乱、狂暴、泪水与怒气。有一次,我叫马车夫送你回家,你却大生其气。在马克西姆家晚餐那天,你的脸色又是何其难看。一次我没能赴约,你在火车上把我痛骂一顿。但我一点不怪你,你之不能抑制自己,正如我之难以忍声吞气,难以忍受双重痛苦,感情上的或精神上的。在迪康家和在旅馆,你去了两次,打听我是否已走,闹得不可开交,弄得我十分难堪。而我有个弱点,恰恰爱面子。所有的错,都错在当初。你接受我时,就错了。或者应改改脾气,但脾气真的改得了吗？你关于道德、国家、忠诚的概念，你的文学趣味，都与我的想法和趣味相左。首先，我做事全凭心血来潮，不拘一格，你固然有讨人喜欢之处，难道我能永远屈服于你狭窄的责任观，服从你的左规右矩吗？我喜欢纯净的线条，清晰的轮廓，鲜明的色彩，响亮的音符，而你身上却有种任情泛滥、莫名其妙的东西，冲淡了一切，甚至也改变了你的精神气质。我性喜豪华，你，不说迎合吧，连一点照顾的意思都没有。一大堆需要像身上的虱子般咬噬着我，我尽量不让你看出来，但仍引起你的蔑视，如一般布尔乔亚加之于我的。通常我一大部分时间用在观赏尼禄、赫里奥加巴尔或其他人物的塑像，他们像众星拱月，烘托雕刻之美。你却要我去欣赏小小的道德忠诚、家庭美德或民众美德，我何来这种热诚？理由可以说上很多，但我已觉得难以忍受，赶快打住。哦，还是那句话，你为什么要认识我？错在哪里，可怜的女人，难道是为了赎罪？你应该得到更好的。

　　如果你保持美丽的身段、可爱的神情，像其他女人一样，恰如其分地去爱，给生活增加点调料，而不是烧煳烧焦，你就不会这么痛苦。我也一样。我到巴黎，就会去看你，相互拥抱，告别，重见，各自像往昔一样生活，不为对方瞎担心。但是不，你以为我年轻，嫩相，清纯。其实，有的人靠烫发卷，穿紧身裤，搽脂抹粉，才显得年轻，一上床，就成为不中用的老家伙啦。世上确有这样的意中人，病痛损害他们的健康，不知节制把他们变成废人。而你呀，想从石头里挤出油来。石头碎缺，手指也划破流血。你想教瘫痪病人走路，病人把全身重量压在你身上，病不见减轻，反而更重了。

　　不，这里没有刻薄、愤慨、怨恨，只是一种深刻而可悲的坚信。常有一种无以名之的感情，由许多情绪构成，就像那些非石非砖非木的建筑，却有一种随时准备奉献的忠诚，如你不以为忤，有一种过分的感恩。你问我相互之间还能回忆起什么，好吧，就如同初夜印在你额上纯真的吻。再见了，就当我出门远行了。再说一遍，再见,祝你遇上值得爱的人。为了给你寻找这样的人,我愿踏遍天涯海角。祝你幸福。

丁世中 译

一八四七年九月十七日

我翻了翻托雷的书①,多么饶舌!我为能远离这些家伙生活而自认幸运!那是怎样虚假的指导呀!什么样的生搬硬凑!怎样的言之无物!他们议论艺术、美、概念、形式时所说的话全都让我感到厌倦。永远是老调重弹,而且是什么样的老调呀!我越看下去,越可怜那些人和他们目前干的那些事。不错,如今我每天都同亚里斯托芬②共同度过清晨,那才叫精彩,而且才思横溢,热血沸腾。但他没有分寸,不合乎道德,甚至不合乎礼仪,却实实在在超凡脱俗。

从凯旋门的高处往下看,巴黎人,甚至骑马的巴黎人都不显得高大。当人们站在古代文化的高度来看当代的东西时,这些东西也不会显得高大。在这方面我试探了自己,我认为我并没有因为人们对我欣赏的东西逐渐持保留态度而对之冷淡、反感。我越摆脱艺术家,我对艺术越热心。就我而言,我最终会走到不敢写一行字的地步,因为我一天比一天更体会到自己的渺小、微不足道、知识贫乏。缪斯是一位具有青铜般坚固童贞的处女,得胆大包天才

---

① 指泰奥菲勒·托雷所写《一八四七年的沙龙,附致费明·巴利翁的一封信》,信的题目是《论对大自然和美的感受》。
② 阿里斯托芬(约前445—前386),雅典最著名的喜剧作家,其喜剧大多讽喻时政,抨击他政治上和文学上的敌人。

可能……①

不,如果说可怜的艺术家在美面前的恐惧是无能为力,这种恐惧却并不是冷酷无情,也不是怀疑主义。从岸上看,大海显得那么浩瀚……你爬上高山之巅,大海会显得更加浩渺。你坐上船驶入大海,一切都消失了:只有万顷波涛,波涛……在我的小艇上我算什么,我!"保护我吧,上帝,海是那样大,而我的船却如此之小!"布列塔尼的一首歌这么说,我在想到别的深渊时也这么说。

…………

刘　方译

一八四七年十月

你打听我和马克西姆的工作情况②,你该知道,写作已使我精疲力竭。我时刻挂在心上的文笔问题使我心神极度不安,我对自己十分气恼,而且忧心如焚。有几天我为此而生病,夜里还发过烧。我越写下去,越感到自己没有能力表达思想。——耗尽毕生的精力斟酌字词,整日价辛辛苦苦修饰各个分句以求形成完美和谐的复合句,这是怎样滑稽的怪癖!——不错,有时候可以从中享受到狂喜的滋味,但要获得这样的快乐必须经历多少气馁和苦涩呀!比如今天,我花八个小时修改了五页,而我还自认为干得很出色!其余的事你就可想而知了,真够可怜的。——不管怎样,我一

---

① 虚点系福楼拜所写。
② 当时福楼拜和他的朋友马克西姆·迪康正在合写《穿过田野和沙滩》,记述他俩在布列塔尼地区的旅行。

定要完成这件工作，因为这工作本身就是一次极艰苦的锻炼。这之后，到明年夏天，我考虑尝试写《圣安东尼的诱惑》。倘若写作伊始就不顺利，我便扔掉笔，直至多年之后。那时我要研习希腊文、历史、考古学，无论什么东西，总之是更容易些的一切。因为我老感到我自讨徒劳实在太蠢。

刘　方译

一八四七年十一月七日
于克鲁瓦塞

　　你也犯了上辈人的通病：子女有什么荒唐行为，他们无一例外，总归之于交友不慎，受了坏孩子影响，其实这些孩子与责怪他们的事毫不相干！又提到迪康！永远是迪康！这成了你不时要犯的毛病，老实说，你真把我当了傻瓜。你以为，我做事都要他点头？放心吧。首先要知道，他在这里时，根本没看你的信；更何况，他已很长时间没来了。——其次，我多少还保留一点自主判断的能力。说到他对你的态度，那一次他家里有个女人，所以没给你开门，你便去信大骂，他便中断了与你往来。一个人自己有事，往往会忽略别人的事，情况就是这样。他那方面如不怕牵连，就可能会更友善更有耐性些。但说到底，他觉得你比较缠人。如果别有缘故，那他没跟我说过。至于说到他要我来伤害你，那就别误会啦；他从未给过我这样的建议或进言。恰恰相反，他总是说：你非常非常爱我。事实就是这样简单不过。——要是你觉得无所谓，那就不要再谈了。

　　我说过，我要去看你五幕诗剧《玛德莱娜》的演出。我一定去。如愿将剧本寄我一读,则请在月底前惠寄。那时我已旅行归来,可以坐下来安心研读。

你总惯于把事情往坏的方面想,比如"老相识",在我是一种爱称,你却看出有讥讽意味,还一说再说,要我明白。你还说,我见你心情平和就会不痛快,其实我最巴望你能平心静气。啊!你真不了解我!对我的认识太浅了。常言道:初恋最是刻骨铭心。我记得我们的初恋,尽管已是陈年往事,而且久远得恍如隔世。是的,想当年,我爱的女人[艾丽莎·施莱辛格],如要我跑三十里去找个男人来,我会拔腿就跑,会因她的幸福而高兴。的确,我从来不知妒忌,所以人家老说我"缺心眼"。而今,经过世间的风风雨雨,倒是你认为我在任意折磨你,端着架子,装腔作势!啊,天啊,不是那么回事!我纵有这个心,也没这个胆啊。我既不崇高,也不坚强,我很脆弱,也很柔顺,碰到点小事就会激动。我绝非麻木不仁之辈,不然,那晚面对摇曳的烛光,就不会茫然若失达半小时之久。

"谈艺术好像总隔了一层。"你说。你是跟一个不相干的人谈艺术来着?在政治与新闻之间,你不觉得艺术只是次要话题,之所以谈论,只是稍有趣一点而已?我不作如是观。近日见到住在法国境外的一个朋友[恩斯特·谢瓦利埃]。我们是一起长大的,他跟我讲起我们的童年,我的父亲,我的妹妹……以及中学时代。你以为我会向他谈最切己的,至少最高尚的,我的所爱和我的热情吗?天哪,我有意避开,免得他损我。——智者知耻。他讲了几句重话,两小时后就巴不得他走,但这丝毫不妨碍我喜欢他,忠诚于他,假如可以把这一切称为"喜欢"的话。

不谈艺术,那谈什么呢?当然不是同碰到的随便什么人谈。你比我幸运,因为我找不到人谈。要我坦率直言吗?那就摊开来谈。那一天,在芒特的那一天(一八四六年九月十六日),你在树下对我说:"你不会不放弃自己的幸福,去求高乃依的名声。"你还记得吗？我记性不错吧？你知道吗，你这句话使我心里冰凉,令我惊愕不已！名声！名声！荣名是什么？分文不值。这是艺术给予我们乐趣之后的外部喧嚣。"去求高乃依的名声"！我早就注意到,你于艺术,加进一大堆别的东西,诸如爱国热情、男女私情,天知道还有什么？总之,一大堆在我看来与艺术无关的东西,不仅不能抬高艺术,反而足以贬低艺术。这是我们之间一大分歧。是你揭示并指点给我看的。

是的,当我认识了你,马上一见钟情,爱上了你。在得到你之后,并没感到厌倦,一般男人认为那是难免的,我依然全身心地向往着你。然而,每次相逢,总免不了争论、口角、怄气、冷语伤心,凭空冒出一件事,像一把双刃剑,伤害你我。我无法想到你,想到美好的回忆而不掺杂你的痛苦。我去巴黎,每次临别你就流泪。现在你又怨我不去巴黎。源自于爱,你竟恨起我来,至少你愿意这样。能略减你的痛苦,也就罢了。换了别的年纪、别的环境,也许我们可能少叫自己吃点苦。但我们相遇时,心理已经成熟,哦,我的老相识,两人处不和睦,倒像是老年婚姻。是谁的过错呢？既不是你,也不是我,或许是双方的错。你不想了解我,而我也许没理解你。在很多事上,我冲撞了你,你也经常触怒我,但我已习以为常；假如你不诉说,不告诫我,我根本不会留意。

但这毕竟是可悲的,因为我喜欢你的脸蛋,身段也婀娜柔美！可是啊,可是啊,我已厌倦,不胜其烦,这样无能,决然不能给任何人快乐！使你幸福！啊,可怜的路易丝,我能使一个女人幸福！我连同孩子玩都不会。我要去碰一碰妹妹,母亲就把她领走,因为我引得她又叫又喊；妹妹像你一样,她倒愿意到我身边来,喊我哥哥。

是的,我在自闭,生命在枯竭,记忆也完了。过去很懂的事,现在全不明白了。尽管眼界在提高,动笔却更吃力。句子不是源源而出,要努力挤,好不容易才挤出一句来。

就艺术而言,经过多年思考,感触略同于爱情。艺术令我诚惶诚恐。不知这么说是否能说明白。我认为是明白的了。

你的批评意识被唤起，专攻我的可笑方面，而可笑处还不少呢。如你决心这样做，我会提供方便，结果会使我大开其心。我自赞自颂的话说过不少，这将是一个反照。到某一天，如我对你已无关紧要，请直截了当、毫不客气地写信告诉我。这一天，将是新阶段的开始。

Addio Carissima［别了，最亲爱的］！

丁世中 译

一八五二年一月十六日
于克鲁瓦塞

…………

亲爱的朋友，你对《情感教育》①中某些部分表现出的过度热情使我感到吃惊。在我看来，那些部分是不错，但与其他部分的距离并不像你说的那么大。无论如何我都不同意你的主意，即把所有描写儒尔的部分抽出来另写一个完整的篇章。我们总得参照这本书构思的方式吧。儒尔的性格之所以光彩照人，是因为它和亨利的性格形成了对比。这两个人物中任何一个孤立出来都会缺乏说服力。我脑子里首先想到的只有亨利这个角色，考虑到需要一个陪衬，我才构思了儒尔。

使你深深被打动的那几页（论及艺术等等）对我来说似乎并不难写。我不会重写那几页，但我若重写，我相信会写得更好。那

---

① 指《情感教育》的第一稿。

一定很热烈,但可能会更概括。后来我在美学方面有所进步,或者说,至少我在及早进入的正常状态下更坚定了。我明白我该如何行动。啊,上帝!假如我能写出我心里想望的风格,我该是怎样一位作家!在这本小说里有一章我认为很不错,你却什么也没有说,就是写他们去美洲旅行的那一章①,里面还写了他们那逐渐而又持续发展的厌倦情绪。关于《意大利旅行》,你的考虑和我的一样②。我承认,这是高价买来的虚荣心大捷,而我为此胜利却沾沾自喜。我早就猜到了,就这么回事。我还不像人们想象的那么爱梦想,我善于仔细观看,有如近视眼观察事物,直看到事物的极点,因为近视眼总把自己的鼻子伸进去。

从文学的角度谈,在我身上存在两个截然不同的人:一个酷爱大叫大嚷,酷爱激情,酷爱鹰的展翅翱翔,句子的铿锵和臻于巅峰的思想;另一个竭尽全力挖掘搜索真实,既喜爱准确揭示细微的事实,也喜爱准确揭示重大事件;他愿意大家几乎在"实质上"感受到他再现的东西;后者喜欢嘲笑,并在人的兽性里找到乐趣。《情感教育》不知不觉成了我思想上这两种倾向努力融合的结果(在一本书里写一些富于人情味的东西,在另一本书里写一些富于激情的东西,这也许更容易)。我失败了。无论谁对这本书做怎样的修改(也许我自己会修改),这个作品仍然是不完善的。书里缺少的东西太多,而一本书之所以差劲,往往是因为它"缺少"某些东西。优点永远不是缺点,优点是不会过剩的。然而,如果此优点淹没了彼优点,此优点是否仍然是优点呢?概言之,必须重写《情感教育》,或至少做总体的整修,并重写两章或三章,而我认为这正是难中之难事。要写出书里缺少的一章,作者就得在这章里指

---

① 该章写亨利和他的情妇勒诺夫人去纽约旅行。在那里,亨利并不情愿地感到他对情妇的感情正在减弱。

② 《情感教育》的结尾部分写了亨利和儒尔一道游意大利。在四个月的旅游中,他们之间的深刻分歧暴露了出来。

明这同一树干怎样必然分杈,或曰为什么在同一个人物身上彼一行动比此一行动更能导致这个结果①。原因是显现出来了,结果也如此,然而从原因到结果之间的联系却并未显现出来。书的缺陷就在于此,这也说明此书如何违背了书名的含义。

我曾对你说过,《情感教育》是一次尝试。《圣安东尼的诱惑》是另一次尝试。我只要确定一个使我完全不受约束的主题,如激情、运动、骚乱,我就会感到如鱼得水,只管往下写就行了。那样,我永远也不会再遭遇我写这本书整整十八个月所经历的文笔狂。那段时间我在怎样热忱地雕琢我项链上的珍珠呀!我惟一抛在脑后的东西是文笔的连贯性。第二次尝试比第一次更糟。目前我正在做第三次尝试。是时候了,要么成功,要么从窗口跳下去。

我认为精彩的,我愿意写的,是一本不谈任何问题的书,一本无任何外在捆缚物的书,这书只靠文笔的内在力量支撑,犹如没有支撑物的地球悬在空中。这本书几乎没有主题,或者说,如果可能,至少它的主题几乎看不出来。最成功的作品是素材最少的作品;表达愈接近思想,文字愈胶合其上并隐没其间,作品愈精彩。我相信艺术的前途系于此道。艺术越成长,越尽其所能地飘逸化——从古埃及神庙的塔门到哥特式的尖拱,从印度人的两万行诗到拜伦一气呵成的诗——我越能看出这一点。形式在变得巧妙的同时也在削弱自己;形式正在远离一切礼仪,一切规章,一切标准;形式正在抛弃史诗而趋从小说,抛弃诗歌而趋从散文;形式再也不承认正统性,它自由自在,有如同产生它的每一种意志。这种对具体性的摆脱随处可见,各式各样的政府也紧随其后,从东方的专制主义到将来的社会主义。

---

① 缺的这一章也许应该放在亨利回法国之后,因为那时他虽然在爱情和友谊上都遭到失败,他成为艺术家还没有什么障碍。然而,在下一章,他在路上遇到勒诺先生时却不知所措了。作品的弱点正在于此。

正因为如此，便不存在高尚的或低下的主题；正因为如此，几乎可以从纯艺术观点的角度确定这个公认的原则：没有任何低下或高尚的主题，因为风格只是艺术家个人独有的看待事物的方式。

　　我必须用一整本书来发挥我想说的。在我暮年，我要写文章阐述这一切，因为到那时已不会有更好的东西供我在纸上乱涂乱抹了。在那之前我还是尽心尽力地写我的小说。《圣安东尼的诱惑》还能重现辉煌吗？但愿有别样的结果，老天爷！我写作进度很慢：四天写了五页，然而到目前为止，我仍在消遣。我在这里又重新获得了宁静。天气坏极了，河流看上去像大洋，没有一只猫经过我的窗下。我已生了旺火。

…………

刘　方译

一八五二年一月三十一日
星期六晚　于克鲁瓦塞

　　我已去信给哈丽特小姐，手稿本事烦她督促，如不合算（全部或部分脱手），则请退寄克鲁瓦塞。函已发出。

　　这周过得不好。工作无进展。到了这样一个阶段，自己也拿不准怎么写好。要竭尽微妙，竭尽细致，我却不善此道。自己脑子里还很模糊，怎能表达得很清晰。起草，划掉，翘趄，摸索。现在或许有点头绪。风格是多么淘气的小姑娘！我想你对这本书还没个概念。我写别的书很随意，这本书（指《包法利夫人》）却正襟危坐，遵循一条几何直线。没有抒情，没有思想，抽去作者的特性，读起来一定很枯燥。书中有些情节很惨烈,很卑劣。布耶上星期天三点来访,我刚给你写完信,他认为我路子对头,希望作品成功。愿上天保佑!但篇幅浩瀚,耗时甚久。看来到明年初冬也完不了稿。一周写不了五六页。

《新闻报》(一月二十七日)上所载的诗,似比初读时好,主要缺点是第一部分与第二部分之间缺乏衔接。第一部分东方,第二部分希帕蒂,内容丰富,足可以分别写成两首诗。现在看不清第一部如何引出第二部。至于题赠,你对马克(西姆)似有点轻率:既然手稿中题赠给他,印出来改了,就有点怪。

说到钱,一切听便,亲爱的女人!我跟你提过的数目,永远归你支配。你可以认为那已存放在克鲁瓦塞抽屉里。只要通知,即可寄上。

这本《圣安东》,你很感兴趣?要知道,你的夸奖把我宠坏了。这是一部失败之作。你说是珠玑。但珠子再多,也不成项链:关键在穿珠子的那根丝线。(Mais les perles ne font pas le collier, c'est le fil.)我写《圣安东》,我就是圣安东,我把他忘了。这是有待塑造的一个人物,困难不是一点点。此书倘能修改,我会很高兴,因为已花很多时间,很多心血,但不够成熟。资料方面,花了不少工夫,架构已成,可以提笔就写。一切取决于写作提纲。而《圣安东》却无提纲。思想的演绎固然严密,但与事实的联结,并非并行不悖。做了许多戏剧性的铺垫,到头来却独缺戏剧性。

你说我前程远大。啊,我不知有多少次摔到地下,手指出血,腰肢扭伤,脑袋嗡嗡响,就因为想直攀云天的高峰!我伸开稚嫩的翅膀,气流没托住我,稀里哗啦,跌进灰心丧气的烂泥里。奇思异想一来,不可遏制,又重新拿起笔。我将径行直往,直到绞尽最后一滴脑汁。谁能说得好?得之偶然,或能入佳境。从职业的狭义方面说,凭坚忍不拔的意志,亦可达到可观的成绩。我觉得,有些事只我一人感到,他人不能说而我却能道出。现代人可悲的一面,如你指出的,那是我们年轻的缘故。青年时代,有一部分是同可怜的阿尔弗雷·勒普瓦特万一起度过的。我们生活在理想的温室里,诗歌烘热我们烦恼的人生。此人真是个好家伙!我从来没有过这么愉快的旅行。我们走到很远很远的地方,却没离开我们的壁炉。我们上得很高,虽然我的房顶很矮。有些下午,我们连续聊六个小时,一起沿岸散步,谈两人的烦恼,烦恼,各种各样的烦恼!都留在脑子里,这些回忆多么珍贵,事后像火一样燃烧。

你说,你开始理解我的生活,须得知道其源头才好。到某一天,我会能够随心所欲地写作。但到那时,已无足够精力。我只有围绕自己周围的那点空间。我把自己看作已有四十年纪,五十年纪,六十年纪。我的生活像一台上紧发条的机器,正规运行。今天所做,明天还会做,也正是昨天所做。我还是十年前的我。我发现,我的机体是个系统,一切都不带主观成分,顺乎自然,就像白熊生活在冰上,骆驼行走在漠地。我是握笔为生的人。通过笔、由于笔、涉及笔而感受,因笔而感受更多。到下一个冬天,你会看到我会有明显变化。经三冬,穿破几双鞋。然后隐居起来,殚精竭虑,不是默默无闻,便是名满天下,不是积稿如山,便是大量印行。所虑者,不知自己能耐。此人看似极沉静,却对自己充满疑虑。不知还能上进多少,不知自己肌肉有多大力度。如此提问,太野心勃勃了,因为确知自己力量的,只有天才。再见啦,吻你,吻百吻千。保留好我的手稿。《布列塔尼》稿下次带上。

念念。

丁世中 译

一八五二年二月八日
于克鲁瓦塞

看来你的确成了《圣安东尼的诱惑》迷,你。终于如此!我将一直拥有这么一个迷!这就算不错了。尽管我并不同意你所说的一切,我想,朋友们的确不愿意看到那里面的一切:已经受到轻率的评价了,我不说不公正,而说轻率。——至于你给我指出的修改意见,我们今后再谈;工作量巨大。我以极厌恶的心情回到我曾抛弃过的思想范畴,而为了改得和邻近的其他部分的笔调一致又只能这样做。要重塑我的"圣人",我会遇到很多困难。——我得全神贯注很长时间才能虚构出一些东西。我没有说我不去试试,但不会马上干①。目前我正处在截然不同的另一个天地,我得在这里细心观察那些最庸俗乏味的细节。——我的眼光得歪到从心灵的霉变部分冒出的气泡上。从这里到《圣安东尼的诱惑》中的神话和神学的火焰般的光芒距离太大了。主题各异,同样,我的写作手法也大相径庭。我愿意在我这本书里没有一次感情的冲动,也没有一点作者的思考。——我认为这本书在思想方面(我并不重视这方面)一定不如《圣安东尼的诱惑》高,但它也许会更直截了当,更难能可贵,却并不显示出来。再说,我们就别再谈《圣安东尼的诱惑》了。——这会扰乱我的思想,会让我一再去想它,从而白白浪费时间。——如果这件事情做得不错,那再好不过,如很糟,那就算了。如果是前一种情况,发表的时间有何相干?如果是后一种情况,既然它该完蛋,那又何必费神?
…………

刘　方译

---

① 福楼拜得在完成他的《包法利夫人》之后再开始重塑他的《圣安东尼的诱惑》,下文提到的"这本书"即《包法利夫人》。

一八五二年二月十六日
于克鲁瓦塞

…………

你知道吗,那精明的圣伯夫劝布耶"别拾阿尔弗雷·德·缪塞①的烟头"。他在一篇长文章里恭维了一大堆平庸之辈,还有许多引语,却只提了提布耶的名字,没有引一句他的诗。相反,他竟极力奉承那名声在外的乌塞先生、德·吉拉尔丹夫人,等等。——从仇恨的观点看,他谈得十分巧妙,因为他一语带过,仿佛是在议论什么毫无意义的事。——我一向对这个迟钝的家伙(指圣伯夫)没有多大好感,这件事倒肯定了我对他的成见。——不过,他往常一直很宽厚,所以事情未必全由他引起。那里面一定有点什么令人不快的名堂,因为约莫三星期前,在《鲁昂备忘录》上发表了一篇文章,这篇文章同他那篇如出一辙:恭维了《巴黎杂志》所有的人(马克西姆除外),但布耶被排除在外,布耶始终被他附近的乌塞先生压倒。你认识圣伯夫,你应该比我们更了解这桩公案的底细。我无非希望你花点时间同他聊聊《梅拉尼》②,做得仿佛你不曾看过他的文章似的。这文章发表在上周一的《立宪党人》上。

…………

我终于得到了一套龙沙③全集,两卷,对开本。星期天我们读

---

① 阿尔弗雷·德·缪塞(1810—1857),法国作家、诗人。
② 《梅拉尼》,路易·布耶的故事诗。
③ 皮埃尔·德·龙沙(1524—1585),法国诗人,著有《颂歌》《爱》《赞歌》等。

了一些，读得如痴如醉。当今一些小出版社出了他的节选本，正如所有的节选本和翻译本一样，只展示了作品的一个大概，即是说，其中最精彩的部分都不知去向了。——你真想象不出龙沙是怎样一位诗人！怎样一位诗人！他有怎样的翅膀！他比维吉尔更伟大，与歌德不分轩轾，起码有时如此，有如激情的突然爆发。——今天清晨一点半，我高声朗诵了其中的一首，几乎让我激动得心里发痛，这首诗读起来太令人心旷神怡了。仿佛有人在我的脚心挠痒痒。真该看看我们那时的样子：我们激动得吐沫四溅，我们蔑视世上所有不读龙沙的人。可怜的伟人，如果他的亡灵能看见我们，他该怎样高兴呀！

刘　方译

一八五二年三月二十七日
于克鲁瓦塞

…………
半个月前，我俩去晚餐时走在王家桥上，你对我说过一句让我高兴的话，你说，你发现，没有比在艺术里放进自己的个人感情更差劲的事情。你就稳步而严格地遵循这条至理名言行事吧。但愿这个公认之理在你的信念里毫不动摇，无论在你剖析人的每一根情感纤维时，或在你寻找每一个同义词时，你会看见，你会看见你的视野怎样开阔起来，你的乐器变得怎样响亮，是什么样的恬静心情在主宰你！你的心灵退到天之涯，便会让你的视野从根本上开朗起来，而不是在近处使你目眩。你把你个人分散给所有的人之后，你笔下的人物就活了，那时，人们看到的便不是某个个人的永远夸张的性格——这种性格被各式各样的打扮伪装起来,甚至会因为老缺乏准确的细节而无法明确形成——他们在你的作品里看到的将是一群群人。

你要是知道我有多少次为你的这个毛病而痛苦就好了。有多少次我为那些理想化了的事物颇感不快,因为我宁愿看见它们处在天然的状态!当我看见你听罗歇夫人朗读《情书》①而哭泣时,我害臊得满脸通红。我和他本来都更有价值,而在剧中我们却被干巴巴地理想化了。——这有什么趣味呢?此人究竟像谁?为什么总有那么一个乏味的诗人形象,这形象越与原型相似越接近抽象,即是说接近某种反艺术、反造型美、反人情味的东西,其结果就是反诗情画意,无论作者用词造句多么有天才。——关于有说服力的文学,可以写一部很精彩的书。——你们开始表明什么之日,便是你们说谎之时。上帝知道什么时候开始,什么时候结束;人只知道中间。——艺术,正因为它处在天地之间,它应当悬在无限之中,它本身很完整,独立于创造它的人。这样看来,人们是在生活和艺术中给自己安排一些可怕的失误。想晒太阳暖自己的脚,就是想摔到地上。我们还是尊重诗兴吧,诗兴并非为某个人而存在,它为人而存在。

今晚,我看起来很人道主义,我,被你指责太重视个人人格的人。我想说的是,如果你沿着这条新的道路走下去,你会很快发现,你已经突然获得了几个世纪才能得到的成熟,你会可怜那种自我歌颂的俗套。这样的自我歌颂可以在一次吼叫中获得成功,然而,拿拜伦来说,他无论有多大的激情,旁边的莎士比亚却以其超人的非个性化使他大为逊色②。——难道会有人知道他

---

① 《情书》是路易丝·科莱未发表过的剧作,里面写了她本人和她的两个情人,维克托·库赞和福楼拜。

② 福楼拜认为,个性化文学和非个性化文学,以及拜伦和莎士比亚之间的对立是根本性的对立。

当时是在悲伤或者快乐？艺术家应当尽量设法让后人相信他不曾活在世上。我对作家越没有印象，他在我眼里越伟大。对荷马①和拉伯雷本人，我什么也想象不出，我一想到米开朗琪罗，我就会看见（不过是从背后）一个身材高大的老人，在夜里秉烛雕塑。

…………

刘　方译

一八五二年四月八日
于克鲁瓦塞

我对你的剧本②的文笔并没有提出什么具体的批评意见，但我认为那是个平庸的剧本。我很清楚，要确切叙述生活中的平凡琐事并不容易。我此刻经受的厌倦狂并无其他原因，甚至给你写信我都得费很大的劲。我已精疲力竭，身心都毁掉了，仿佛经过了一次狂饮。昨天，我在长沙发上躺了五个钟头，一直处在一种愚蠢的昏沉状态，无意动一动，也无心想任何事情。——那又何妨，我们还是继续谈吧。

我认为，总的说来，文笔松散拖沓，缺乏表现力，里面都是些现成的句子。那是没有揉到家的面团。——表达不简洁，这一点，尤其在剧院，会使戏剧构思显得迂缓，并引起观众厌倦。

---

① 荷马系公元前九世纪希腊史诗诗人，《奥德修纪》和《伊利亚特》的作者。
② 指路易丝·科莱的剧本《小学教师》。

首先,整个第一幕都在陈述。情节是在第二幕开展起来的①,而从第三幕第一场,观众就能猜出结局。第二幕最后一场倒很生动,如全剧都能如此,那会妙不可言。

第一场(女佣的独白)是对所有人说的。——谁不熟悉那羽毛掸子?还有她照的镜子?——第二场出现了餐馆侍者,这一场本身倒还有趣,但滑稽得太过分了!而且敲诈勒索的玩笑格调不高。

至于雷奥妮和马修这两个角色,我真不明白是怎么回事。他们有时非常无耻,有时又非常正直,而这些又都没有什么依据。——大家对他们的那些品行一定会产生反感,因为这有马凯的味道(除了夸张,而夸张倒挽救了这个人物)。再说,再说,里面有多少疏忽之处!我可怜的、亲爱的路易丝,我向你保证,我阅读这个剧本时感到很痛苦。可能我对戏剧一窍不通吧。但说到法文本身,我觉得在这个剧本里你似乎奇怪地脱离了你的文学经验。

兄妹之间那场戏长得离谱。就凭这两人计划中的骗局、他们那些琐碎卑贱的事,以及雷奥妮的自豪感(尽管她承认这自豪感起过作用),谁也不会对他俩中的任何一个感兴趣。

第四场也同样太长;在接近尾声时,剧中的对话较先前生动了些。发现某些有趣的东西总是使人高兴的。

第六场和第七场看上去令人难以忍受,我在其中看到了近乎集缺点之大成的东西。至于第二幕,那始终待在舞台上装聋作哑的女人②是怎么回事?她在骗所有的人,就是骗不了观众,观众真禁不住要对演员大叫:"她在骗你们!"(干吗要这个人物?她在哪

---

① 第一幕在小学教师雷奥妮的房间里,她请男爵吃饭;第二、第三幕的地点移到一座城堡里。福楼拜的批评很有根据。
② 指罗利老侯爵夫人。

方面对情节是必不可少的？而这低级可笑的一幕竟有十三场！）再说,听他们讲书面语言,大家该怎样心烦！必须避免为舞台写书面语言,看这样的戏永远让人厌倦。——那位罗利老夫人,谁看见她都得重新拾掇自己的枕头,她真让我讨厌,我对她反感透了。她无耻地愚弄自己的儿女,这一来儿女的爱心便让人感到好笑。于是我们陷入了一场闹剧。

第三场。独白没完没了！在山穷水尽时不是不可以写一些独白,也可以把独白当成陈述感情的手段(当这份感情无法实际表现出来时)。然而此处的独白是在谈我们已经看到的东西,即那座城堡内部的生活。毫无用处。

至于你构思的鸟,即演员不得不拿在手上的那只填满稻草的鹦鹉标本,它会使全场扑哧大笑,仅这只鸟就足以使一部杰作砸锅。——你怎么就没有看出这一点呢？

在第五场,雷奥妮发火超过了限度。总之,整个剧给我一个损害了细腻风格的印象,与你读了大半部《情感教育》之后非常合理地得出的印象相似。

我的分析到此为止,因为,依我之见,这部作品要么重新构思,要么拉倒。在这一刻我如使你不快,请原谅我。你可以让你信任的罗歇夫人读读这个剧本,你会看到,假如她坦率,结果绝不会令人愉快。

....

我读了《格拉齐埃拉》①。那疯子！多好的故事被他糟蹋了。无论别人怎么说,此人天生没有文笔感。这至少是我的看法。

刘　方译

---

① 《格拉齐埃拉》,法国著名浪漫诗人和作家拉马丁的作品,被广泛认为不如他的诗作。

一八五二年四月十五日
于克鲁瓦塞

....

如果罗歇夫人认为你那出戏①精彩,那她活该[指罗歇夫人]。要么是她缺乏鉴赏力,要么是她出于礼貌而骗你,除非是我的眼睛完全瞎了。至于我,我认为那些东西令人厌倦,太过分,尤其是祖母这个角色,即使撇开文学因素不谈,那也是写得最笨拙的人物之一。——接连两个冬天,即一八四七年和一八四八年,在鲁昂,我和布耶每个晚上,一周三次吧[原文如此],都在一起写剧本,那工作很苦,但我们仍然发誓要完成写作。就这样写出了十二个以上的正剧、喜剧、喜歌剧等等②,而且是一幕一幕、一场一场写的。尽管我一点不认为自己适合写剧本,我仍然感到你那出戏的结构很不灵巧。那个老祖母一动不动站在那里偷听别人讲话,简直是个老奸巨猾、厚颜无耻的家伙。我认为我是正确的,我可怜的宝贝。——倘若我这一下一下的鞭打刺激了你,那是好事,如果鞭打得不合时宜,那就是我活该了。

我的工作又重新启动了一点。我终于摆脱了我的巴黎之行引起的混乱和不适。——我的生活是那么呆板,一颗沙砾都能把它搅乱。——我必须在完完全全的静态中生活才能写作。我平躺起来,双目紧闭,可以更好地思考。哪怕最小的声音在我身上也要反复回响,回声拖得老长,然后才会消失。而且这种虚症

---

① 指路易丝·科莱写的《小学教师》。
② 其中有几个剧本现存于法国国家图书馆。

大有愈演愈烈之势。有什么东西在我身上越积越厚,很难消退。——一年之后,我的小说一结束,我就把手稿带给你,出于留心,一页不少。你可以从中看出,我是通过怎样复杂的机械动作才写出一个句子的。

…………

刘　方译

一八五二年四月二十四日
于克鲁瓦塞

啊！我真满意,一醒来就心情愉快,亲爱的路易丝。今天是我完成作品的日子,而且现在还很早,我要按你的要求去同你聊天,聊得尽可能长些。不过我首先要从拥抱你开始,拥抱你的心,表示我为你得奖①而快乐。可怜的宝贝,我为你那里突然出现这件大喜事感到多么幸福！——刚要念你的名字时,哲学家②发的球便避开了,那真是品位极高的喜剧性场面。

如果说我没有早些回你那封悲悲戚戚的、泄气的信,那是因为我近期的工作实在太忙。前天,我到凌晨五时才睡觉,昨天是凌晨三时上床。从上周一,我已把所有别的事情搁置一边,整整一个星期都在专门苦干我的《包法利夫人》,并为不见进展而深感头疼。我目前已写到"舞会"③,这一段是从周一开始的。我希望写得更

---

① 指路易丝·科莱的诗《梅特雷群落》获法兰西科学院奖。
② 指法兰西学院院士维克托·库赞。
③ 指《包法利夫人》中的渥毕萨尔舞会。

顺利些。自你见到我那天,我一下子写了整整二十五页(六个星期写二十五页)。这二十五页写得真艰苦呀。明天,我要念给布耶听。——至于我自己,因为我写得太精细,抄了又抄,变了又变,东改西改,眼睛都发花了,所以暂时看不出问题。不过我相信这些页都能站住脚。——你还跟我谈你的气馁呢!你要是看看我怎样气馁就好了!有时我真不明白我的双臂怎么没有疲劳得从我身上脱落下来,我的脑袋怎么不像开锅的粥一般跑掉。我活得很艰难,与外界的一切快乐隔绝;在生活里,我没有别的,只有一种持久的狂热支撑自己,这种狂热有时会因无能为力而哭泣,但它仍持续不断。我爱我的工作爱到迷恋、邪乎的程度,犹如苦行僧穿的粗毛衬衣老搔他的肚子。

　　有时,我的脑子空空的,什么词也想不起来;我潦潦草草写了满满几页,却发现我并没有写成一个句子,每到这时,我便躺到长沙发上,就这样一直在我内心厌倦的沼泽里像蠢人一般待着。——我恨我自己,我指控自己的骄傲狂,这种愚狂使我在异想天开之后气喘吁吁。过一刻钟,一切都变了,我快活得心跳。上星期三,我不得不站起来寻找我的手帕,因为我泪流满面。我在写作时曾自个儿感动不已,我曾尽情享受我文思躁动的妙趣,并享受能表现这种躁动的句子和找到这句子的满意心情。——至少我认为在那种文思躁动里有这一切,因为在那里毕竟是心劲儿占了主导地位。——在这个范畴里还有更高级的激情,那就是感性成分已不起作用的激情。这类激情超越了精神美的功效,因为它们独立于任何人格、任何人际关系。有时(在我阳光灿烂的日子),借助使我从脚跟到发根的皮肤都微微战栗的激情之光,我隐约看见一种心态,这种心态高于生活,对它来说,光荣算不了什么,甚至幸福也成了无用的东西。倘若大家周围的东西不去以它的性质构成常年的咒语,从而把大家困在污泥里窒息而死,却反而让大家处在一种健康的状态,那么,也许有办法为美学再找到如斯多葛主义为道德而发明的那种东西？——希腊艺术并非一种艺术，它是整个民族、整个种族甚至整个国家的基本大法。在那里，高山的轮廓也与众不同，山上的大理石是为雕塑家而存在的，等等。

　　时代已离美而去。哪怕人类能回到美，在这段难受的时刻，谁也不需要它。时代越前进，艺术越具有科学性，同样，科学也会变得富有艺术性。两者在底部分开之后，又会在顶峰汇合。目前，没有任何人类思想能够预言，未来的作品会迎着怎样耀眼的精神阳光问世。——在那之前，我们处在一条充满阴影的走廊里，我们在黑暗中摸索。我们没有杠杆，大地在我们脚下直往下滑。我们这些文学家和写作家全都缺少支撑点。说这些有什么用处？这样喋喋不休的长篇大论有什么必要？从群众到我们自己，什么联系也没有。——群众活该，我们更活该。——凡事都有它的缘由，而且我认为个人的想象与千百万人的胃口同样合理，这种想象在世上能够占有同样大的位置，所以，撇开现实不谈，也别受否定我们的人类的束缚，我们必须为想象的使命而活着，我们必须登上想象的象牙之塔，在那里独自停留在我们的梦幻里，有如印度寺庙中的舞姬停留在她们的馨香里。——我有时感到极为厌倦，极为空虚，还感到我的疑惑之情在我最幼稚的心满意足中冲着我的脸冷笑。好吧！我可不会用这一切交换任何东西，因为我在良心上感到我在履行我的职责，我在服从最高的天命，我在做好事，我有道理。

———

　　我们谈谈《格拉齐埃拉》吧。那是一本平庸的著作，尽管拉马丁用散文文笔写过很精彩的东西。书中有一些有趣的细节：老渔夫平躺着，燕子掠过他的鬓角；格拉齐埃拉把她的护身符挂在床上，一边加工珊瑚。对大自然做了两三个漂亮的比喻，如间歇出现的闪光宛若闪烁的月光，差不多就这些了。——首先，应该明确说，他吻了她，还是没有吻她？那不是些活生生的人，而是些人体模型。那些爱情故事写得真糟，其中的主要情节充满神秘色彩，让人摸不着头脑。性结合被排斥到不屑一顾的位置,有如喝酒、吃饭、撒尿,等等!这样的偏见让我不快。那样一个血气方刚的男子汉一直同一个爱他的、他也爱的女人生活在一起,而他们却没有性欲!没有一丝不洁的云朵来使这近于青色的湖水变黑!啊,伪君子!他如讲真实的故事,那该多么精彩!但真实性要求比德·拉马丁先生的汗毛更密的男性。——的确,描写天使比描写女人容易。(天使的)翅膀掩盖了隆起的部分。还有别的:他在绝望中去参观庞贝①、维苏威以及其他地方。那是学习的聪明(打括弧的)方式,他在那里竟没有一句激动的话,而我们去那里一开始就赞美罗马的圣保罗教堂,那是个冷冰冰的夸张的作品,但"必须欣赏"它,这很正常,这是约定俗成的概念。这本书里没有任何东西使你内心受到震动。也许有办法让人同那位受蔑视的表兄赛克科②一道哭泣,但并没有。而且到末尾也没有使人心碎的场面!又比如,作者故意赞扬(穷苦阶级等等的)单纯,却损害富裕阶级的辉煌,还有大城市的烦恼……但问题是那不勒斯一点也不让人烦恼。那里有一些迷人的女性,还不贵。德·拉马丁先生是第一个得益的人,那些女人在托莱多大街上和在玛日琳娜河上一样有诗意。可是,不行,行为必须得当,必须作伪。得让女士们读你的书,啊,谎言!谎言!你有多笨!

用这个故事本来可以有办法写一本精彩的书,这书无疑必须向我们讲明所发生的事:在那不勒斯,一个青年在许多别的消遣过程中偶然和一个渔夫的女儿睡了觉,之后又把她甩了。这女孩没有去死,她能自我安慰。这样写就显得更寻常,也更苦涩。(我认为,《老实人》的结尾因此非常明显地证明那是一流天才的作品。狮的爪子在这样平静的、像生活一般简单的结论中显得很突出。)

---

① 庞贝是古代位于那不勒斯附近维苏威火山下的一个小城。公元七十九年火山爆发将其掩埋,后经发掘,已成古迹。
② 赛克科是格拉齐埃拉的表兄,是一个二十岁的好青年。

这样的写法要求有独立的人格,而拉马丁却没有;还要求对生活具有医生治病一样的眼力;最后还要求有基于真实的视野,景物的真实是达到激动人心的巨大效果的惟一途径。谈到激动,我最后说一句:在最后一篇诗作之前,他留意对我们说,他是"哭着""一气呵成"这个诗篇的。那是怎样漂亮的写诗方法!

是的,我重复一遍,那里面本可以有东西写成一本精彩的书。

…………

我再谈谈《格拉齐埃拉》。当中有一段占了整整一页,全是不定式动词:清晨、起床,等等,采用这种表达方式的人耳朵一定听不真切。——那不是个作家。永远不能用这种肌肉突出、挺胸凸肚、后跟发出响声的陈词滥调。我倒设计了一种,我,一种笔法,这种笔法可能很漂亮,也许在几天之后,在十年之后,或十个世纪之后的某一天,有人会用这种笔法;它会像诗一般押韵,像科学语言一般准确,像大提琴声一般高低起伏,响亮夸张,它还有火花般闪光的枝形装饰;这种文笔会像尖刀一样刺进你的脑海;用这样的笔法,你的思想最终会在平滑的水面上航行,有如人们顺风疾驶着小船。散文刚诞生不久,对此必须思量再三。诗是旧文学的卓越形式。所有的韵律学组合都已形成,而散文的组合却差得远。

刘 方译

一八五二年五月八日
于克鲁瓦塞

…………

你谈到我内心正直,我认为,那无非是跟我在艺术问题上思想的准确性相同的东西。至于我,我并不赞成区分内心、思想、形式、实质、灵魂或肉体。那一切都和人密不可分。——有一段时间,你曾把我看成一个从反复、持续考虑自己的个性中享受乐趣的好嫉妒的个人主义者。那正是只看表面的人们的想法。我那让许多人反感的、给我带来如许苦难的骄傲也遇到同样的情况。——其实恰恰相反,没有一个人比我更能吸纳别人的东西。我曾去闻从未闻过的肥料堆,我曾对连感情丰富的人都不曾动情的许多事物产生同情。——倘若《包法利夫人》还有点价值,这本书可不缺乏情感。我觉得,反讽似乎在左右生活。——每当我哭泣时,我怎么往往去照镜子看自己?——这种想俯瞰自己的心情也许正是所有德操的来源。它使你脱离个性,根本不让你在那里停留。

臻于极顶的喜剧、令人不发笑的喜剧、玩笑中的抒情性,这些正是作为作家的我最羡慕的东西。人类的两种要素都在其中了。《心病者》①比所有的《阿伽门农》②都更深入人的内心世界。这句:"谈论所有这些病症是否有危险?"顶得上这句:"让他死!"③不过千万别想让学究们理解这点!——再说,这是很滑稽的事,正如作为人的我很欣赏喜剧,而我的笔却拒绝写喜剧!——我越不快活,越趋同于这一点,因为那是最深度的悲哀。

一段时间以来,我构思了几个戏剧,还有一本纯属想象的、神怪的、大叫大嚷式的巨型小说,半个月前突然在我脑子里出现④。假如五六年之后我着手写它们,从我给你写信这一分钟起,到墨水在最后一个涂改杠子上干掉那一分钟为止,这期间会发生什么事

---

① 《心病者》,莫里哀的喜剧。
② 《阿伽门农》,古希腊悲剧作家埃斯库罗斯(约前525—前456)的三联剧《俄瑞斯忒亚》中的一出戏。
③ 头一句是引《心病者》中的台词,但不准确;第二句引法国悲剧作家高乃依所著《贺拉斯》中的一句台词。
④ 指他没有发表的《螺旋》写作提纲。他构思的戏剧可能指幻想剧。他曾写过两个此类长剧,题为《梦想与生活》。

呢？——照我现在的进度,一年以后我也未必能写完《包法利夫人》。多半年少半年于我倒没有什么了不起！——但生命是短暂的！有时,我一想到我希望在我咽气之前做的事,一想到我已坚持不懈地持续工作了十五年,一想到我永远没有时间大略想一想我究竟愿意干什么,我便感到不堪重负。

………………

我刚读了四卷《墓畔回忆录》①。——这超过了他的声誉。对夏多布里昂来说,谁都不曾公正过。所有的党派都怨恨他——就他的作品可以写一篇精彩的批评文章。——要没有他的诗论,他会是怎样一个人！他的诗论使他变得多么褊狭！多少谎言,多么小气！他在歌德身上只看到《维特》,而《维特》只是歌德巨大才华的无数顶楼中之一间。夏多布里昂像伏尔泰。他们都（艺术地）竭尽所能去糟蹋好心的上帝赋予他们的最令人赞叹的才能。——假如没有拉辛②,伏尔泰或许是伟大的诗人；假如没有费讷隆③,写过《维勒达》和《勒内》④的人做出的该是什么样的事！拿破仑和他们一样。假如没有路易十四,假如没有君主政体的幽灵萦绕在拿破仑的心头,我们就不会为一个已成僵尸的社会激发出热情。——古代那些运动的领导人之所以卓尔不群,是因为他们十分独特。万事都如此,只能靠自己。如今,必须经过多少学研才能摆脱书本呀！需要读多少书！得喝尽大洋的水,再把水尿出去。

刘　方译

---

① 《墓畔回忆录》,法国作家夏多布里昂(1768—1848)的杰作,共十二卷。
② 拉辛(1639—1699),法国诗人、悲剧大师。
③ 费讷隆(1651—1715),法国散文作家。
④ 《维勒达》《勒内》,均为夏多布里昂的作品。

一八五二年五月十五日至十六日
于克鲁瓦塞

…………

这个礼拜我读了《罗道君》和《泰奥多尔》。伏尔泰先生的评论①是什么样的肮脏货色呀！多么愚蠢！不过，他的确是一位风趣的人。然而风趣对艺术帮不了什么忙。只会妨碍创作激情并拒不承认天才，如此而已。连他那样好素质的人都带了这个头，可见文艺批评是怎样差劲的行当！但当教师爷，指责别人，教人们如何干他们的本行，这又的确很愉快！贬低别人的癖好是我们这个时代的精神麻风病，这癖好还特别照顾那帮写作的人。在这种貌似严肃实则空虚的道德低下的日常养料里，平庸之辈感到心满意足。讨论比理解容易得多，侈谈艺术、美的概念、理想，等等，比写一首最短的十四行诗或造一个最短的句子容易得多。——我也不止一次想望涉足文艺批评，并想一举写成一本囊括那一切的书。这事得在我晚年，在我的墨水瓶干枯了的时候写。以《演绎古代》为题会写出怎样一本大胆而独特的著作！这将是毕生之作，但那又何苦呢？还不如搞点诗的音乐性，搞点音乐性！还是转到节律上去吧，让我们去和谐复合句里荡秋千，让我们更深入心灵的地窖吧。

…………

无论共和制抑或君主制，我们都不会及早从那种局面摆脱出来。那是从德·迈斯特到昂方丹②老爹在内的所有人长期工作的结果。共和派人士比别的人出力更多。平等若不是否定一切自

---

① 《罗道君》和《泰奥多尔》是高乃依的作品。伏尔泰曾编辑出版了高乃依的十二卷集和他的评论。直到十九世纪，出版高乃依的戏剧集时，大都全部或部分重版了伏尔泰的评论。这些评论对研究伏尔泰和古典文学极有价值。

② 昂方丹(1796—1864)，法国工程师，圣西门主义的创始人之一。

由、一切优势和大自然本身,那又是什么呢？平等就是奴役。这说明为什么我热爱艺术。因为在艺术里,起码可以不顾这充斥着谎言的世界而自由自在。——大家都可以在艺术里满足一切,创造一切,既是自己的国王,又是自己的臣民,既积极又消极,既是殉道者又是教士。没有界限；对大家来说,人类是一个带铃铛的牵线木偶,你可以让它在你的句子末尾鸣响,就像船夫让它在自己脚尖鸣响一样（我经常用这个办法报生活的仇。我用笔回味无边的温馨。我让自己得到女人,得到钱,我让自己旅行）。有如弯曲的灵魂在湛蓝的天空伸展开,只在真实这个边界停下来。在这样的境界,实际上形式已经消失,构思也不复存在。寻找这个,就是寻找另一个。它们是不可分的,犹如物质和颜色不可分,正因为如此,艺术才是真实性本身。这一切,如在法兰西学院啰唆地讲上二十课,半个月里,我会在许多年轻人、能干的先生和高贵的妇女身边被看成伟人而出名。

　　照我看,有一件事情可以证明艺术已被完全遗忘了,那就是艺术家多如牛毛。一个教堂的唱诗班成员越多,越应该推定这个教区的教徒不虔诚。大家担心的,不是祷告上帝,也不是如老实人所说的,老老实实干自己的活,而是拥有漂亮的祭披。人们不牵着公众的鼻子走,却自己牵着自己的鼻子走。——文学家当中的纯市侩主义多于食品杂货商当中的纯市侩主义。除了竭尽所能、不择手段遮掩自己的功利主义,还自以为正派（即还是艺术家）之外,他们实际上在干什么?! 此乃市侩之极致也。为了取悦功利主义,贝朗瑞歌唱他的浅薄爱情,拉马丁唱他妻子感伤的偏头痛,连雨果也在他的大型戏剧里对自己说出大段的台词,谈人类、谈进步、谈思想的发展历程和其他一些他自己都不相信的废话。还有一些人（如欧仁·苏）克制着自己的野心,为赛马俱乐部写一些上流社会小说。或为圣安东尼近郊写一些阿飞小说,如《巴黎的秘密》。小仲马以他的《茶花女》短时间便赢得了终身的头彩。

我看没有一个戏剧家有胆量在大街上上演工人小偷。——不，要上演，工人必须是老实人，而先生永远是坏蛋。有如在法国人眼里，年轻姑娘总是纯洁的，因为妈妈们一直在引导她们的千金。我因此相信这句千真万确的至理名言，即，人都爱谎言；白天说谎，晚上做梦，人就是这样。

刘　方译

一八五二年五月二十三日
于克鲁瓦塞

我可怜的、亲爱的朋友，你今晨寄给我的信中谈到的坏消息①只让我稍感惊异。昨天一整天我都处在一种奇怪的颓丧状态，仿佛我经受了你在那一刻感受的苦恼的反冲击。别灰心，振作起来。我知道这说起来容易做起来难，但自豪感可以使人弥补一切。应当从每一次不幸中吸取教训，跌倒之后再跳起来。

对你正在构思的剧本，你必须反复思考提纲，而且永远别忘了情节和效果。他们认为（对他们的惯例来说）在第二幕换布景不好。你还记得吗，我也对你提出过同样的异议。一切超出公共界限的东西都让人害怕。快，冲向独特！这是所有有良心的人内心的呐喊。让你的剧本保持原状吧；修改会破坏它的趣味。如果人们不保护艺术，除法兰西大剧院，还可能有十个别的剧院上演你的作品。但现在该做什么？待在自己的帐篷里，回炉铸自己的剑。

---

① 路易丝·科莱写了一部名为《情书》的剧本，但法兰西大剧院要求修改了再上演。作者认为是坏消息。

某一天你获得成功时,你再推出你的剧本。从今天到那天,你就把它留着吧;现在发衰它等于将来毁掉它。等待是个夸张的词儿,又是一件重要的事。

我这会儿和你一样气馁。我的小说让我感到厌倦;我的才思像石子儿一般贫瘠。书的第一部分本来应该在二月末结束,后来拖到四月份,再后来又拖到五月,看来得拖到七月末。我每走一步都会发现十个障碍。我非常担心第二部分的开头。我为一些不值一提的东西自找麻烦;连最简单的句子都在折磨我。我在了结第一部分之前不想去巴黎……

刘　方译

一八五二年五月二十九日
于克鲁瓦塞

必须当心他最美好的情感,这就是我从你的信里得出的道德教训。如果你感到缪塞那让我起鸡皮疙瘩的演讲①很吸引人,如果你认为我做得到的,或我将做的,也同样吸引人,那又该得出什么结论?

————

可是,能去哪里避难呀,上帝!哪里能找到一个男人?个人的自豪感、对自己作品的信心、对美的欣赏,这一切难道都完了?那众人都在其中浸泡直到嘴边的万能的泥水难道淹没了所有的胸脯?——我求你,将来别再跟我谈社会上谁谁在干什么,别寄给我任何新闻;所有的文章、报纸等等都免了吧。我完全不需要巴黎,

---

① 指缪塞于一八五二年五月二十七日在法兰西学院接纳他的大会上所作的演讲。

不需要知道在那里搅和的一切。——这类事情让我感到不舒服；它们有可能促使我变得刻薄，同时增强我阴郁的排他主义，而这种排他主义会把我引到大加图①式的狭隘里去。——我多么感谢自己曾有过不发表作品的好主意！我还没有在任何东西里浸泡过呢！我的缪斯（无论她怎样扭动腰部）毕竟没有去卖淫；眼见梅毒传遍世界，我真愿意让她以处女身咽气。我不属于那种有能耐给自己造就读者群的人，而且这类读者群也并非为我而存在，所以我准备放弃。"倘若你千方百计讨人喜欢，你已丧失了地位"，埃皮克泰图斯②如是说。我不会丧失地位的。在我看来，缪塞老兄似乎很少考虑埃皮克泰图斯的话，不过，在他的演讲里热爱德操的内容倒不少。他告诉我们，迪帕提③先生是个正派人，当正派人是非常令人满意的。——这一来，他夺得了满堂彩（见爱弥尔·沃吉耶著《加布利埃尔》）。把恭维道德素质和恭维智力素质愉快地缠在一起，并把它们一道放在同一个水平上，那是演讲术的极端卑躬屈膝之一种。人人都自认为拥有道德素质，所以人人都同时把智力素质也归于自己！我原来的仆人习惯吸鼻烟。我经常听见他在吸鼻烟时（为自己的习惯表示道歉）说："拿破仑也吸鼻烟。"的确，鼻烟壶肯定在这两人之间建立了某种亲族关系，这种关系既不贬低那位伟人，又大大提高了那粗人的自尊心。

....

刘　方译

---

① 大加图(前234—前149)，罗马监察官、将军、历史学家。以其政策的狭隘性著称。
② 埃皮克泰图斯(约50—130)，斯多葛派哲学家、伦理教师，他的讲话被后人搜集成册发表。
③ 迪帕提(1775—1851)，法兰西学院院士，缪塞因被选中接替他而发表演讲。

一八五二年六月十三日
于克鲁瓦塞

我读了拉马丁的《荷马》。作为拉马丁写的东西，我还算喜欢，但我仍然要坚持说，他在这方面不是个作家，你愿意时，我可以用半个钟头说服你，我手头有证据。里面的叙事部分全都写得很精彩。然而，关于荷马，有多少更有趣的话好说呀！哲学家①的《隆格维尔》前几页非常晦涩难懂。他过分追求十七世纪的风格，却往往在因关系代词太多而变得累赘的句子结构里自己都弄糊涂了。我喜欢清晰的句子，这种句子站得直直的，连跑的时候都直立着。这几乎不可能做到。散文的理想已达到闻所未闻的困难程度；必须摆脱古体，摆脱普通词汇，必须具有当代的思想却不应有当代的错误用语，还必须像伏尔泰的东西一样明快，像蒙田的东西一样芜杂，像德·拉布吕埃尔的东西一样刚劲有力，而且永远色彩纷呈。

刘　方译

一八五二年六月二十六日
于克鲁瓦塞

…………
我已精疲力竭了。从今天早上起我的枕骨部位就刺痛难忍，

---

① 指维克托·库赞。他的《隆格维尔夫人的青年时代》在次年以《隆格维尔夫人，著名妇女与十七世纪社会新论》的全名出版。

头重得像里面装了一担铅。《包法利夫人》让我受不了。这一整个礼拜我就写了三页,而且我并不为这三页心花怒放。最令人难以忍受的困难是思想的连贯性,以及怎样从这种想法自然而然引出那种想法。

我觉得你似乎心情颇佳,你;不过你还得多多思考。你过分相信灵感,而且写得太快。我呢,我之所以写得那么慢,是因为我只能在拿着笔时才考虑风格;我在一片没完没了的烂泥地里行走,烂泥不断增加,我得不断清扫。然而写诗就清爽多了,诗的形式是规定好了的。不过,优秀散文也应该和诗一样简洁,像诗那样铿锵有致。

我此刻正在读一本引人入胜的非常成功的书,即西拉诺·德·贝日拉克的《月亮国》①。里面有丰富的怪异想象,也时常可见好的文笔。

刘 方 译

一八五二年六月二十七日
于克鲁瓦塞

....

我仍然坚持我关于《金驴记》②的说法,尽管哲学家和缪塞有不同的意见。如果这两位先生不理解这部作品,他们活该;如果是

---

① 西拉诺·德·贝日拉克(1619—1655),法国军人、作家、戏剧家。此书全名为《月亮国的滑稽故事》,写一次想象的星际旅行。
② 《金驴记》又名《变形记》,系公元二世纪拉丁语作家阿普列尤斯的神怪小说。读者可以在书里看到希腊神话中以少女形象出现的人类灵魂的化身普赛克的一些情节。

我弄错了,那再好不过。但如果说世界上存在艺术真实性,那是因为这本书乃是杰作。——这部小说令我赞叹,令我眼花缭乱。大自然本身、风景、事物真正别致的一面,这一切都处理得很现代,而字里行间又充满古代的灵感和基督教气息。这本书同时散发着乳香和尿味,在那里,人的兽性和神秘主义紧密结合。我们这些人想做到储存精神野味又使它微微变臭还差得远呢。这促使我相信,法国文学还很幼稚!缪塞喜爱粗俗下流。由他去吧!我可不这么干。他的粗俗下流让人感到风趣(在艺术上我多么憎恨这种风趣!)。杰作却显得傻。——它们看上去安安静静,有如大自然的产品本身,有如巨兽和大山。我喜欢脏话,是的,在脏话充满激情的时候,拉伯雷的作品就是如此,拉伯雷可绝对不是开粗俗下流玩笑的人……

刘　方译

一八五二年七月六日
于克鲁瓦塞

我自个儿又不慌不忙地重读了你最近那封长信,即月下散步的故事。我更喜欢头一封长信,无论在形式上还是在内容上。——你心里发生过什么说不清道不明的事,对不?你小看那种一阵一阵的感觉也白搭,它照样让你激动了好些时候。可怜的亲亲路易丝,你如果认为我是在责备你,那你就太不了解我了。——人可以控制自己之所为,但永远控制不了自己之所感。我只不过感到你再次去同他一道散步是做错了。你这么做是出于天真,好,我同意,但我要是他,我仍然会记你的仇。他可能把你看成一个卖弄风情的女人。——从固有的观念考虑,女人不会只为赏月而去同男人月下散步。缪塞先生是极坚持固有观念的。——他的虚荣心从骨子里非常守旧。

我和你一样,不认为他最欣赏的东西是艺术品。——他最欣赏的东西是他自己的激情。与其说缪塞是艺术家,不如说他是诗人;而如今,他男人的成分比诗人的成分多得多——而且是个可怜的男人。

缪塞从不把诗本身和靠诗意完成的感觉分开。依他之见,音乐是为小夜曲而作,绘画是为肖像而作,诗是为心灵得到安慰而作。当有人因此想把太阳放进他的短裤里,那就是在烧他的短裤,便往太阳上撒尿。就是这样的情况发生在他身上。神经、吸引力,这就是诗。不,诗的基础更客观。如果仅仅有敏感的神经就可以成为诗人,那我的期望应该比莎士比亚和荷马更高,我想象荷马并不是一个神经质的人。这种混淆是大逆不道的。对此我可以说点什么,因为我可以透过一道道关上的门听见有些人在离我三十步远的地方说话,因为别人透过我肚腹的皮肤可以看见所有的脏腑都在蹦跳,而且我有时在一秒钟内能感到百万种思想、形象、各式各样的组合同时在我脑子里发出噼啪声,如同点燃的烟花爆竹。——这可是极好的谈话主题,能让人激动。

诗并非精神的衰弱,而神经性的敏感乃是精神衰弱之一种。——超常感受能力是一个弱点。我可以说明理由。

倘若我的大脑更健全,我就不会因尽我的本分和感到厌倦而生病。我会从中得到好处而不是苦恼。悲伤没有停留在我头上,却流入我的四肢,使我四肢肌肉收缩痉挛。那是一种"偏离"现象。往往有这种情况:孩子一听音乐就浑身难受。他们秉性极好,一听音乐就能记住曲调,他们一弹钢琴就兴奋;他们心跳、消瘦、苍白、病倒。他们一听见琴键上的音调,可怜的神经就像狗的神经一样痛得蜷起来。这些孩子绝不是未来的莫扎特。"爱好"已经移位了。思想进入了肉里并在肉里变得贫瘠,肉也衰亡了。因此既出不了人才,也得不到健康。

艺术也是一回事。激情成不了诗。——你越突出个人,你越没有说服力。我老在这方面出错,我;原因是我总把自己摆进我做的事情当中。——比如,是我代替圣安东尼在他的位置上出现。诱惑并非对读者,而是对我而言。——你对某一事物感受越少,你越有能力把它照原样(照它一贯的样子,本身的样子,它的一般状态,即摆脱了一切昙花一现的偶然成分的状态)表达出来。但必须具有使自己能感受它的才能。这种才能不是别的,就是天才。亲眼目睹。——要有模特儿在眼前,模特儿在摆姿势。

因此我憎恨口头诗,憎恨空话连篇的诗。——对没有说话的事物,眼神就够了。心灵的流露、激情、描绘,我愿意把这一切都融入义笔。融入任何别的地方都是作践艺术,作践感情本身。

正是这种羞耻心老妨碍我向女人献殷勤。——在说出已到嘴边的"诗意"的话时,我很害怕她心里想:"什么样的江湖骗子!"而且生怕自己真是个骗子,于是,住嘴了……

刘　方译

一八五二年七月二十日
星期一晚凌晨一点　于克鲁瓦塞

第一部分,重读一遍,需十五整天。发现其间有许多重大疏失。说过下周即去,不会食言。星期一不到,星期三必来,待一周左右。……昨天给布耶念二十页,他很满意。下星期天,可全部念完。稿子就不带给你了,对你我还知自重自爱,不完稿不会给你看一行,虽然很想反其道而行之。但这样更合情合理,如写得好,你给好评,我会更愉快。不过,还得等一年!

《国度》诗已刊出。鲁昂一家报纸隔天就转载了。昨天到鲁昂看普瓦特万（Poitevin）气艇升空，钦佩不已。——你的两首诗中，只有《王家广场》中间一段，真的好；结尾太弱。为什么不发挥你描绘的特长？你长于描绘和写戏，而不那么重感情。记住这一点。笔头功夫，跟心不一样。你取得成功，不是靠感情诗，而是借助强烈的措辞或形象的诗句，像所有南方物种那样。坦然朝这条路走下去。《王家广场》那首诗里，很有些可爱的片段，那是你自己的东西，至少是新东西嘛。再过十四五日，我在巴黎就有住所了，那你日子便不好过了，我是强男，才配对。

　　不错，下笔是一回事，个性又是一回事。还有人比我更崇古的吗？尽一切去认识古代，做梦都梦到古时。然而，我又是一个最不古的人。表面上人家以为我能写颂歌、正剧，写粗暴场景，其实我乐于分析、解剖。我实际是个糊涂虫，靠耐心和苦功，才去掉肥肉，长点筋骨。我最想写的书，恰恰是最无从下手的书。从这意义上讲，《包法利》是闻所未闻的壮举：主题、人物、效果，一切都外在于我，日后将能跨出一大步。我写这本书，像弹钢琴的人，手关节绑上了铅球。当我懂得了指法，合乎情调的曲子自然会从手下流出，卷起袖子就能弹出来，这才妙。我相信，我已步入正道。你所做的，不是为你，而是为别人。艺术无关于艺术家。不喜欢红绿黄没关系。颜色本身很漂亮，关键在于画好。

　　放心，那年轻人（可能指迪康）会收到邮包的。不是通过我，由布耶经手。

　　后天我去鲁昂，一周后再分手。将高兴拥抱你。再见，亲爱的路易丝。

你的居斯塔夫

丁世中　译

一八五二年九月十三日
于克鲁瓦塞

....

可怜的亲亲路易丝，一段时间以来你给我写了些多么悲伤的信呀！至于我这方面，我并不是一个很喜欢开玩笑的人。无论外部还是内部，一切都相当不顺利。《包法利夫人》像乌龟爬行一般缓慢；我不时为此绝望。从此刻到再写完六十页，即三到四个月的时间，我恐怕只好这样写下去了。一本书是怎样一部沉重而又特别复杂的建筑机器！我现在写的东西如果不采用深刻的文学形式，真有成为保尔·德·柯克作品的危险。但如何安排必须写得精彩的粗俗对话？这可是必要的，很有必要。还有，等我摆脱了旅店这个场面，我就得陷进一场人人都挂在嘴上的柏拉图式精神恋爱，而且，如果我取消粗俗的东西，我等于取消作品的丰富性。在这样一本书里，一行的偏差都会使我完全背离写书的宗旨，都会使我这本书砸锅。写到这个地步，一个最简单的句子对余下的部分都举足轻重。从此以后，我花在这上面的时时刻刻，只有思考再思考，厌倦再厌倦，只能缓慢！我就不对你诉说家庭的烦恼、我的姐夫以及别的事了。

....

那都是些什么样的故事①？用诗来叙述是很困难的。剧本停下来啦？那更好。就我所知，要在过去，你已经完成两幕了。在下笔之前，你应思考再思考。一切取决于构思。伟大的歌德这句至

---

① 指路易丝·科莱计划出版的叙事诗集《女人的诗》。

理名言是最简单、最令人叹服的概括,也是一切可以接受的艺术作品的箴言。

直到目前,你缺的只是耐心。我并不认为耐心就是天才,然而它有时是天才的迹象,而且可以代替天才。那老顽固布瓦洛的著作会与世长存,因为他善于做他所做的事。你在写作时最好越来越摆脱不属于纯艺术的东西。眼里永远要有模特儿,此外别无他物。你已相当擅长于此,完全可以往前走得更远,相信我吧。要有诚心,要有诚心。我愿意(我一定做得到)看见你为诗中的一处停顿、为一个和谐复合句、为诗中紧接上行的某个句首字、为形式本身(总之,除了主题)而狂喜,就像你过去为感情、为心灵、为激情而狂喜一样。艺术是一种描述,我们只应当想到描述。艺术家的思想必须像大海一般宽广,宽广到看不见海岸,像大海一样清纯,清纯到天上的星星可以一直映入海底。

刘　方译

一八五二年九月十九日
星期日晚十一点　于克鲁瓦塞

请允许我,亲爱的路易丝,不对你的心理学嗅觉说赞扬的话,你太轻信罗捷大嫂(布耶情妇)对你说的一切了。她是个装腔作势的小女人。

对雨果头脑发热了十年,算得一份痴情。这位大人物应当有所知。罗捷夫人只说了一半真话。你说她故意撒谎,也许不到这个程度。你说女人总是天真,即使在装腔作势的时候也如此。她们把自己的角色太当真,自然而然与角色融为一体。另外还有一种成见,为人要端方,要有良心,要有理想,应崇尚灵魂,而肉体是可耻的。心灵啊心灵!这是个不幸的词儿,可以把你带到悬空八只脚的地方!

授奖那天,我很想上楼看你,只得等在门外马车里,雨水不停……这是真的,碍于(令夫)夫权的重压。是的,一切取决于心灵,不管我们是多么卑微。我也想成天使,对自己的肉体,对吃饭睡觉欲念,感到厌倦。梦想修道院生活,婆罗门禁欲主义,等等。

这本《包法利》真令人头痛。好在开始有点儿门道。我一辈子也没有写过这么难写的东西,尤其现在正写着粗俗的对话。旅馆一场,可能得花我三个月工夫,自己也说不好。有时真想大哭一场,深感自己的无能。我宁可尽瘁丁斯,也不愿跳过不写。一场谈话,要写五六个(开口说话的)人,好几个(别人谈到的)其他人,还有地点、景物。其中写到一位先生和一位夫人趣味相投,开始有点好感,钟情起来,如篇幅允许写的话!还要急速而不枯燥,故事有发展而不突兀,蓄势引入后面更引人入胜的细节。造句就很难。让最凡俗的人也讲话斯文,说说礼貌,表达上会失掉很多生动别致!

亲爱的,你说到荣誉、前景、喝彩等。这老旧的梦想已羁绊不住我了。我不是假谦虚,不,我什么都不信了。我对一切都抱怀疑态度,这又何妨?我已认命,一辈子像黑奴一样干苦活儿而不求报酬。养个肿块来搔,如此而已。想写的书,以现在的写作速度,到死也写不完。不缺要干的事,这很要紧。愿上帝一直给我火与油!上世纪有几个文人,对戏子的挖苦大生其气,寻思报复。有人劝诗人皮隆率先开炮。伏尔泰说:"但是你并不阔,可怜的皮隆。"皮隆答曰:"阔不阔,我不在乎。"说得多好呀!世上许多事,就得如此对待。假定能够成功,何需更求确信?除非是白痴,一般人到临死对自己和作品的价值都没有把握。维吉尔临终时,叫人烧掉他最重要的史诗作品《埃涅阿斯纪》。这样做,或许有助于他的荣名。

跟周围人比，不禁要自我欣赏；但，当你举目仰望，仰望大师、绝对、梦想，又会觉得自己是何等卑微！

我想鲁昂报纸将会谈到你，至少他们曾有承诺。但对这类傀儡又能有何指望！

巴黎，文人，出版物，想到这些，便要作呕。我不会使印刷机叹息的。干吗自找麻烦？况且，目的也不在此。假如哪天我陷身此种泥淖，那就像下雨天走在开罗街上，穿着高级齐腰的俄罗斯皮靴，自己找罪受！

在梦境中转了一圈，又想起了你。我像疲惫的旅行者，躺在路旁的草地上。醒来便想到你，你的样子常在我字句间闪现。我可怜的爱人，留在我身旁吧！我觉得那么空虚！我很爱人，人很少爱我。你是惟一对我指明这点的女人。别的女人一时快活得直喊叫，或像好姑娘那样爱我一刻钟或一夜晚。一夜，很长了，都不大记得了。我说她们错了。我比别人，或许更有价值。怪她们不知道充分利用。你所说的"情话绵绵的爱情"，高乃依似说过"温柔的迷魂汤"，我都有过。这无以名之的财宝，如给别人捡去了，我会发疯的。这是一种幸福。我现在变蠢了。有些东西给阳光风雨带走了，有许多回到地下，余下的全归你，属于你。完全属于你。

布耶近期会寄你两首词，以便配乐（如果可能，不过他甚怀疑）。他回去睡觉了。此信明天送交邮局。我要到鲁昂参加一次葬礼。真是苦差事！可悲的，不是葬礼，而是见在场那些市侩。大多数是我的同类，似乎越来越可憎（神经上受不住）。

再见啦，千百次的温存千百次的爱。如你愿意，下次在芒特见。

你的居斯达夫

丁世中 译

一八五二年九月二十五日
于克鲁瓦塞

…………

我觉得你对戈蒂耶①很严厉。他不是一个生来就像缪塞那么"诗人"的人,但将来他会更有成就,因为留下来的不是诗人,而是作家。我对缪塞是否有《埃西亚的圣克利斯朵夫》②那么高的艺术一无所知。没有人能写出缪塞那么美的片段,但仅仅是片段而已!没有作品!他的灵感总是那么突出个人,带着乡土味、巴黎人味、士绅味。他的裤脚扎得紧紧的,上身却袒胸露臂。——有诱惑力的诗人,同意。但说伟大,不行。在这个世纪,只有过一位伟大诗人,那就是雨果老爹。戈蒂耶的诗境很狭窄,可是一旦进入诗境,他的开拓能力令人赞赏。——你读读他的《蛇洞》,那才真实且忧郁之至呢。——至于他的《唐璜》,我并不认为它出自《纳慕娜》。因为戈蒂耶的唐璜很外在(戒指从瘦了的指头掉到地上,等等),而缪塞的却道德超群。总而言之,我觉得戈蒂耶胡乱弹了一些更新颖(拜伦味更少)的弦乐,至于韵文,他更厚重。《纳慕娜》中新奇的想象使我们(首先是我)着迷,这本身难道是件好事?时代会一去不复返,到那时,这类显得狂乱的、媚一时之俗的空想还剩下什么内在价值?要想长久不衰,我认为奇想必须是极端畸形的,犹如拉伯雷的作品。不修帕提侬神庙,也得积累一些角锥形堆积

---

① 泰奥菲勒·戈蒂耶(1811—1872),法国诗人、小说家和文艺评论家,原属浪漫派,后转向唯美主义。
② 《埃西亚的圣克利斯朵夫》,戈蒂耶的诗作。

物。——然而,两个相似的人掉进他们现在的处境该多么遗憾!不过,如果说他们掉进去了,那是因为他们该掉进去;船帆撕碎了,那是因为它的纬纱不结实。无论我如何欣赏这两位(昔日我曾狂热崇拜缪塞,他迎合了我的思想恶癖:激情、飘忽不定、思想和表达方式的大胆),对之作总的评价,他们仍然只属二流,不会让人害怕。伟大天才之所以不同凡响,在于他们的概括能力和创造性。他们在一个典型身上概括了许多分散的性格,给人类的意识带来一些新的人物。大家难道不像相信恺撒的存在一样相信堂吉诃德的存在?在这方面莎士比亚也是一种绝妙的现象。他不是简单的人,而是一个大陆。他身上有一些伟人,有整批整批的群众,有多种风景。写这些都不需要刻意追求文笔,哪怕有不少错误,或正因为有这些错误,才显出写作者的能耐。——而我们这些小人物,我们只能在演奏完毕时方能显出价值。在这个世纪,雨果将胜过所有的人,尽管他作品里不好的东西很多。但他有怎样的灵感呀!怎样的灵感!——我在这里冒险提出一个我在任何别的地方都不敢说的主张,那就是伟人们的东西往往写得很糟糕。——对他们来说,这更好。不应该从他们那里,而必须从二流作家(贺拉斯①,拉布吕埃尔等)那里寻找形式的艺术。必须背熟大师们的东西,狂热崇拜他们,尽量像他们那样思想,然后永远同他们分开。作为技巧方面的训练,从博学而能干的天才那里可以得到更多的好处。——

....

刘　方译

---

① 贺拉斯(前65—前8),古罗马诗人、批评家。

一八五二年十一月二十二日
于克鲁瓦塞

…………

我焦急地等待着《农妇》,不过你也别急,慢慢来。这会有益处的。所有的理发匠都众口一词说,头发越梳越亮。文笔也如此,修改可以使其有声有色。因为你,我昨天重读了《沉思的山坡》①。嗨,我可不同意你的意见。诗写得非常有气派,但表现力有点弱,也许是诗句脱离了主题的缘故？不是所有的东西都可以用言辞表达的;如果说思想没有限制,艺术可是有限制的。尤其在纯精神领域,笔不可能走得很远,因为造型能力永远无法表现脑子里没有想清楚的东西。我马上要读英文版的《汤姆叔叔的小屋》②。我承认,我对这本书抱有对它不利的偏见。单靠文学价值根本得不到它那样的成功。当导演的某些才能和语言的大众化与面向当今情绪和现实问题的技巧结合起来时,成功可以走得很远。你是否知道如今什么东西的年销售量最高？《福勃拉斯》和《夫妻之爱》③,两部愚蠢的作品。倘若塔西佗复活,他的作品也许还不如梯也尔的作品卖得多。公众尊敬有半身雕像的人,但并不大热爱他们。大家对他们有一种约定俗成的钦佩,如此而已。有产者(即是说今日的整个人类,包括人民)对待古典的东西有如他们对待宗教:他们知道那些东西存在,如不存在,他们会生气;他们明白那些东西在遥远的过去有过用处,但如今全不利用它们了,而且觉得它们

---

① 《沉思的山坡》,雨果的《秋叶集》中的第二十九首诗。
② 《汤姆叔叔的小屋》,一八五二年出版的哈里埃特·比彻-斯托夫人的小说。
③ 《福勃拉斯骑士的爱情》,路威·德·库弗雷(1764—1797)的作品,于一七八七年出版。《夫妻之爱》,尼古拉·伏乃特(1632—1698)的作品,于一六八六年出版。

很碍事,就这样。

我让人去阅览室借了《巴马修道院》①,我要仔细读一读。我熟悉《红与黑》,我认为这本书写得不好,而且人物性格和意向都令人费解。我完全知道,风雅之士不同意我的意见,但风雅之士的等级集团毕竟是一个怪集团:他们有自己的圣人,但谁也不认识那些人。是那位仁慈的圣伯夫让这事时髦起来的。在一些社会精英面前,人们钦佩得五体投地,在一些只被劝告默默无闻待着的天才面前亦复如是。至于贝尔②,在我阅读了《红与黑》之后,真不明白巴尔扎克怎么会对那样一个作家有如此的热情。说到阅读,星期天,我和布耶不会不读拉伯雷的书和《堂吉诃德》。那是怎样难以抗拒的书呀!你越出神地欣赏,它们变得越高大,犹如看埃及的金字塔,你最后几乎会感到害怕。《堂吉诃德》里最神奇的地方是没有技巧,是幻想和现实持续不断的融合,这种融合使书变得非常诙谐,非常有诗意。在他们旁边,其余的人显得多么矮小!大家感到自己多渺小,上帝!大家感到自己多渺小!

我工作得不错,也就是说有足够的毅力,但表达自己从未体会过的东西是很困难的:必须做长时间的准备,并绞尽脑汁,以求达到目的,同时又不越过界限。情感的衔接使我痛苦万分,而这本书中的一切都取决于此;因为我主张既可以同各种思想玩游戏,也可以同各种事实玩游戏,但要做到这点,必须是一种思想引出另一种思想,如同从一个瀑布流到另一个瀑布,还必须让那些思想如此这般把读者引到句子的震颤当中,引到隐喻的激奋情调里。当我们再相见时,我可能已进了一大步,那时,我的心会充满爱,我会自如地把握主题,这本书的命运也就铁板钉钉了。但目前,我认为我正

---

① 《巴马修道院》,法国作家司汤达的小说。
② 贝尔,即司汤达,福楼拜提到的事指巴尔扎克在《贝尔先生研究》中对司汤达及其《巴马修道院》的热情赞扬。

在经过险关隘道。每当我暂停工作时,我都会想到你那美丽善良的脸庞在我作品完成时的表情,就好像在休息时间一样。由此看来,我们的爱情乃是一种书签,我预先把它插进书页之间,梦想着无论如何也要到达那里。

我对这本书缘何比对别的书更忧心忡忡?是否因为这偏离了我一贯的写作手法,而且对我来说,反而到处是巧计,是诡计。写这本书将一直是我的一次激烈而长期的智力锻炼。这之后,总有一天我会拥有我自己的主题,拥有出自我内心的提纲,你等着瞧吧,等着瞧吧!今天我已读完佩尔西乌斯①,我准备马上重读并作笔记。你现在一定在读《金驴》,我等着听你的印象。

…………

刘 方 译

一八五二年十二月十六日
星期四晚晨一点 于克鲁瓦塞

亲爱的,身体怎么样?

又呕吐,又肚痛,到底怎么回事?可以肯定,你又要做蠢事啦。希望你能完全康复。英兵(穿红军装,隐喻月经)登陆,我掩饰不住,实一大快慰。愿司交合之神,别让我再如此焦虑。不知道为什么倒没急病。一度极度忧虑,祝你平安。但之后,真大有喜乐可期。

---

① 佩尔西乌斯(34—62),古罗马讽刺诗人,其作品内容大胆、严厉,文笔不够自然,有时晦涩难懂。

星期六以来,我高高兴兴着笔,大开大合,抒情一番。也许是一道粗制滥造的蹩脚菜!活该。眼下这样写很开心,即使过后全部删掉,这种情形已有过多次。现正写去奶妈家,去,走一条小路,回来走另一条,你看,我还在沿袭人家的老路。但我也不觉泄气。比起咱们朋友迪康的书,就更有乡土气息、粪土气息和童床气息。巴黎人的自然观,伤感而干净,没有牛棚,也没有荨麻。他们像囚犯一样,以白痴或童稚的方式热爱自然。在杜伊勒里王宫树木的庇荫下,幼年就养成了自然观。说到这里,想起父亲的一位表妹,一次到德维尔来看我们(我只见过她这一次),到处嗅闻,赞不绝口,简直倾倒了。她对我说:"表侄呀,你抓一把粪土来,让我用手帕包上带走,我太喜欢这气味啦!"而我们却厌倦了乡下,因为天天看,这些气味,这些成分,太熟悉了,一点不新鲜。

你讲的罗杰·德·波瓦的故事,马车上挂着饰布,很好呀。题材有的是?

你看,我成了说教者了!是不是老了的标志?但我肯定趋向"高级喜剧"。有时心痒难熬,直想骂人。也许十年后,在哪部长篇小说里骂上一通。

目前又想到一个老主意,编一本《庸见词典》,(知道是怎样的词典吗?)序尤使我激奋,还有是我设想的写法(写成一本书),内容涉及各种各样的问题,没什么戒律能限定我。对世人赞同的事物,将予历史性的揄扬。我将证明,多数派永远有理,少数派永远有错。所有伟人我都送给白痴去糟践,让殉难者死于屠夫之手,而且用一种过甚其词、妙语连珠的文体来写。比如说在文学领域,我将轻而易举地证明:平庸是所有人都够得着的,而且是惟一合法的,因此需要排斥一切种类的创新,认定它是危险的、愚蠢的。为人类的卑劣辩护,措辞辛辣,毫不留情,大量引文、例证、反证,行文惊世骇俗(这容易办到),目的是一劳永逸,结束所有怪诞的说话。这样就回归现代的民主、平等概念,而照傅立叶的说法,所有的伟人终将变得一无用处。写作此书的目的,正在于此。书里按字母顺序排列,涉及一切可能涉及的题目,一个体面而亲善的人,从中能找到在社会上该说的一切。

如你可以查到:

ARTISTES 艺术家:全都不图私利。

BOSSUET 博叙哀:莫城雄鹰。

ERECTION 矗立(勃起):仅指纪念碑。

FENELON 费纳龙:冈布雷的天鹅。

FRANCE 法国:需铁腕人物来治理。

LANGOUST 龙虾:雌性的螯虾。

NEGRESSES 黑种女人:比白种女人更热辣。

我认为,总体极为坚实。全书中没一句是我自己编造的话。凡读过的人,再也不敢随便讲话了,怕顺口说出书里的句子。有些条目可以大加发挥,如男人、女人、朋友、政治、习俗、官员等。

这几天,读佩罗的童话,真是十分可爱。请读这句话:"房间很小,连条美丽裙子的裾尾都铺展不开。"效果不是很好吗?还有:"各国君主纷至沓来,有的坐轿子,有的坐(四轮)马车。从最遥远处过来,有骑象骑老虎的,有搭在雄鹰上的。"一般认为:只要还有法国人,都认为布瓦洛是比佩罗更伟大的诗人。其实,在法国,要隐瞒对诗歌的爱好。法国人是讨厌诗的。在所有法国作家中,也许只有龙沙才是地道的诗人。

雕塑的形态,已全被描述过,且经反复叙说。给我们剩下的,只是人的"外表"了,更为复杂,又远远逃离子形态的多项条件。因此,我认为小说才刚刚诞生,正期待出现自己的"荷马"。巴尔扎克如果善于炼字造句,将会是多么了不起的一位作家!他欠缺的,恰恰是这一点。

啊!现代社会所欠缺的,不是一位基督,一位华盛顿,也不是苏格拉底或伏尔泰,而是缺一位阿里斯托芬,不过,阿里斯托芬在当今会被公众抛石头。再说,有什么必要为"古人"操心呢?都是闲聊、推论,还是自己着笔写吧,不去讲理论,不去考虑如何"着色",画该多长多宽,更不必计较作品能存世多久。

　　此刻风刮得呼呼响,树呀河呀都在怒吼。今晚我正在写一幕夏景,阳光照着草地,小虫飞舞,等等。身处相反的境况,对要写的境况却看得越清。这阵大风,刮得我整夜像着了魔,愕然惊奇,恍然入梦。神经敏感至极,以致家母十点钟进书房来道晚安,吓得我大叫一声,老人家也为之悚然。我的心怦怦直跳,过一刻钟才平静下来……

　　《农妇》得好好写,再花上一周,不要赶。写完,全部重看一遍,要精雕细刻。要会自我评判,亲爱的蛮女。再见,夜已深。

丁世中　译

一八五二年十二月二十七日
于克鲁瓦塞

　　在这一刻,我好像惊骇万分,之所以给你写信,也许是为了避免形影相吊,犹如人们在夜里感到害怕时点上灯。我不知道你是否会理解我,但这的确很滑稽。你看过巴尔扎克的一本名叫《路易·朗贝尔》的书吗?我在五分钟之前刚看完;这书像炸雷一般让我惊骇。故事写一个人因苦苦思索无法捉摸的事而变成了狂人。这故事用千百个钓鱼钩把我紧紧缠住了。这个朗贝尔几乎就是我可怜的阿尔弗雷①。我在里面找到了几乎是我们当时说过的原话:两个中学

---

① 指福楼拜的好友阿尔弗雷·勒普瓦特万。

同学的几次闲聊正是我们聊过的,或类似我们聊过的。其中一个故事谈到手稿被同学窃去,还有学监的思考(我也遇到过这样的事),等等。你还记得我曾对你谈到过一本空想小说(提纲)吗?那里面有一个男人由于思索过度最后产生了幻觉,幻觉终了时,他朋友的幽灵出现了,那是为了对前提(世俗的、明确的)作出结论(理想的、十全十美的)。好,这个构思在那里都显示出来了,而这本小说《路易·朗贝尔》正是它的序言。小说结尾,男主人公想通过某种神秘的狂癖阉割自己。我十九岁时,在巴黎十分烦闷,我当时就曾有过他这种强烈愿望(我将来会指给你看,在巴黎维维安讷街有一家小店铺,有一天晚上,我就抱着这个强烈而急切的愿望在那家店铺门前停下),我那时有整整两年没有见过女人(去年,我对你谈到我进修道院的想法时,就是这个老根源在对我起作用)。人会遇到这样的时刻,这时他"需要让自己痛苦",他需要恨他的肉体,他需要往自己脸上抹污泥,因为谁都觉得污泥令人厌恶。若没有对形式美的酷爱,我也许会成为一个神秘主义者。除了这些,你再想想我多次发作的神经紊乱,而神经紊乱只不过是思想和意象不由自主的倾斜而已。那时,心理因素从我身上跳出来,意识和生活中的感觉一道消失了。我可以肯定,我知道什么叫死。我经常清楚感到我的灵魂出窍,犹如人们感觉到血从伤口流出来。这部怪书让我想阿尔弗雷想了一整夜。我在九点钟醒来,然后又睡着了。于是我梦见了拉罗什-居庸城堡①,城堡恰巧坐落在克鲁瓦塞②背后,真奇怪,我还是第一次发现这点。家人叫醒我,送来了你的信。莫非是你那装在邮差盒子里的信走在路上时,从远处把拉罗什-居庸的念头送给了我?你附在念头上来到我身边。莫非是路易·朗贝尔在夜里呼唤过阿尔弗雷?(八个月前,我梦见狮子,我正在做梦时,一艘船载着一些

---

① 位于塞纳河上的这个城堡是福楼拜和路易丝再次会面的地方。
② 克鲁瓦塞是福楼拜的故乡,他在那里一直住到去世。

供展览的动物从我窗下经过。)啊!有时人会怎样感觉自己接近疯狂,尤其是我!你知道,我对疯人是有影响力的,他们多么喜欢我!我向你担保,我现在很害怕,不过,坐到桌边给你写信时,一看见白纸我就平静下来了。此外,一个月以来,即自从登陆①以来,我处于一种奇特的亢奋状态,或者不如说震颤状态。一个最小的想法闪过我的脑子时,我都会有人们走近竖琴时手指头产生奇怪效应的那种感觉。

怎样妙不可言的书呀!它让我感到痛;我太能领会它了!

另外一个对照:我母亲在巴尔扎克的《乡村医生》里指给我看(她昨天才发现)一个和我的《包法利夫人》相同的场面:对奶妈作的一次探访。(我从没有看过这本书,当时也还没有看过《路易·朗贝尔》。)同样的细节,同样的效果,同样的意图;我倒不是自我吹嘘,倘若我那一页不是比他写得好得多,别人一定认为是我在抄袭。如果迪康知道这一切,他会说我自比巴尔扎克,就像我自比歌德一样②。从前,我挺厌烦一些人,他们认为我长得像某某人,某某人,等等;现在,情况更糟,是我的心灵像了。我能在各处再见到我的心灵,什么都能把它给我反射回来。为什么会这样?

《路易·朗贝尔》跟《包法利夫人》一样,从进中学开始写起,其中还有一句话"完全相同":正是在那里讲述了中学的烦闷,超过《遗书》谈到的烦闷!

…………

刘 方译

---

① 即"英国人登陆",暗示路易丝的月经。
② 迪康在《文学回忆录》里说:"他(福楼拜)经常给我们念《情感教育》的片段……一天,我打断他,对他说:'当心,你刚才念的恰好能在歌德的《威廉·迈斯特》里找到几乎完全相同的字句。'他抬起头,反驳说:'这证明"美"只有一种形式。'"

一八五二年十二月二十九日

于克鲁瓦塞

哦！终于来了！你的《农妇》，很不错，相信我说的吧。我当时对你严格是有道理的。我确信你做得到。现在，构思无懈可击，文笔雄浑刚劲。……我这里只剩下几个细节方面的批评。而且我恳求你，修改它们。别放过任何东西。修改本身就是件作品。你还记得沃维纳格①那句名言吗："修改是大师们的釉彩。"②不过在进一步谈论之前，让我紧紧拥抱你。我非常满意。

———

作品的开头极好，西北风里的几条狗，十分精彩，还有提灯、人，等等。但制作食用油写得太长，说教太多；等我们谈到细节时，我再对你说该在哪里打住。

磨房祈祷写得引人入胜；对冉的描写，很好，但被一段不合时宜的抒情体给糟蹋了，而且这一段还割断了情节，或者不如说中断了叙述。在这段激情的结尾还有几处稍嫌冗长。——流行病和机会使他成了掘墓人，除了几个词组，写得都很好。——结尾，完美，或近于完美。现在，我们来谈论用词。按我的习惯，我会毫不留情的。这对我的成功作用太大，所以我不能改变我的工作方式。我可怜的甜心，知道吗，看见你采纳我的意见而写出这么优秀的东西，我感到多么骄傲……

刘　方译

---

① 沃维纳格（1715—1747），法国伦理学家，曾著《箴言录》。
② 原文为"清晰是大师们的釉彩"。见沃维纳格的《思考与箴言》。

一八五三年三月二十七日
于克鲁瓦塞

我的《旅行笔记》给你留下的印象使我陷入奇异的思考,思考男人的心灵,也思考女人的心灵。无论怎么说,这两者是绝对不同的。

在我们方面是坦率,即使谈不上敏感;不过我们仍有错,因为这种坦率就是生硬。假如我没有对你谈起我对女人的印象,那就没有什么使你不快!女人把一切都藏在心里,她们。谁也听不到她们毫无保留的知心话。她们干得最多的事是让人猜想;她们对你叙述什么事情一定会加酱加醋,直到把肉淹没。而我们,只要有两三次发火,甚至不是存心的,她们的心就会呻吟起来。奇怪!奇怪!我为理解这一切而绞尽脑汁,我;不过我在生活中也对此作了很好的思考。说到底(我在这里是对你的头脑说话,亲爱的好女人),为什么要垄断感情呢?你对我脚下的沙子都嫉妒,哪怕没有一粒沙子进入我的皮肤,而我却承受着你在我心上开的一个大口子。你可能想让你的名字更经常出现在我的笔下。但你应该注意到,我并没有写过一篇思考性文章。我只以最简短的形式写下不可或缺的东西,也就是感觉,不是梦想,也不是思想。好,放心吧,我曾经常想你,经常,很经常。如果说我当时没有向你告别①,那是因为我那时已经有了超过耳朵的感情!你的尖刻一直留在我的记忆里;你长时间激怒我,我当时宁愿不去见你,尽管我多次想去。我的肉体呼唤我去,但我的神经留住了我。而且从这个做法生出

---

① 福楼拜在一八四九年十月去东方旅行时没有向路易丝·科莱告别。

来的亲切感靠回忆维持,不需要倾吐。我答应自己摆脱你,因为我感到我对你的多种感情太强烈,而这些感情之间又互不相容。争吵实在太闹,我开了小差,即是说我把那一切都锁起来,以便再也听不见谈起这事。我只不时地通过我敞开的心扉看看你亲爱的形象,看看你美丽而善良的面容……

关于库秋克-哈侬,嗨!你放心吧,同时你也应当纠正你对东方的想法。你该确信,她什么也没有经受过,在精神方面,我可以为她担保;但在她的肉体方面,我倒心存很大的疑虑。她当时认为我们是善心的老爷,因为我们在那里留下不少皮阿斯特,就么回事。布耶的诗写得非常漂亮,但那只是诗,不是别的什么①。东方女人是个机器,如此而已;她并不区别这个男人和那个男人。抽烟、洗澡、给眼皮染色、喝咖啡,那就是她的生活圈子。至于肉体享乐,她自己恐怕也非常轻浮,因为这些女人的花蕾早已被摘掉了。从某个角度看,这个女人很有诗意,使她有诗意的原因是她完全回归了自然。

我见过一些舞女,她们的身子摇来摆去,像棕榈树那样狂热而有规律。她们的眼睛那么深邃,颜色像大海那么浓,但眼里表达的只是安静,安静和空虚,有如沙漠。男人也一样。他们的头长得多棒,那里面仿佛转动着世界上最伟大的思想!但你敲敲他的头,从里面出来的东西不会比从一只没有啤酒的啤酒罐,或从一座空坟墓出来的东西多。

他们形体的庄重系于何物?那种庄重产生的缘由是什么?也许是因为他们与一切激情完全无缘。他们的美令人想到正在反刍的公牛,正在迅跑的猎兔狗,正在翱翔的雄鹰。他们那满脑子的宿命感以及人无价值的信念赋予他们的行为、他们的姿态、他们的眼

---

① 此诗名《库秋克-哈侬》,诗中的库秋克-哈侬是福楼拜在东方旅行时遇到的女人。

神以伟岸而又顺从的特征。宽松的、适合于所有动作的袍子,永远与辨别个人的职位靠外形,辨别天靠颜色等概念相适应,然后是阳光!阳光!无边无际的无聊吞噬着一切!将来我写东方诗(我也要写这种诗,因为这是时尚,而且所有的人都写)时,我要竭力突出的正是这些。到目前为止,人们把东方理解为闪烁的、吼叫的、狂热的、对比强烈的某种东西。大家只看到那里的寺院舞女、顶端弯曲的大刀、盲目的信仰、感官的享乐,等等。总之,在这方面,大家还停留在拜伦的水平上。而我,我对东方却有不同的体会。与众人相反,我喜欢那里被忽略了的庄严,还有不协调事物之间的和谐。记得我当时曾见过一位浴室老板,他左手戴一只银手镯,右手搽着发疱药。那才是真实的,因而也是诗意的东方:一些身穿镶饰带的破衣烂衫、满身虱子的穷人。你别管那是虱子,它在太阳下可以组成阿拉伯式的金色图案。你说库秋克-哈侬的臭虫在你眼里降低了她的身份;而我,正是这点使我着迷。她们身上让人作呕的气味和她们的皮肤大量散发出来的檀香味混在一起。我总愿意一切都带点苦味,愿意在我们的凯旋声中永远有一声倒彩,甚至在狂喜中品味忧伤。这使我想起雅法①,我一走进雅法就同时闻到柠檬树和尸体的味道;被捅破的墓地上能见到半腐烂的尸骨,而绿色的灌木却在我们头上摇动着金色的果子。你难道不觉得那么诗意十足,而且那是一种伟大的综合?一切对想象和思考的渴望都能在那里同时得到满足;那个城市不会把任何东西抛在后面。然而,雅士们,擅长修饰的人们,擅长涤除心灵罪恶的人们,爱好幻想的人们,为女士们编写生理解剖教材,编写大众科学教材、调情教材、讨好艺术教材的人们却在变化,在揩油,在剥夺,他们还自诩为典范,这些无赖!哦!我多么想成为学者!多么想写一本题名《评注古代文化》的书!因为我肯定不会背离传统,我要加进去的

---

① 雅法,今以色列的一个城市。

只是现代感。然而,古人又一次对此类所谓的雅趣一无所知;对他们来说,世上没有不能讲述的东西。在阿里斯托芬的作品里,人可以在舞台上拉屎。在索福克勒斯①的《埃阿斯》中,被宰杀的牲畜血可以在哭泣着的英雄埃阿斯周围乱淌。我一想到有人因为拉辛把狗引进台词便说他大胆妄为就好笑!的确,他用贪馋形容狗,把狗提高了!……因此,让我们尽量看到事物的本来面目,就别企图比上帝更聪明了。从前大家都以为只有甘蔗产糖,如今几乎从所有的东西里都能提取糖;诗也一样。我们可以从任何东西里挖掘诗意,因为任何东西里都存在诗,到处都有诗:没有一个物质原子不包含思想。我们应当习惯于把世界看成一个艺术品,必须把这个艺术品的各种行为再现在我们的作品里。

…………

我们正在重读龙沙的作品,越读越起劲。总有一天我们要将它编辑出版成书。这是布耶出的主意,非常合我的心意。在龙沙的诗全集里有成百上千,乃至十万精彩的东西需要推荐给人们,而且我感到有必要在更合适的版本里一读再读。我准备为它写一个序。加上我将要为《梅拉尼》和中国童话故事作的序,可以编成一本单卷的书,再加上我那本《庸见词典》的序言,我几乎可以就我老挂在心上的我的文艺批评观点说一大通话。这对我有好处,还可以阻止我自己抓住任何借口去参加论战。在龙沙诗集的序言里我要谈《法国诗歌感》的历史,还要介绍在我国人们如何理解诗歌感,诗歌感必要的分寸,它需要的小抄。在法国,人们全无想象力。谁想让诗歌被接受,谁就得精明到把诗歌伪装起来。在为布耶的书写序时,我还要谈这个想法,或者说要继续谈这个想法,我要指出,如果有人愿意摆脱任何想写史诗的意图,他怎样还有可能写出

---

① 索福克勒斯(约前496—前406),雅典三大悲剧作家中的第二位,政治活动家。《埃阿斯》是他写的悲剧。

史诗。这一切都以对未来文学的某些思考作结束。

《包法利夫人》进展不快:一个星期写了两页!!! 如果可以这么说,有时真有理由气馁得死去活来!啊,我一定能写完,一定能写完,不过那会很艰苦。这本书会成什么样子,我一概不知,但我可以保证写出来,除非我完全错了,有这种可能。

我写某些部分所受的折磨来自内心深处(向来如此)。有时,这是那样难以捉摸,连我自己都很难理解自己。然而正因为如此,才应该把这些印象描绘得更清晰。还有,要把一些俗事说得既恰当又朴实,这简直是受罪!

············

至于我,我越感到写作困难,就越胆大(正是这点使我避免了我很可能染上的学究气)。我草拟了可以写到我生命终结的创作计划,如果说我有时会遇上几乎让我狂怒得大叫的苦涩时刻(因为我深深感到我的无能和软弱),我也有很难抑制快乐的时刻。那时,某种由衷的、极富快感的东西从我身上突然喷发出来,有如灵魂出窍。我感到心荡神驰,完全陶醉在自己的思绪里,仿佛一股温热的馨香经过室内的通风窗扑面而来。我从来不会走得很远,我了解我缺少的一切。但是我着手的工作会有另外一个人继续进行。我会让某个更有天赋、禀性更好的人继续走我的路。要想使散文具有诗歌的节律(让它继续是散文,地道的散文),要想写日常生活像写历史或史诗(而不歪曲主题)一样,这也许是荒诞的。我有时问自己的正是这个问题。但这也可能是一个非常独特的伟大企图。我清楚感到我缺的是什么(啊!我要是十五岁就好了!)。那也无妨,靠我的执拗我总会赢得点什么。再说,谁知道呢?也许有一天我会找到一个好的绘画主题,会在纯属我自己的声音里找到一个曲调,不高,也不低。总之,我要永远以高尚的方式,而且经常是有滋有味地度过我的一生。

我始终遵循拉布吕埃尔的一句话:"好的作者认为自己写得

恰如其分。"①这一点正是我要求自己的,写得恰如其分,这已经是野心勃勃了。然而,有一件事是可悲的,那就是看见伟人们怎样轻松地在艺术之外影响强烈。还有什么比拉伯雷、塞万提斯②、莫里哀、雨果的许多作品架构得更差劲的东西?然而,那是怎样骤然打来的拳头!单单一个词就有怎样强大的力量!我们,必须把许多小石头一个一个垒成自己的金字塔,这些金字塔也顶不了他们的百分之一,而他们的金字塔却是用整块的石头建造的。但想模仿这些人的创作方法,那会使自己迷失方向。他们之所以伟大,反而是因为他们没有方法。雨果的方法很多,正是这些降低了他。他缺少变化,他高而不博。

刘　方译

一八五三年三月三十一日
于克鲁瓦塞

…………

　　在艺术上也是如此,对艺术的狂热才是艺术感,写诗只是理解外部对象的一种方式,是筛滤物质的特殊器官,这种器官不改变物质,只使物质改观。好吧,如果大家用这个望远镜只观看世界,世界会染上望远镜的颜色,因此,大家用来表达自己感情的字词就必然同引起这种感情的事实息息相关。你想做好一件事,这件事必

---

① 原话是:"才智平庸的人认为自己写得完美神妙;才智超群的人认为自己写得恰如其分。"
② 塞万提斯(1547—1616),西班牙作家,《堂吉诃德》的作者。

须进入你的体内组织。植物学家不必拥有天文学家那样的手、眼、头脑,他观看天体也会把天体同草联系起来。分寸感、特征、情趣、喷涌,总的说,灵感,是从先天性和教育的结合产生的。有多少次我听见有人称赞我父亲,说他还不知道是怎么回事,也不说什么理由就能猜出病人的病!因此,使他本能地得出结论开出处方的那种感觉,一定能促使我们不期而然地遇到词。只有天生热爱他的事业,并顽强而长期地训练业务能力的人才能达到这个程度。

我们为路易十四时代那些老人感到惊奇,但他们并不是了不起的天才。在阅读他们的作品时,你并没有那种惊叹不已的感觉,没有!他们只让你相信在他们身上有一种超人的气质,就像你阅读荷马、拉伯雷尤其是莎士比亚一样。但他们有怎样的良心!他们当时在怎样努力寻找表达他们思想的准确词组!他们在怎样工作!作了什么样的涂改!他们相互间作过多少咨询。他们多么擅长拉丁文!他们阅读多么慢!因此,他们的全部思想都在他们的文章里,这个载体之充实和丰满,真到了要炸开的程度。但,那里没有程度之分:好的就是好的。拉封丹与但丁①,布瓦洛与博叙哀,甚至和雨果同样流芳百世。

刘　方译

一八五三年五月二十一日
星期六深夜一点　于克鲁瓦塞

你知道吗?两封来信甚可爱,读了十分高兴。还将再读,读后

---

① 但丁(1265—1321),意大利诗人,《神曲》的作者。

再谈。我很喜欢你在迪迪埃夫人家的样子,见义勇为,反对拉马丁诗风。你在谢弗罗家标致的强硬态度,很有特点。荷塞依泛泛问了一句:"你文风是否像拉马丁?"啊,是的,那是些可怜虫,可怜的世界,狭小,脆弱。他们的名声甚至不会长过他们的生年。他们的名气不会超过他们的"租期",是有期限的。在五年、十年、十五年内,承认你是伟人;十五年已足够长了。然后便黯然失色,连书带人;留在记忆里的,只是许多无用的喧哗!但可怕的是,这些勇者竟如此沉着,在愚蠢中是那么镇定自若!他们像所用的大鼓一样喧腾,而声高来自虚空。鼓的表面是一张驴皮,而内里却空空如也。一切都靠细绳系着。正是一场文字游戏!

你讲起善良的德利勒孤单一人!我这方面颇得老天垂青:有的是愿恭听我说话的耳朵,愿向我进忠言的嘴巴。今冬布耶要去他地(巴黎),我该怎么办?想必他会像我一样,一时张皇失措。两人相互之间,起铁路指示灯的作用。伸出手臂,告知路况很好,可以通过。

我很喜欢德利勒编的《古诗集》,有才学,序也写得好,愿望亦好。正是因为愿望,我辈才有点价值。根据其欲望的大小,可以测得一个生灵的分量,正像一座教堂凭钟楼的高度可推断其规模。正是这个道理,我讨厌都市诗歌、庸常艺术,虽然自己也在做。不过,这是最后一次,心里实在反感。这是本精心编撰、风格瑰异的书,其中不乏有意为之、矫揉造作之处。这或许也是一种表现手法,少数人会欣赏,亦有人会发现细节和观察的真实。然而,大气!大气!宏大的手笔,像江河一样流淌的大时段,多样的譬喻,光华的文采,都是我喜欢的,将不再存在。巡礼一番,正准备写出点好东西。很希望半个月后,能向布耶读第二部分的开头(计一百二十页,十个月的心血)。我担心:小说主体只有一百三四十页,而开场白却有两倍长?当然,我依据的是真的顺序,自然顺序。沉睡了二十年的热情,一天之间见于行动,随即音沉响绝。美学上讲匀称,生理学不如此。把生活浇铸出来,是否把生活理想化?管他,假如模子是青铜的呢?这已不无可观,求其成为青铜而已。

听了比阿尔夫人叙述,深有所动。我认识这小女人……为人有点轻佻。是高等厨艺的一道佳肴,不无好感。我能回忆起的,就是这些。

知道吗,雨果老头画画也不错?朱丽叶已老,而雨果挚爱不衰,令我感动。我喜欢持久的情感,长年守候,穿过生命的激流,就像善泳者一直向往,不偏离方向。没有更好的家长啦,他写信给儿子的情妇,请她来一起居住!这很人道,也不摆架子。(我若有儿子,就会替他找他会喜欢的女人。)他为什么有时标榜一种愚蠢的道德,反把他缩小了?为什么去参与政治?为什么进法兰西学院?庸常之见?踵武前贤?

你来信谈的看法很对,我推定,这位伟人在家里很是孤独。一切都围着官方转;弱者就做合适的事,隐隐约约觉得大多数人在支持自己。雨果有许多犯愁的好事,老婆令他烦,华克莉赏识他(像弟子瓦格纳赞美浮士德那样),几个孩子活泼好动,恨不得到街上去玩。啊,为什么要结婚?为什么接受上帝安排的生活?

是的,两者的巧合很奇妙:你我都在读拉马丁,我正读《有爱心的交际花》,而你听比阿尔夫人讲如何拜倒在朱丽叶脚下的故事。

亲爱的缪斯,你对我说了很多温存的话语。作为交换,请接受你能想到的(我会说的)更温存的话。你的爱如同和风细雨,我受之沦肌浃髓,直到心灵深处。你具有使我足以爱你的一切,身姿,聪明,温情,不是吗?你灵魂单纯,头脑强健,不太诗歌化,却是十足的诗人。你身上一切都是好的。你整个人,就像你的酥胸,白皙而柔软。我有过的其他女人都不如你;我还怀疑,我所梦想过的女人能否比得上你。我有时竭力想象你老后的容颜,觉得我还会一样爱你,或许爱得更深。我对自己的行动和思想,就像牵骆驼,很难要走就走,要停就停:休息和行动交替,于我最合适。说实在的,没有什么比我这人更缺少色彩的,而你,将是你情夫(我)的惟一情妇!

要知道,我最担心自己变傻!你过高估计了我,冲昏了我的头脑,你自己也上了当。很少有人像我这样被赞美。啊,缪斯,假如我向你坦承自己的所有弱点,坦承自己耗费多少时间梦想我们明年的小屋!我已看到我们在里面的情况!不要过多去想幸福,那会引来魔鬼。幸福的观念,是魔鬼想出来,从而引得人类发疯。天堂的观念,比地狱的观念还要地狱。幸福美满的假设,比逃不过的挫折,更令人伤神,因为十全十美,是永远达不到的。幸亏想象不出何为美满,这点犹可有点安慰。尝不到玉液琼浆,有名窖红葡萄酒也差强人意。再见啦!不想已这么晚!但我一点也不想睡,还有许多话要说,好谈谈你的剧本。万千个接吻拥抱。

你的居斯塔夫

丁世中 译

一八五三年六月二十五日
于克鲁瓦塞

我总算把(下卷的)第一部分结束了。我竟然把我们最后那次相会定在芒特。你瞧见了,推迟了多少时间!我还得把下周用来重读写好的那一切并重抄一遍,而且,从明天起到一星期以后,我要把一切扔给布耶老兄。如果这行得通,我会大大减少忧虑,这是好事,我保证,因为这部分的底子很薄。不过,我想这本书会有一个很大的缺陷,即具体的比例失调。我已写了二百六十页,而这么多页还只包含了情节的准备，多少有点被掩盖了的性格、景色和地点的叙述（的确，这种叙述是循序渐进的）。我的结论将是那个女人死亡的故事和随之而来的葬礼以及她丈夫的悲哀，这起码要写六十页。这一来，情节的主要部分最多只剩下了一百二十到一百六十页。这不是一个很大的缺陷吗？让我放心（不过是稍微）的是，与其说这本书是情节跌宕起伏的小说，不如说是传记。戏剧性情节在里面占的分量很少，如果戏剧性成分真正淹没在书的总笔调里，也许人们不会发现在剧情发展的不同阶段之间不够协调的毛病。再说，我觉得生活本身就有点儿如此。一个举动只有一分钟，它却被望想了几个月！我们的情欲就像火山：它老在隆隆作响，但喷发却是间歇的。

…………

……你呢，好缪斯，亲爱的诸方面的同事（同事一词的来源是连在一起），本周你工作顺利吗？我对你那第二个故事很好奇。我只嘱咐你两点：一、注意理解隐喻；二、主题之外不要写细节，要单刀直入。当然，我们只要愿意，完全可以搞一些阿拉伯式的装饰，而且比谁都搞得好。必须向古典主义者表明，我们比他们更古典主义，我们还要超过浪漫主义者的意象，从而使他们气得脸色发白。我认为这些都有可行性，因为那是一码事。诗很精彩时，它就不属于哪个流派了。布瓦洛的好诗，就是雨果的好诗。在任何地方完美都有同样的品格，那就是简洁、准确。

假如我那么费劲写的书有好的结果，单凭写作这本书的事实我就可以证实两条真理，这也是我的座右铭，即：首先，诗是纯主观的；在文学上并不存在美丽的艺术主题，因此伊弗托[①]和君士坦丁堡[②]有相同的价值；结论是，想写什么就写什么，什么都可以写得

---

① 伊弗托是福楼拜的家乡鲁昂的一个区。
② 即今土耳其的伊斯坦布尔。

精彩。艺术家应当提高一切,他像一个水泵,他身上有一个巨大的管子,管子深入事物的核心,深入到它的最深层。他把埋在地下的、平淡无奇的、人们看不见的东西吸进去,再让它们大束大束地迎着太阳喷涌出来。

刘　方译

一八五三年七月八日
于克鲁瓦塞

…………
　　我不知道布耶是否给你写过信。他可能对你说了,他对我念给他听的东西感到满意;坦率说,我也满意。困难克服了,我觉得这一点就很了不起;不过,也仅此而已。这个主题本身(至少到目前为止)就排除了在其他作品里使我陶醉的石破天惊的文采,我认为那种文采是我的一绝。《包法利夫人》的好处在于,它必将成为我的一次艰苦的智力锻炼。我该进行真正的创作,这是很罕见的。但我会扳回分数。但愿我能按我内心的愿望找到一个主题,那时我会走得很远。你谈到的儿童故事是怎么回事?难道你准备写童话?写童话,那才是我的抱负之一呢。
　　萨尔佩特利埃尔①在色彩上没有更强烈,我对此感到不快。慈善家们扼杀一切。多么卑鄙的恶棍!如今,苦役犯监狱、牢狱和医院,这一切都蠢得像神学院。我第一次看见疯人就是在那里,在

---

① 萨尔佩特利埃尔,坐落在巴黎的一所养老院兼精神病院。

总收容所,和可怜的帕兰老爹①一道。在一间间小房里,约莫十二个披头散发的女人或坐着,或拦腰捆起来,或半身赤裸;她们怪叫着,用指甲抓自己的脸。那时我大约六七岁。小小年纪留下这样的印象很好,它使人变得刚强。在这方面我的记忆多么奇特!主宫医院的梯形解剖室正对着我家的花园。有多少次我和我姐姐攀上栅栏,在葡萄藤间好奇地注视着排列起来的尸体!太阳照在上面;在我们身上和花间飞来飞去的那几只苍蝇落在上面,又飞回来,嗡嗡叫着!我在熬夜守护她的两个夜晚怎样地回想着那一切呀,亲爱的、可怜而又美丽的姑娘!我此刻仿佛还看见我父亲从他解剖的尸体上抬起头来,叫我们走开。他对其他的尸体也一样,他。

我并不赞许德·利尔②不进入那里③,但我对他的做法并不感到吃惊。从未进过妓院的男人大约很害怕医院。这是同一范畴的诗。这个好利尔,他缺乏浪漫主义要素。他或许不大会品味莎士比亚。他看不见某些丑恶里还有精神浓度。因此,他的作品缺乏生气,甚至不够鲜明生动,尽管有一些特色。鲜明生动来自深刻的见解、敏锐的洞察力和客观;因为必须让外部的现实进入我们内心,我们几乎要为它呐喊才能很好地再现它。作者眼前有一个清晰的模特儿时,他往往写得不错,那么,真实的东西在哪里才能让人比在精彩地陈列人类悲苦的地方看得更清楚真切呢?精彩的陈列里有某种东西非常露骨,可能在人的思想上引起残忍的胃口。人们会冲上前狼吞虎咽并把陈列的东西消化掉。我经常带着什么样的幻想停留在妓女的床上,注视着她床上磨损的地方!

我过去热衷于前去医院的太平间,我在那里架构了多少残酷的悲剧呀,等等!而且我相信在那个地方我有一种特殊的感知能

---

① 帕兰老爹,福楼拜的叔叔。
② 勒孔特·德·利尔(1818—1894),法国诗人,巴那斯派诗歌的奠基人。
③ 德·利尔曾陪同路易丝去萨尔佩特利埃尔。

力;在不健康的事物方面,我很在行。你了解,我在疯人群里,在处理我遇到的特别奇特的意外事件时有怎样的威望。我很想知道我是否保持了这种潜能。

噢!你不会变成疯子!他说得有道理!你的头脑能保持镇静,你,但我认为他,那可怜的小伙子①,他比我们更易于受外界影响。疯狂和淫荡是我悉心探索的两件事,我靠我的意志力那么得心应手地周旋于这个领域,所以我永远不会(我希望如此)变成疯子,也不会变成萨德②的某个人物……

刘　方译

一八五三年七月十五日
于克鲁瓦塞

如果我们的身体相隔在天涯,我们的心却相毗邻。我的心经常和你的心在一起,相信我吧。只有多年的感情才会出现这样的相互穿透性。两人紧紧贴在一起之后,一人便进入另一人体内了。你注意到了吗,连外貌都可能互相受到影响?一对老夫妻到头来会体貌相似。同一职业的人们不是有同样的神态吗?常有人把我和布耶看成兄弟。我可以肯定,十年前绝不会有这样的事。人的思想就像一种内在的黏土,它从内部排斥外来的形式,而愿意按自己的意愿塑造它。你在写作时,如果你有时在文思勃发的当儿站起身,到镜子面前一看,你难道不曾突然为你的美丽感到惊讶?你的头上仿佛

---

① 指德·利尔。
② 萨德(1740—1814),法国作家,其作品大都描写性虐待狂。

有一个光环,你变大了的眼睛射出激情的光芒。那就是灵魂出窍。电流乃是最接近思想的东西。直到目前,它仍然是一种相当神奇的力量。在严寒的季节,人的头发在夜里发出的闪光,也许比纯粹的象征更与传说中的神像头上的光环、光轮和耶稣的变容关系密切。我说的究竟是什么?是说智力活动习惯的影响力。我们就把这一点用到我们的业务上吧!假如艺术家只阅读美的东西,只看见美,只爱美,那他算什么艺术家?倘若守护我们笔端纯洁的某个天使从一开始就把我们和一切低劣知识隔离开来,但愿我们从来没有同蠢人打过交道,从来没有阅读过报纸!古希腊人兼收并蓄。他们,好比造型,处在任何东西都不可能再造的状态。但意欲穿他们的靴子,那是荒唐之举。北方需要的不是古希腊人穿的短披风,而是毛皮大衣。古代的形式对我们来说已经不够用了,我们的嗓音也并非生就来唱那些简单的曲调。如果我们做得到,让我们当他们一样的艺术家,但又不同于他们。从荷马到现在,人类的意识领域已经拓宽了。桑丘·潘沙①的肚子会押断维纳斯的裤带。我们不能热衷于复制古老的精品,而应当努力创造新的精品。我认为德·利尔并不赞同这种观点。他没有体察现代生活的本能,他缺少心,我的意思不是指个人的敏感性,甚至不是指人道主义的敏感性,不,我指的是近乎医学意义的心。他的墨水很淡。那是一位没有吸够空气的诗神。纯种马和纯种文笔都有血有肉有力量,仿佛可以看见充沛的血液在马的皮下,在字词之下跳动,从耳朵直到马蹄。栩栩如生!栩栩如生!绷紧,一切都在其中了!正因为如此,我才那么喜欢抒情诗式的表达方式。我认为抒情诗是最自然的诗歌形式。诗意赤裸裸地、自由自在地体现在里面。一个作品的全部力量都存在于这个奥秘之中,正是这个首要的品格,这个 motus animi continuus②(按西

---

① 桑丘·潘沙,《堂吉诃德》中的人物。
② 拉丁语:持续不断的内心冲动。

塞罗雄辩术的定义是,灵魂持续不断地震颤、冲动)使诗文简洁、鲜明、有性格、有激情、有节奏、有多样性。搞文艺批评并不需要多大的鬼聪明!你可以看这本书使你的拳头有多大的力量,再看你恢复过来需要的时间长短,并依此来评判一本书的好处。由此可见,大师们多么爱走极端!他们总走到思想的最后界限。在《普索涅克》①里,谈的是让一个男人灌肠。剧情显示的却不是灌肠,不是!而是灌肠器将拥入全场!米开朗琪罗那些粗糙绘成的人像身上的筋骨比肌肉还多。鲁本斯②的酒神节画里,有人在地上撒尿。再看看莎士比亚的全部作品,等等,还有那位最恋家的雨果老爹。《巴黎圣母院》是多么优秀的小说!最近我又看了三章,其中就写了乞丐群的口袋。正是这部分写得最有力度!我认为,无论如何,大才的最大特点是力量。因此,在艺术上我最憎恨、最恼火的是灵巧、机智。机智同没情趣完全不同,没情趣是走上歧途的优良品质。因为要想具有所谓的没情趣,脑子里必须有诗。然而机智却相反,它和真正的诗是水火不相容的。谁能比伏尔泰更机智,谁又比他更不像诗人?然而,在法兰西这个迷人的国家,读者大众只接受乔装打扮的诗。你要让他读鲜活的,他会表示不乐意。因此必须把他们当作阿巴斯帕夏的马来对待,为了使马匹肥壮,让它们吃裹了面粉的小肉团。这,就是艺术!得善于包装!不过也别怕,你们去用这种面团喂狮子,喂凶猛的动物,它们准会在二十步开外就扑上来,因为它们熟悉面团的味道。

....

刘　方译

---

① 《德·普索涅克先生》,莫里哀的三幕散文芭蕾喜剧。
② 鲁本斯(1577—1640),出生于弗兰德斯地区的巴洛克派画家、建筑师、外交家。

一八五三年八月二十六日
于特鲁维尔

这可能是我从特鲁维尔给你写的最后一封信。一星期以后我们就在勒阿弗尔了，礼拜六回到克鲁瓦塞。下星期我要寄给你一封短信。下周六晚上，在克鲁瓦塞，如果布耶不去我家，我就给你写信。尽量让我星期六一回到家就见到你的信，或者不如说星期天早上。那会让我返家愉快。一旦回家，我该有多大一堆工作要干呀！这次休假不会对我没有益处；我感到清爽多了。我有两年没有出去呼吸新鲜空气了；我需要新鲜空气。此外，在出神观赏波涛、绿草、叶丛时，我又得到了一些锻炼。我们是作家，而且一直顺从艺术，我们和大自然只有富于想象力的交流。有时必须正面观看月亮和太阳。树木的汁液顺着你盯着它们的惊愕视线进入你的心田。正如在牧场吃百里香的羊肉更觉鲜美，大自然风味中的某种东西如果在大自然里运转正常就可能渗透我们的思想。才一个星期（最多一星期），我已开始感到宁静，已开始毫不做作地品尝我看到的景象。起初，我十分惊愕，随后我感到悲伤，感到厌倦。差点就想打道回府了。我走了很多路，我筋疲力尽但其乐融融。我本是个淋不得雨的人，但前不久我淋得像落汤鸡却几乎没有发觉。等我要离开这里时，我一定会黯然神伤。事情永远如此！是的，我开始摆脱我自己，摆脱能引起我回忆的一切。晚间，我经过沙丘时，灯芯草拍打着我的皮鞋，使我比遐想时更感快乐（我离《包法利夫人》很远了，远到仿佛我这一生只写过其中的一行字）。

我在这里把自己大大概括了一番，对这四个无所事事的星期作出的结论是：别了，即是说与个人的、私人的、和我有关的东西永别了。我已不再考虑过去准备写回忆录的计划。没有任何与我个人有关的东西可以引诱我。我已不再感觉对青年时代的留恋（这种留恋是那样美丽，仅从回忆的角度就可以再现出来，甚至可以透过有强烈想象力的文笔事先瞥见其端倪）有多么令我神往。但愿那一切完全消失而且不再复活！何苦呢？人并不比跳蚤重要。我们的欢乐和我们的痛苦都应当被我们的作品吸收。太阳一出，朝露变成云雾升腾，谁也认不出朝露了！蒸发吧，尘世的雨，昔日的泪，你们应当浸透阳光，形成缭绕的烟雾往天上升腾。

现在，我正为变化的需要而寝食难安。我想把我见到的东西全部写下来，不按原来的，而按变形的样子写。我认为准确叙述最壮丽的现实是不可能的。我还必须将现实加以渲染。

我感觉最深切的事物在我面前出现时已变换了地点，而且已不是我而是别的人们在感受它们。因此，我换了房舍、习惯、天空等等。啊！我多么急于摆脱《包法利夫人》《阿奴庇》和我的三个序（即是说只有三次，而且是三次合一次，我要写文艺批评）！我在怎样急迫地完成这一切以便奋不顾身地投入一个宏伟的、更适合我的主题呀！我有写史诗的急切愿望。我想写顺时间笔直而下的重大历史事件，而且是从上到下加以描绘。我的东方故事不时在我记忆里重新出现；我常常隐约闻到它们的气味，这气味使我心花怒放。

什么也不写，却梦想写杰作（正如我目前的做法），这是件令人乐在其中的事。然而，以后要为这种享乐的野心付出多大的代价呀！那是怎样"隐蔽的凹处"！我本应当更聪明些（但没有什么能纠正我）。《包法利夫人》本应是我的一次很好的锻炼，今后却很可能逆反成灾难性的，因为我将会极端厌恶（这显示出我的意志薄弱和愚蠢）写庸俗环境的主题。正因为如此，这本书写起来才这么困难。为了想象我的人物并让他们说话，我需要作出巨大的努力，因为我对他们深恶痛绝。但我在写出自肺腑的东西时，我写得很快。不过危险又来了。人在写关于自己的东西时，一气呵成的句子可以是精彩的句子（抒情性顺着天然的倾向很容易产生效果），然而却缺乏总体的协调。重复比比皆是，还有大量的重述、陈词滥调、平庸的词组。相反，人们在写想象的事物时，一切都必须来自构思，哪怕一个小逗点都取决于总的提纲，作者的注意力便自动转向。既不能失去广阔的视野，同时又要观照自己的脚下。写细节最是酷刑，尤其在大家像我一样喜欢写细节的时候。珍珠组成项链，但穿成项链的是线。然而，用线穿珍珠而又不丢一颗珠子，另一只手还要一直拿稳线，那可得使出全部的解数。人们为伏尔泰的书信而倾倒，但他从来就只熟悉这方面，即只善于陈述他个人的意见，这位伟人！他的一切也就在其中了。因此他在戏剧、在纯粹的诗歌方面是没有什么价值的。小说，他倒写了一本，那是对他全部著作的概括，《老实人》中最优秀的是"探访波谷居朗泰老爷"那一章，就是在这一章里，伏尔泰仍然在几乎所有的问题上发表自己的意见。那四页是最杰出的散文之一。它们凝聚了他的六十卷著作和他半个世纪的努力。然而，我看他未必能就他所蔑视的拉斐尔的画中的某一幅作一番描写。

依我之见，艺术的最高境界（也是最困难之处）既非令人发笑或哭泣，也非让人动情或发怒，而是像大自然那样行事，即引起思索。因此一切杰作都具有这个品质。它们看上去很客观，但却颇费琢磨。在写作手法上，它们像峭壁一般巍然屹立，像海洋一般波涛汹涌；它们像树木一样叶满枝头、苍翠欲滴、喃喃细语，像沙漠一样苍凉，像天空一样湛蓝。我感觉荷马、拉伯雷、米开朗琪罗、莎士比亚、歌德似乎显得冷酷无情。那是无底的、无边的、多重的。从小孔可以窥见悬崖，崖底漆黑，令人晕眩。与此同时，却有某种异常清淡柔和的东西超然笼罩着总体！那是辉煌的光彩，是太阳的微笑，那是宁静！是宁静！却非常刺激，那里有颈下垂皮，好似勒孔特的《牛》①。

---

①　指勒孔特·德·利尔写的诗：《牛》。

比如，费加罗①与桑丘相比是怎样蹩脚的创作！读者可以怎样对桑丘进行遐想呀：他骑在毛驴上，吃着生葱，一边纠缠警察，一边同他的主人闲聊。大家还可以看见西班牙的公路，别的作品可没有描写过那些公路。但费加罗，他在哪里？在法兰西歌剧院里。所谓社会文学。

而我却认为应当憎恨社会文学。我就恨它，我，此时此刻。我喜欢有汗味的作品，在这样的作品里可以透过内衣看见肌肉，这种作品赤脚走路，赤脚走路比穿靴子走路困难，靴子是痛风病人所用的模子：病人穿这种靴子可以掩藏他们畸形的脚趾和各种各样的变形。在上尉②或维尔曼的脚和那不勒斯渔夫的脚之间存在着两种文学的根本差异。一种文学的脉管里已没有了血液，在这种文学里葱头似乎已代替了骨头。这种文学乃是年龄、疲惫和退化造成的结果。它躲藏在某种打过蜡的、习惯性的、打了补丁的、沾了水的形式之下。而这种形式又被绳子捆得紧紧的，浆得硬硬的。那真是单调、不舒服、讨人嫌。用这样的文学形式既不能攀登高处，也不能降到深层，更不能穿越困难（事实上人们不是把它拒之于科学的门外了吗？因为进去需要穿木鞋）。这种文学只适合在人行道上走，在行人多的道路上走，在客厅的地板上走；在客厅里它可以发出柔和而又卖弄风情的噼啪声，以刺激神经过敏的人们。痛风患者给这样的文学涂上清漆也白搭，它永远只是鞣过的牛犊皮。

然而另一种文学！另一种，领圣体的文学，海水使它变成了茶褐色，它的手指甲白得像象牙。在悬崖上走路使它倔强；在沙地里走路使它美丽。其实，软软地伸进沙地里的习惯使脚的轮廓渐渐按它的类型形成了。这脚按自己的形式生活，在最有利的环境中成长。因此，它就这样紧靠着土地，就这样分开趾头，就这样跑，多棒！

---

① 费加罗，博马舍的剧本《费加罗的婚礼》中的主人公。
② 上尉，指福楼拜和路易丝·科莱的朋友，作家阿尔庞提尼。

我不是法兰西学院的教授,这该多么遗憾!否则我会在那里就靴子比作文学这个重大问题上一课。我会说:"是的,靴子乃是一个世界",云云。就古希腊演员穿的厚底靴和便鞋等等可以做多么有趣的对照呀!

便鞋,那是多么漂亮的词!它给人何等深刻的印象!是不是?有一种便鞋脚尖翘得高高的,像月牙儿,上面缀满光芒四射的闪光片和臃肿的豪华饰物,看上去很像印度的诗。这种鞋来自恒河。人们穿上它在塔里,在被香炉烟熏得漆黑的芦荟地板上走路;在后宫和闺房里,这种有麝香味的便鞋在绣着不规则的阿拉伯装饰图案的地毯上闲逛。这让人想到没完没了的颂歌,想到餍足的爱……埃及、北非等地的农夫穿的马库勃鞋圆得像骆驼的脚,黄得像金子,缝线很粗,将脚踝裹得紧紧的,那是家长和牧人穿的鞋,很能抵挡灰尘。整个中国不都穿着中国式的衬粉红锦缎的鞋,鞋面绣有猫的图案?

希腊人以他们的造型天才,在亭阁里的阿波罗塑像脚上交错的带子之间,淋漓尽致地展现了他们的雅趣。那是装饰和裸体怎样美妙的结合呀!实质和形式多么和谐!脚与鞋,或曰鞋与脚何等珠联璧合!

中世纪的硬派诗(往往是单韵诗)与当年武士们穿的整块材料制作的铁鞋(鞋上有六寸长的马刺,马刺上配有令人生畏的星形小轮,那简直是令人尴尬和不快的复合体)之间岂非有明显的关系?

卡冈都亚①的鞋用四百零六古尺紫红色天鹅绒制作,鞋边巧妙地撕成对称的一溜均匀的圆柱体。我从中看到了文艺复兴时期的建筑艺术。路易十三式的靴子口大,缀满饰带和绒球,酷似花盆,它让我想起朗布绮夫人的公馆②,和她的客人斯居戴利、马利

---

① 卡冈都亚,指拉伯雷的小说《巨人传》中的主人公之一。
② 朗布绮侯爵夫人(1588—1655),十七世纪著名贵妇,常在其公馆举办政治家和文学家聚会。

尼。但旁边还有一把罗马式剑柄的西班牙式长剑——高乃依。

在路易十四时期,文学的长袜拉得很挺!褐色的长袜。看得见腿肚。皮鞋的鞋头是方的(拉布吕埃尔,布瓦洛),也还有几双结实的马靴,外形庄丽而且耐用(博叙哀,莫里哀)。后来,大家穿尖头鞋,那是摄政时期的文学(《吉尔·布拉斯》①)。后来,人们节约皮革,于是形式(又一个文字游戏!)推展到如此反自然主义的夸张程度,几乎和中国并驾齐驱(至少想象力得除外)了。那时的文学矫揉造作、轻浮、不自然。鞋跟高得失去了平衡,没有了根基。另一方面,人们又将腿肚填上垫料,真乃具有哲理的松软填充(雷那尔②,马蒙代尔,等等)。学院式的赶走了诗意的;带扣占了上风(德·拉阿普主教大人)。如今我等已沉湎于蹩脚鞋匠的无政府主义。我们穿过护腿铠甲、鹿皮鞋、尖长的翘头鞋。我在布列塔尼人彼特-施瓦利叶和爱弥尔·苏威斯特先生③累赘的句子里听到了克尔特人的木底皮面套鞋发出的讨厌声音。贝朗瑞写女工的高帮皮鞋连鞋带都磨破了;欧仁·苏把持刀杀人者④没有后跟的难看的脏鞋表现得太过分。一个有残羹剩菜味;另一个有阴沟味。一位的句子上有油脂污点;另一位的文笔自始至终有大粪的痕迹。有人曾去外国寻找新东西,但这新东西也已陈旧(我们照老一套工作)。嫁接俄罗斯文学、拉普兰文学、瓦拉几亚文学⑤和挪威文学都失败了(小昂培尔、马尔弥叶⑥以及《两世界杂志》的

---

① 《吉尔·布拉斯》,法国作家勒萨日(1668—1747)的小说。
② 雷那尔神甫(1713—1796),法国历史学家和哲学家。曾著《东西印度殖民地商行的政治哲学史》。此书算得上是哲学十字军东征的战争机器之一。
③ 彼特-施瓦利叶(1812—1863),法国记者和多题材作家。爱弥尔·苏威斯特(1806—1854),曾写过六十部小说、历史、戏剧及伦理、哲学著作。
④ 指《巴黎的秘密》中的人物。
⑤ 拉普兰是斯堪的那维亚北部地区;瓦拉几亚是罗马尼亚南部地区。
⑥ 小昂培尔(1800—1864),法国著名旅行家、教授,曾写《论诗歌历史》;马尔弥叶(1809—1892),也是著名旅行家,曾翻译过歌德和席勒的剧作。

其他珍品)。圣伯夫拾起最没有价值的破衣烂衫,将它们缝补起来;他蔑视大家所熟悉的,加一些线和糨糊,继续干他的小买卖(红色后跟死灰复燃,蓬巴杜尔式和阿尔塞讷·乌塞式等等)。因此,必须把这些垃圾抛进水里,重新穿上牢固的靴子或赤脚,尤其要把我皮匠的离题话就此打住。这些离题话从什么鬼地方来的?无疑来自我今晚喝的一杯让人毛骨悚然的朗姆酒。晚安。

刘　方译

一八五三年八月二十七日

…………
　　我前一封信使你那么快活,我为此感到高兴!你终于明白甚至赞同了起初让你不快的东西。嘿,大自然真是错把你造就成妇女了。你是男性这边的。你在遇到什么不顺心的事时,都必须永远记住这点,而且看看你身上的女性因素是否占了上风。诗有诗的样子①。诗迫使人们永远把我们看成高高在上的人,永远不考虑我们是大众的一员,这样我们才能被理解。——倘若有人说法国人的坏话,说基督教徒或普罗旺斯人的坏话,你是否会愤怒?还是别管你的性别吧,就像你不管你的祖国、你的宗教、你的故乡一样。我们应尽量成为精神,只有这种超脱能使我们得到人和事的更丰富更广泛的认同。法兰西是在各省消亡之后建国的。而人道主义感情也会在各国消亡的废墟上开始产生。将来还会有某种更宽广更高超的东西代替这种感情。——到那时,人会喜欢虚无本

---

① 这句话根据路易丝写的一个故事的题目《富有富的样子》而言。

身,因为他感到自己是虚无的参与者,"我对坟墓里的虫子说,你们是我的兄弟",等等。

在中世纪,人们为公驴和母牛祝福,真棒。卑贱将变成智慧。在这方面,科学已走在前头。为什么诗不走得更快些?——应当永远让诗超过我们自己。

刘　方译

一八五三年九月二日
于克鲁瓦塞

....

前天,我躺在床上几乎看完了整整一卷拉马丁的《复辟王朝史》(滑铁卢战役)。这个拉马丁是怎样平庸的一个人!他没有理解走下坡路的拿破仑的卓越之处,也不理解巨人对打败他的侏儒的狂怒。——里面没有激动人心的东西,没有崇高的、生动的东西。与这本书相比,连大仲马的作品都算得上雄浑、高超了。在描写滑铁卢方面,夏多布里昂尽管更欠公正,或者不如说更带侮辱性,却比他高明多了。——多么可悲的语言!

为什么拉伯雷的这句话老在我脑子里转来转去:"非洲总带来某些新东西?"①我觉得非洲到处是鸵鸟、长颈鹿、河马、黑人和金粉。

刘　方译

---

① 这是《巨人传》的主人公庞大固埃说的一句话。

一八五三年九月十六日
于克鲁瓦塞

我不可能再找到蒙田关于比科德拉米兰多拉①的引语(这证明我对蒙田还不够熟悉)。为此我得重读而不是翻阅(因为我已经翻阅过了)《蒙田全集》。

萨芙②从爱琴海中的岛屿或曰群岛的勒卡德岬角顶上跳进水里。勒卡德是莱斯波斯岛和小亚细亚陆地之间的一个小岛(在士麦那海湾的岸边)。如今,勒卡特位于一个叫阿德拉米特的海湾里(我不知道此处的古名)。至于萨芙,有两个,一个是女诗人,另一个是妓女。头一位出生于莱斯波斯岛的米蒂利尼,生活在公元前七世纪。她把同性恋推进到完美的高度,被判与阿尔瑟③一道从米蒂利尼流放出去。第二位出生在同一个岛屿,但出生地是埃莱索斯。这一位似乎热爱法昂。这个意见(而且是当代的,因为一般都把她们俩混为一谈)是根据史学家宁菲斯的一句话:"埃莱索斯的萨芙热恋法昂。"人们还注意到,曾写过米蒂利尼的萨芙生平的希罗多德从没有谈到过这份恋情,也没有谈过自杀的事。

我总算又干起来了!进展顺利!身体各器官又复原了!别责备我绷得太紧,亲爱的好缪斯,经验告诉我,硬顶住有好处。任何东西只有努力才能得到;做什么事都有牺牲。珍珠是牡蛎的疾病;文笔也许出自更巨大的痛苦。艺术家的生活,或者不如说一个待

---

① 比科德拉米兰多拉(1463—1494),意大利人文主义哲学家和神学家。
② 萨芙,公元前六世纪的一位希腊女诗人。她的九卷诗作只剩下一些片段。此处的萨芙似指都德的同名小说中的女主人公。
③ 阿尔瑟系公元前七世纪的希腊抒情诗人,萨芙的同乡。

完成的艺术品,岂非酷似待攀登的大山?那是艰苦的旅行,要求顽强的意志!首先,你在下面看见高高的山峰。在云端,它闪着纯洁的光,它高得令人胆寒,正因为如此,它才激励你攀登。你起程了。然而,每走到一个平顶,山峰都在升高,天边也在往后退,你遇到一个个悬崖峭壁,你头晕眼花,你感到气馁。天寒地冻,一路上,高原无休止的暴风雨将你的衣服撕去最后一块布片。你永远迷路了,显然达不到目的了。此时此刻,你会考虑你经历了多少疲惫,你看看你皮肤上的裂口会感到恐怖。但你只有一个难以抑制的欲求,那就是继续往上攀登,攀登到顶,死了拉倒。不过,有时从天空刮来一阵风,在你头晕目眩之际为你展现出数不清的远景,无垠的、美妙的远景!在你下面两万尺的地方,你看见了人,一股从奥林匹斯山吹来的微风充盈着你宽广的胸膛,于是,你会把自己看作巨人,整个世界都是你的底座。接着,又起雾了,你继续摸索着,摸索着前进,在攀登悬崖时擦伤了指甲,在寂寞中你哭了。那又何妨!让我们死在雪地里,让我们在欲望的白色痛苦里,在思想急流的汩汩声中死去,脸朝向太阳!

今晚,我工作时很激动,我又开始流汗了,我又像往日那样大声唱歌了。

的确,《老实人》非常成功!太精彩了!多么准确!是否有办法既保持那样的明确性又能更雄浑?也许不能。此书绝妙的效果无疑来自书中表达的思想的天然状态⋯⋯

你有好多东西需要重读,干吗还白花时间去重读《格拉齐埃拉》?哎呀,那真是毫无理由的消遣!从这样的作品里什么也得不到。必须坚持饮源头的水,拉马丁却是个水龙头。《玛侬·列斯戈》[①]最强有力的地方是它感伤的灵气,是它描写情欲的逼真,这种逼真使两个主人公那么真实,给人以那样的好感,显得那么可

[①] 《玛侬·列斯戈》,法国作家普雷沃神甫(1697—1763)的小说。

敬,尽管他们俩都是骗子。这本书,是心灵的大声呐喊;书的结构也非常巧妙。多么文质彬彬的笔调呀!而我,我喜欢更刺激、更生动的东西,我发现所有第一流的作品都彻头彻尾属于此类。它们的真实性是极明显的,情节得到非常充分的开展,具有更丰富的与主题有内在联系的细节。《玛侬·列斯戈》也许在二流作品中首屈一指。与你今晨的意见恰恰相反,我认为写任何题材的东西都可以引起大家的兴趣。至于用这些题材是否能创造美,我想,起码在理论上是可以的,但我对此把握不大。维吉妮①之死写得非常精彩,但还有多少人的死也很激动人心(因为维吉妮的死亡是异乎寻常的)呀!让人赞叹的,是她从巴黎写给保尔的信。每次读这封信,我都感到心碎。我可以预先肯定,读者哭我的包法利大妈之死准没有哭维吉妮之死伤心。然而,与后者的情人相比,大家更会为前者的丈夫而哭泣,我毫不怀疑,那是由尸体引起的。它必定会老跟着你。艺术的首要品质,它的目的,是幻觉。感动(要使人感动往往需要牺牲一些诗意的细节)完全是另一种东西,而且层次较低。我在看一些一文不值的情节剧时曾哭过鼻子,而歌德却从没有让我的眼睛湿润过,除非为了赞叹。

刘 方译

一八五三年九月三十日

....

  怪事,人在生物进化系统往上升,他的神经官能,即承受痛苦

---

① 维吉妮,指贝尔那丹·德·圣皮埃尔的小说《保尔和维吉妮》中的女主人公。

的能力,也随着提高。那么承受痛苦和思考是否一回事?无论如何,天才也许只是对痛苦的提纯,即通过我们的心灵对客观事物极全面极敏锐的洞察。无疑,莫里哀的悲哀来自人类的全部荒唐行为,而且他感到自己也未能幸免于荒唐。他为迪亚法吕斯们和答尔丢夫们①而痛苦,因为他们通过他的眼睛进入了他的大脑。我设想,那维罗纳人②是否连续不断地浸透了各种颜色,如同一块布料不停地被投入染坊沸腾的染缸里?一切东西出现在他面前时色调都夸大了,所以会引起他下意识的注目。米开朗琪罗说,大理石见他走近它们会发抖。可以肯定的是,是他自己走近大理石时会战栗起来。对这个人来说,所有的大山都有灵魂。群山天然互相对应,好比两个相似的因素互相感应。但这种现象应当在山与山之间造成(不知在哪里,以什么方式造成)一条条难以想象出类型的火山带,使可怜的人类作坊噼噼啪啪爆炸开来。

我现在几乎写到选民会③一半的地方了(这个月我写了十五页,但还没有写完)。是好还是坏?我不知道。对话多困难呀,尤其在你想把对话写得有个性时!通过对话来描写,而且要求对话始终同样生动、准确、高雅而又平常,这太残酷了!我不知道有任何一个人能在同一本书里做到这些。必须用写戏剧的笔法写对话;用写史诗的笔法叙事。

今晚,我又根据一个新提纲写我那该死的一页——折纸彩色灯笼——了④,为这一页我已经写了四遍。真够让人撞墙撞个头破血流!是描写(用一页的篇幅)一群人对一位仁兄的狂热崇拜越来越升温,这位仁兄在市政厅门前接连摆放了许多折纸彩色灯

---

① 迪亚法吕斯父子是莫里哀的剧作《心病者》中的人物,都是无知而又自负的医生;答尔丢夫,他的剧作《伪君子》中的伪君子。
② 此处指意大利画家保罗·卡利亚里(1528—1588)。
③ 指《包法利夫人》第二部第八章。
④ 在《包法利夫人》印刷成书时,此页并不存在。

笼。必须让大家看到群众又惊又喜，大叫大嚷；而这一切都不得"漫画化"，也不应有作者的思考。你说，你有时为我的书信感到惊异。你认为那些信写得很好。好漂亮的玩笑！我写信，是写我之所思。然而，想别人之所思，让别人说话，两者有多大的区别！比如，此时此刻，我刚让人看到在一次闲聊中出现的一个家伙，此人应当是个老好人，同时又很平常，有点流氓气，也有点自命不凡！而透过这一切，必须让人看见他在步步进逼。此外，在写作中体验到的所有困难都来自缺乏条理。我现在就认定这一点。假如你拼命寻求某个句子结构或某个表达方式而不得，那是因为你没有构思。形象，或者脑子里非常明确的观念，必定会把字词带到你的纸上。后者产生于前者。构思周全的东西，等等①。

我此刻正在重温他这一段，这个布瓦洛老爹，或者不如说，我已重读了他所有的东西（我目前正在看他的散文作品）。那是一位大师，他是一位诗人，但更是一位伟大作家。然而，有些人把他搞得多么蠢！他有过一些多么蹩脚的诠释人，多么平庸的吹嘘者呀！那些大学教授，喝淡墨水的学究族，他们靠他而生活，却把他弄瘦了、撕碎了，恰如一帮寄生在树上的鳃角金龟子。树已经不那么茂密了！那倒无妨，它仍然根子牢，活得顽强、挺拔、健美。

文学批评于我似乎是一种全新的、需要做的事（我已经趋同于它，这让我感到害怕）。到目前为止，参与文学批评的人们都不是专业的。他们也许能熟悉句子的解剖学，但他们肯定对文笔生理学一窍不通。啊！文学！那是怎样一种长久不衰的渴求！就像我心中用了发疱药。这药不停地弄得我发痒，我也其乐无穷地挠痒痒。

那么《女仆》②呢？为什么我会怕它太长？这很荒唐，原因无

---

① 语出布瓦洛的《诗的艺术》："构思周全的东西陈述也明确。"
② 《女仆》，路易丝·科莱的《妇女的诗》中第二个故事，于一八五四年出版。

疑在于写作的时间使我对它的长度产生了错觉。再说,与其太短,不如太长。然而,诗人的通病在冗长,正如散文作者的毛病在老一套,这些毛病会造成诗人让人厌倦,散文作者让人厌恶:如拉马丁,欧仁·苏。雨果老爹有多少个剧作长了一半呀!而诗剧中的诗本身已经非常适合掩盖思想的贫乏了。你分析分析大段的诗和大段的散文,你会发现是诗还是散文更使人发腻。散文是一种非物质的艺术(它对感官影响不大,它缺少引起快感的一切因素),它需要塞满东西而别人还发现不了。然而,诗中塞进最少的东西也会显露出来。因此,一句散文里最没有被察觉的比喻都可以产生一首十四行诗。散文具有许多中景和远景。诗是否应该具有这些?

此刻,我在带着狂喜阅读尤维纳利斯①的作品。什么样的文笔呀!什么样的文笔!拉丁语是怎样一种语言!我也开始稍稍理解索福克勒斯了,我为此非常得意。说到尤维纳利斯,读得相当顺利,只是这里那里常产生曲解,但我很快就发现了……

刘　方译

一八五三年十月十二日
星期三午夜　于克鲁瓦塞

我头脑发胀,就像骑马多天之后那样。因今天握笔走马太久之故,从中午十二点半起一刻不停(除抽一烟斗五分钟,晚餐一小时),农展会一节烦死人了,就此搁笔,却也正好告一段落。从今天起,专门写展品评奖,会占一定篇幅!真要绞尽脑汁,之后,就想

---

① 尤维纳利斯(约60—140),古罗马讽刺诗人。

去见你。

布耶认为,这将是全书最美的一景。我敢肯定,这一节是全新的,意图也值得称道。交响乐的效果若能见诸一本书,那就在此中。总体上要发声,故同时有牛叫,情人的怨叹,官员的演讲。大晴天光照充足,一阵阵风吹起农妇的宽边女帽。《圣安东尼》里最难写的段落,相形之下,简直是儿戏。通过紧凑的对话和性格的对照,可以产生戏剧效果。我现在开足马力,下周内,将闯过决定全书的关口。只觉得脑子不够用,未能一举统揽复杂的全局。我一口气写下十页,从一个句子跳到另一句。

我可以肯定,戈蒂耶路遇没同你打招呼,是没看到你,他高度近视。我也一样,常发生这种事。几乎是无意的轻侮,这不是他的行事方式。他是非常平和非常殷勤的老好人……与你的看法相反,题词不能说明什么:只是一种姿态和形象重塑。这可怜的家伙会抓住一切机会,在随便什么上签署自己的名字。

亲爱的路易丝,你真是个怪物,又斥责了我一番!你所求之事①,我说可以,已答应了,你又来骂我!很好,既然你对我无所隐瞒,我也不讳言,我觉得你的想法是个怪念头。关爱的性质,各不相同,你想建立一种联系,我看不出有何意义,更看不出有何用处。我不明白你在巴黎款待我,与我母亲何涉?我在施莱辛格家出入三年,我母亲从未踏进她家门槛。同样,布耶八年来每星期天都来我处,吃饭睡觉,从未让他母亲显形,虽然其母几乎每月都到鲁昂来。我可以担保,我母亲并无反感。总之,就按你的愿望办吧。我答应你,向她说明你的理由,安排你们两人见面。至于其他,怀着最好意愿,我也无能为力。或许你们相见融洽,或许彼此不愉快。老太太不善交际,不去看望老熟人,连老朋友也不见。我只见到过她的一位女友,而这位女友还不住这里。

---

① 路易丝求见福楼拜之母。

我刚读完布瓦洛的《通信集》。其中有不少肺腑之言，拨正了他的某些判断。他认为，马莱伯并不是天生的诗人。你有没有注意到，这时代的名人书信，很少飞扬之致，只能做到就事论事。抒情，在法国，是一种新技能。我认为：耶稣会教育于文艺损害极大，于艺文中去除天然意趣。从十六世纪末到雨果，所有作品，不管写得多好，都有一股学院气息。我要重读法语课本，从长计议，写一篇《法兰西诗的感情史书》。像搞动植物学一样搞评论，不从道德角度立论。不是对某种形式泛泛而论，而且阐述其具体形状，与其他事物的联系，以及其存在特质（美学正期待其若夫华①，这位发现生物进化的博物大家）。当世人对人类的灵魂能不偏不倚，如同物理学研究物质一样客观，那就前进了一大步！这是人类超越自身的惟一办法。做到这一点，自己的作品像一面镜子，能清楚地看到纯粹的自我。人就像上帝一样，须从高处来评判自己。

是的，我认为这是可行的。也许像数学一样，只要找到一种方法，可首先运用于艺术与宗教——思想的两大表现形式。我这样设想：有了关于上帝的最初（尽管薄弱）观念，诗的最初感情随之产生（可能是很微弱的感情），并寻找其表现方式，很容易在孩子和蛮子身上找到。这是起点。这样已找到了关联。继续推演下去，考虑到气候、语言等因素，逐步逐步，可以升华到未来的艺术，上升到美的设定，上升到明确的现实性，上升到所有力争达到的理想典型。但此大任不该我来担当，我有别的事要做。

再见，吻你的明眸。

你的居斯塔夫

丁世中 译

---

① 指博物学家若夫华·圣依莱尔（1772—1844）。

一八五三年十一月二十五日
于克鲁瓦塞

…………

有必要对你谈艺术吗？你会不会在心里责备我那么快就跳过了情感的话题？但一切事物都互为因果,折磨你生活的东西也折磨你的文笔。因为你总把你的构思和你的感情混在一起,而这种混淆既削弱了你的构思,也妨碍你享受你的感情。啊！假如我能够把你造就成我梦想的人,你会是怎样的女人,怎样的人！首先,那是怎样幸福的人呀！

对我来说,阅读《女仆》乃是一堂伦理和美学课。毫无疑问,在你眼里我马上要显得学究气了,我可以说得简短些,但我请你,我求你认真审视你自己和你的作品,看看外部因素如何使你心绪不宁！——扼要言之：一、这是你的一出戏,而我却身在其中。正因为我身在其中,正因为那是事实,所以戏中缺乏情节,而且这出戏也被拒绝了[①]。有两个不足之处,一个是艺术上的,另一个是商业上的。里面无疑有好诗,而且几乎所有的诗都很不错,但必须采用纯粹的抒情诗体裁,任何内在的东西都不可能出自正剧。二、你回顾回顾戴尔班和诺兰的剧本,同样的不足之处,同样的错误：你雪了恨。你照原始状态描绘人物,总的说来,这并不合适。三、你是否认为,你的政治剧如果写得不够富于激情,观点不够共和味,就不会成功？

---

① 路易丝写的这个剧本叫《情书》。其中写了维克托·库赞和福楼拜。一剧院经理在拒绝上演这出戏时写信给路易丝说："我读了你的剧本《情书》。那是一出引人入胜的格言剧,诗韵也雅致,但那不是一出戏。"

四、《女仆》。缪塞对你掩盖了所有的市侩，他的女仆则掩盖了所有的女仆。你讨一个人喜欢却看不见所有的人，这一切，由于大肆施舍而几乎变得不公正了。细节："不知羞耻的老妇"写作手法类同。——不应该听你的女仆怎么说，而应虚构次要情节。

你再看看你那卷夏庞蒂埃版本里你个人所有的剧本：《题献给母亲》《给女儿》等等。全都是最平庸的。如果说你最近那本戏剧集里最成功的是《服丧》，那是因为描写对象离你很远。你是一位受女人束缚的诗人，正如雨果是一位受演说家束缚的诗人。你别以为（对此我有经验）在艺术里出了生活中受的气，你就可以摆脱气闷，不。心中的狂怒是不会散发在纸上的。洒在纸上的只是墨水，悲哀一从嘴里叫出来，它就从耳朵返回我们心灵里，而且更响亮、更深广。——从中什么也得不到。瞧你在写作和出版《农妇》前后心情多么愉快。比较一下吧。——人只有在纯而又纯时才感觉良好。我们应当坚持这一点。让我们朝它攀登吧！

…………

　　　　　　　　　　　　　　　　　刘　方译

一八五四年一月二十九日
星期日晚　于克鲁瓦塞

亲爱的路易丝，下周望能与你相见，终于！这次旅行，我有良好的预感。住的地方，离你很近。——外出活动不多，免得时间扯碎，有两三天拟全天干活，余下时间陪你和布耶。要到诺昂（乔治·桑住地）跑一次，得花两整天。真是白花钱，没利也没趣！

你猜猜！本周我写了多少页？才一页，而且还不敢说写得好！

这一段,本该流利而轻松,却写得我昏昏沉沉。真受罪!拼死拼活,乐此不疲,真是又甘又苦!其中的奥秘我参不透。志向,也许就像乡土之情(我并不多),意味着人与物的某种必然联系。

西伯利亚人住在雪地里,霍顿托人居茅屋,日子过得心满意足,既不梦想太阳,也不妄想宫殿。必有一种更强烈的东西,把他们与贫困维系在一起。——而我辈,诗人、画家、雕刻家、音乐家,却为形式问题绞尽脑汁;通过语句、轮廓、色彩、韵律,证明我们的存在,觉得这才是世上最美的事!

这两天,我完全沉浸在莎士比亚戏剧中(《李尔王》第三幕第一场)。李尔王的失魂落魄,把我气疯了。其他人,与他一比,都显得幼稚。这一场里,人人都走到了尽头,失去理智,胡言乱语。三种不同的疯狂,同时叫嚷着,而丑角照样插科打诨,管他大雨滂沱,雷声轰鸣。一位年轻的爵爷,开场时他富有而体面,这时他说:"啊!人我见识过。不要听了鞋跟橐橐、绫罗窸窣,就拜倒在女人面前。"等等。哎,法兰西的诗歌,相形之下,简直是白开水一杯!想到拉辛啦高乃依啦那些胸像,我们还捧住不放,我直想怒吼!我要"把他们碾成粉末,用来粉刷茅坑的墙壁"!

是的,这出戏激荡人心。我一直在想森林那一幕:狼嚎阵阵,衰迈的李尔王在雨水中痛哭流涕,在呼呼的风声中揪拔自己的胡须。——当你仰望高山时,才觉得自己何其渺小:"生来平庸,为崇高的精神所压垮。"(孟德斯鸠语)

现在谈谈莎士比亚之外,别的东西。

我认为,任何东西,任何题材,都可以做成艺术品。哪些人在搞时装?裁缝嘛!就像壁挂艺术家对家具一窍不通,厨师也不大懂厨艺这道理是一样的。肖像画家只会画些蹩脚肖像,好的肖像,是思想家、创意者画出来的,他们才懂得再现。专业的狭隘,使他们失去了这专业的本来意义,将主次、布料与饰带混为一谈。一个伟大的石匠可以成为艺术家,正如十六世纪的金银匠是艺术家一样。但平庸渗透一切,连石头也变愚蠢,马路也变呆板。——如有灭顶之灾,也得尽一切力量阻挡向我们袭来的滔天恶浪。——让我们向理想进发!既然我们不能住琼楼玉宇,享受不到半榻斜卧的乐趣,没有红木椅子、金烛台,没有天鹅绒地毯,那就让我们诅咒作伪的奢华、虚假的骄傲!工业化使"丑"扩大了百十倍!良善之辈,一万年前,没有艺术也过得很安然,现在呢,也要小雕像、小音乐、小文学了?想想趣味多么恶俗!

再有,市场使真正的奢侈品都卖到了天价!谁还肯买一块好表呢,开价要一千二百法郎!全是胡闹,全是假货,处处是穷开心!大衬架的膨胀裙,把女人的屁股都遮没了,我们的世纪是卖淫的世纪。时至今日,最不淫荡的,是妓女。

但问题不在于向有产者宣战。自从发明了马车(驿车),有产者已不成其为有产者了,他们坐在平民的长凳上,不再动窝,其心灵,其外表,甚至衣着,与下层人都无甚差异。

这一切我都可接受。一旦从民主的观点出发,即:一切属于大众,但混乱也由此产生。我试图说明,现今已无时尚可言,因为没有权威,没有规则。过去还能知道谁在推动时尚,而且每种时尚都有一种含义。现在却是无政府状态,人人都可随心所欲。也许从中能产生新的秩序。这种无政府状态是当代的历史趋势。曾经有过罗曼式、哥特式、蓬巴杜尔式、文艺复兴式,各种时式至少风光三十年,而所有这一切毕竟都留下了一点东西。

这一切中应汲取什么,以达成美?我的意思是要研究,何种形式何种色彩,在特定的境况中,才适宜某一特定人物。其中有色调、线条的相称问题,需要弄清。最善于卖弄风情的女子懂得其中奥妙,不比纨绔子弟只按时尚杂志去穿戴。——时尚刊物若要求新求真,就应当谈谈这个门道。比如,可研究研究韦罗内兹①怎样

---

① 韦罗内兹(1528—1588),意大利威尼斯派画家。

给他笔下的金发女郎着装，怎样给女黑奴脖子上围饰物。效果从何而得？表情与服饰之间应有何种准确的关系，我们还没掌握。

另一种考量，是服饰与行动的关系；美，经常是从有用引出来的。举例来说，神职人员的服装就该庄严，做赐福的手势而未配以宽大的袖口，看来就荒唐。远东人士，穿上燕尾服，就不像穆斯林，不能再做大净小净。有些家伙，不合时宜，穿上排扣的上装，再加上紧身裤，迟早得放弃使用卧榻，甚至放弃后宫制度。请注意，最先穿鞋子鞋罩的，是交易所职工，为便于在场子里跑上跑下。——诗学，也是同样性质的问题。每件作品，应有自己的诗学，关键是要能找到。

我要破除追求时尚的想法，把男男女女市民都吓倒。紧身时装要鄙弃，因为很丑而且不舒服，这罪我也受过几次！！！

是的，事虽小，却很难受，男人本不应去说这种事。男儿装应有雄壮之概，不要穿出来被人当太监。同样，有些家具、服装色彩、椅子式样、窗帘边饰，令我头疼！剧场里看到女人的繁盛发型，就想作呕，而且衣服还那么紧。看到演《威廉·退尔》的男演员，戴着"儒文"（Jouwin）手套，我都要讨厌歌剧了。真是蠢货！戴上手套，手还有什么表情可言？想象一下，塑像戴上手套成何体统！——一切都体现于形式，而且要尽量从中发现灵魂。

我生活中有很多时间坐在火炉旁，想象自己有了百万年金，该如何装潢我的宫室，仆役着怎样的号衣，让自己的厚底靴缀满钻石！想象雕车宝马嘶叫于台阶之下，让美国佬妒忌得要死。——华筵盛宴，多精致的菜肴，多周到的侍应！多么好！当地水果满溢在枝叶编成的篮子里。海藻上盛着牡蛎。餐厅四周攀满茉莉花，更有梅花雀嬉戏其间。

哦，巍峨的象牙之塔呀！在梦中升向塔顶，可靴子钉把我们勾连在现世！

区区毕生从未见过奢华，除了在近东。那里的人，破衣烂衫，满身跳蚤,手臂上却戴着金镯！对他们来说,美比善有用。通体色彩,把衣衫遮得看不见了。宁可抽烟不吃饭！好一个观念压倒一切！

夜已深,再见了,吻你,一心向你。

你的居斯塔夫

丁世中 译

致路易·布耶

一八五〇年十一月十四日
于君士坦丁堡

假如写旅行观感,脑子里想到的事,提笔都能写下来,我想你一定会收到一些有趣的信。但一打开纸篓,一些想法都不翼而飞了。且别理会,写成什么样就什么样吧。

昨天上午才到君士坦丁堡((一八)四九年十一月启程,与迪康作十八个月的中东之行),今天还无可奉告。记得傅立叶有这样的看法:君士坦丁堡日后会成为世界的首府。——跟人类一样广大无边。你进入巴黎就有被压倒之感,在这里你会有同样的感觉。熙熙攘攘的陌生人群和你擦肩而过,波斯人、印度人,以至美国人、英国人,种种不同的个性,加起来足以把你压扁。再者,此城极为开阔,上街就不辨东南西北,看不到何处是头何处是尾。

在城里,公墓处处,像一簇簇林子。从加拉达圆塔上俯视,可瞥见各种住宅和清真寺(沿博斯普鲁斯海峡和黄金角一带,船桅蔽空),房屋也可比作船舶,像一支不动的船队,而清真寺的尖塔便是桅杆(比喻有点牵强,姑妄言之)。曾走过男妓街,从业者在买甜品,用的当然是出卖屁股挣来的钱。下身以此偿还肚子的供养。在底层大厅里,听见刺耳的提琴声,原来有人在跳"罗美伊克"舞。舞者一般是来自希腊的年轻人,留着长发。

明天拟将阁下大名,Loué Bouilhette(按土耳其读音),用蓝地金字印制在硬纸标牌上,做成礼物,借以装饰你的房间;日后你看到这标牌，会想起，我人在旅途，还随时与你同行。在制作所，谈好了纸板、缘饰、价钱；接着到巴扎雷清真寺喂鸽子。喂鸽子算一桩善举。院子里有上百只鸽子。人一进去，便从屋顶檐角四面飞来，降落到石板地上。港口也有多种飞禽。船艇之间，可见䴔䴖飞来飞去，或栖息于水波之上。屋顶上处处是鹳鸟的窝，冬天鸟去巢空。——山羊和驴子在墓园里自在地啮草；入夜，士兵便和妓女在这里胡调。当地公墓，可谓东方胜景之一，没有此类设施那种庄严肃穆、阴森不快之志。没有围墙，没有沟渠，没有隔篱，没有栅栏。可以陡然出现在乡间或城里，不分地域和时间，犹如死神一样，在你生活得好好儿的时候，一不留神，突然降临在你身旁。穿过一处墓场，就像走过一个市场。坟头都一样，只有新旧年代之别。随着年深月久，逐渐坍塌，直至消失，像对先人不复追念一样（夏多布里昂说过类似的话）。翠柏参天，满目郁郁苍苍，一片静谧。说到胜景，只有君士坦丁堡才真正称得上。啊，多么美的景色，简直像一幅画！但我找不到任何可与法国勒阿弗尔港相比肩的地方。

亲爱的先生，应该告诉你，我在黎巴嫩首都贝鲁特中招了，是到了龙骑兵的故乡罗得岛才发现的。始而七个硬下疳，继而合成为二，之后成一。——带病从马摩里斯（Marmorisse）骑马骑到士麦拿（Smyrna）。每天一早一晚，都要给那倒霉的命根子敷药包扎。治疗终算有效。再过两三天，疮疤即可收口。我亦特别小心在意。我疑心是马龙派女信徒送的礼，但也可能是一位土耳其小姑娘。是土耳其小妞，还是那位女基督徒，两人中到底是哪一位？永久的疑问？煞费思量！！！《两世界杂志》讨论东方问题，这个，是他们没想到的一个问题。今晨发现小伙子萨赛蒂发烫（在士麦拿已开始）。昨晚，马克西姆，尽管六周来未曾风流过，发现皮肤有两处擦伤，一看就是双头下疳。若是真的，那就是我们上路以来，他第三次得病了。旅行之于健康，真说不上有多少好处。

至于我自己，从文学方面讲，实在是茫无头绪。有时感到十分沮丧（此词还不够分量），另一些时候，文思氤氲，热情高涨，全身奋起，稍后又故态复萌，情绪低落。我很少作深长思考，触及什么题目，思想便生发开来。——我的观察，尤其侧重在精神层面，从没想到旅行存在这方面的事。而心理的、人文的、可笑的层面，富有奇趣。我见到一些讨人喜欢的圆脸孔，各种各样让人眼睛一亮的女人，或衣衫褴褛或珠光宝气，或肮脏破烂或饰带绚丽。——骨子里是千古不废的下流行当。这就是社会的底层。打你眼前经过的是何等景象！到了城里，我不时打开一份报纸，看上去社会发展得很好。其实，还不是在火山口上跳舞，而且是在茅厕的盖板上，而这盖板已朽坏得可以。社会眼看就要沦落到十九世纪的泥潭里，到时大喊也来不及了。研究这一问题的念头，一直萦绕在我心头。很想把这一切全攥住（恕我狂妄），像挤柠檬一样，把汁水挤到我杯子里。回国后，打算跻身社会党人中间，用戏剧形式写点泼辣可笑的东西，当然也要力戒偏颇。话已到嘴边，墨水已到笔头。有些题材，或许构想得更清晰，但惟此欲先写为快。

　　至于题材，手头有三个，或许归根到底是同一个。一、《唐璜之夜》，得之于罗得岛的麻风病院。二、《阿努比斯的故事》，写一个欲勾引天主偷情的女人——涉及上帝，下笔难度极大。三、反映弗莱米地区的小说，讲述一个狂热的黄花少女，在父母膝下神秘死去，故事发生在内地一小城。——令我困惑的是三个提纲构思相似。第一部作品，描写在世俗爱与神秘爱两种形式下，爱皆无法满足。在第二部，同样的故事，只是境界稍低，世俗爱写得愈明确，格调变得愈鄙俗。第三个故事，由世俗爱进入神秘爱，集中在同一女人身上，女主人公始于意淫，亡于宗教上的"自淫"。唉，我觉得自己剖析胎儿过多，反举而不坚，生不出孩子来，思虑得过于清晰，执笔时更加惶恐。这点必须克服。为今之计，我必须确定自己的经纬。欲生活得放心安然，对自己能力应有个估价，有个定评，方可施展拳脚。——认识自己之所长及局限，然后开始耕耘。我对自己潜质的了解,一如同龄人对社会生活的认识;我觉得需要自立门户。

土耳其士麦拿天气阴雨,不能外出,我从阅览室借来欧仁·苏的《亚瑟》。读来叫人作呕,不堪形容。——读后方觉金钱、功名,还有众生之可悲。——文学已得了肺病:痨咳、多痰、发疱,不住地挠头,连头发都掉光了。要有艺术界的基督,来治愈这患者。早在古代,已这样做。中世纪也同样这么做。剩下现代怎么办?但基础已动摇。把根基打在哪里?为文学的生机和寿命,就需要付出这样的代价。我为此忧心忡忡,甚至不愿听别人谈起这话题。有时愤激得像刚刑满释放的苦役奴,听人说起最新赎罪条例火冒三丈。尤其同马克西姆在一起,小伙子不善应变,不会说顺耳话,而我急需人家的鼓励鞭策。另一方面,我甚虚荣,不会低声下气求人给我打气。

我准备重读《伊利亚特》。半月之后,将去特洛亚(Troade)作短期旅行。一月份将到希腊。恨自己学识如此贫乏。至少,希腊文略懂一点也好啊!时间浪费得何其多啊!

宁静的心态,已离我一去不返!

一个人旅行在外,还能像在家一样,天天在卫生间照镜子看自己,保持一贯的尊严,则一定是一位了不起的伟人,或者便是天大的傻瓜。不知何故,我变得很谦卑。

途经(希腊)阿比多斯(Abydos)时,我常想起拜伦。那儿是他诗中写到的东方,是奥斯曼帝国的东方,是腰挎马刀、身着阿尔巴尼亚服装的东方,是格子窗朝向蓝色海涛的东方。但我更喜欢沙漠的东方,阿拉伯人游牧的东方,喜欢非洲赤日炎炎的腹地,以及鳄鱼、骆驼、长颈鹿……

遗憾不能去波斯(还是缺钱,缺钱!)。梦想游历亚洲,从陆路去中国,梦想一些不可能实现的旅游,去印度或加利福尼亚,从人文角度说这很有意思。其他时光,想到我克鲁瓦塞的书房,我们星期天的聚首,不禁动情而泣。啊,我日后会怀念这次旅行,愿意再来一次。我永远会对自己说:"傻瓜,你还没有玩够呢。"

很想把亚哲诺尔(Agénor)这个人物捡起来重起炉灶,那的确太美了。有一天,骑在马背上高声吟诵了几句,笑得前仰后合。回国后,这倒是个好消遣,可以解解闷。

我又想到拟写的《庸见词典》。医药方面,可收许多好条目,博物等科也一样。至于动物学,有些词条不尽如人意,譬如"龙虾":什么是龙虾?——龙虾是雌性的螯虾。

巴尔扎克之死,为什么令我如此悲痛?一位受人敬仰的人辞世,大家都难免哀伤。——他活着,本希望有机会认识他,相亲相近。是的,他很了不起,深刻了解他的时代。他对妇女,深有研究,想不到新婚不久,便故去了。他所熟知的社会,也开始走向后期。随着路易-菲力浦的下台,旧时的局面一去不复返了。现在风笛不应再奏前朝曲了。

为什么我如此怀念埃及,很想重游尼罗河,重见 KuchukHanem……这些已不重要,总之,我曾在那里度过一个良宵,为一生所少有。领略其妙处。也很想念你老兄!

拉杂写来,似没什么很有趣的事。我要就寝了,明天再聊旅途见闻吧。总比喋喋不休老说自己的事儿要有味道,说得连我自己也腻烦了。

十五日晨

昨天参观当地人做礼拜,伊斯兰托钵僧跳转身舞真是不可思议。嘴巴里还放洋屁。此前在埃及见过,也就不足为奇了。在场的人,一个个溜走了。座旁一个跑街,竟把铃鼓(tambourins)当成荷兰奶酪。

在穆拉赫(Mouglah),住科斯湾附近,马克西姆寻来一小女孩干好事。她几乎不懂是怎么回事。小姑娘十二三岁。他捉住女孩双手按在自己那活儿上来回晃动。

邮班时间到了。再见啦,老兄。复函请即寄君士坦丁堡。下一站是雅典。

拥抱你。

你的老友

丁世中 译

一八六七年四月一日

……观众对《奥布莱太太的胡思乱想》①反应冷淡。每个晚上都有人喝倒彩。钱倒是赚了很多。我没有去展览会参观,而且今后很长时间都不会去。新消息就这些。

对《沙龙决斗》②,我要责备的是故事的内容。一个过去的苦役犯化装成大贵族而且赢得了一个有钱寡妇的心,我认为编造这么一个故事缺乏真实性,也无新意。文笔、心理状态、描写,一句话,该书的整个形式都大大优于胡编乱造的东西。在读到装腔作势的诀窍时,我完全失望了。除了这些保留意见,我认为这个作品有许多值得注意的优点。这是我真诚的看法。其中某些比喻的新颖和准确尤其使我叹服。如此才智超群的人怎么可能陷进"戴白手套的苦役犯"这类老生常谈里呢!不过这并不妨碍这本书很有

---

① 《奥布莱太太的胡思乱想》,小仲马的剧本,于一八六七年三月上演。
② 《沙龙决斗》,雷尼叶夫人写的小说,曾请福楼拜看手稿。该书后来在《自由》杂志上连载。

趣,而且可以果断地介绍给某个杂志。雷尼叶夫人愿意我试试把校样给大《箴言报》还是给小《箴言报》?我听她吩咐。至于是否成功,我不能允诺什么。不过我会非常热烈、非常诚恳地为其做宣传。

　　提到对此书细节的批评,我要责备它一开始对话就太多(再说,你也知道我最恨在小说里写对话,我认为对话应当很有特色)。我还要冒昧指责书中有一定数量的固定熟语,如在第一页:"参与""获胜"。在这些之外,又有一些优美的东西:"一只表情丰富的手,这种手是用指尖说话的。"这类非同凡响的东西比比皆是。

…………

丁世中　译

致马克西姆·迪康

一八五一年十月二十一日
星期二　于克鲁瓦塞

急盼你来这里，咱们可以促膝长谈，然后我可作出决定。上星期天，一起读了《圣安东尼的诱惑》片段：阿波罗纽斯、天神，以及第二部的下半部分，即女校书妲玛儿，纳布甲铎诺索，斯芬克斯，怪兽，还有各类动物。片段发表，甚难取舍，你会看到这一点。书里有写得很好的地方，然而，片段本身不能自矜自足。我想，奇特，也许是最宽容，或者最明智的评语。当然，会有许多人不理解这部作品，但会表示欣赏，怕别人比他们懂得多。布耶反对出版，说书里有我的全部缺点，以及若干优点。他认为，出这本书，等于中伤我自己。

下周日，我们将读到诸神部分，也许这一内容最能形成一个整体。至于我本人，对此书及其主要问题，并没自己的看法。我不知怎么去想，完全站在中间地位。到目前为止，还没人说我缺乏个性，没表现出我的小我。唉，文艺家最重要的品质，我却完全没有，我自暴自弃，渐渐消亡，而且，不思奋力改变！我尽量想形成一种主见，却一无所获。正面意见，反面意见，我觉得都好。我会以扔硬币看正反面的办法，作出决定。正也罢，反也罢，不会对选择的结果感到后悔。

我看出版此书，将是世上最蠢之举。人家要我出版，那是出于仿效、顺从,自己并没任何主动——我既无需要,也无欲望。难道你不认为:只应做良知促使你做的事吗?一个笨伯在友人"非上不可"的怂恿下而自己毫无此意的情况下,跑去决斗,比另一个忍气吞声、安安静静待在自己家里的笨伯,更为可悲。

是的,令我再次恼怒的,是这一切并非出乎己意,而是另一个人、另一些人的意思……或许证明我错了。

然而,再往长远看,我如果出书,一定让书出来,决不半途而废。做一桩事,就要把事情做好。

我将去巴黎过冬,跟别人没什么两样。过痴情的、好奇的,也使人好奇的生活。会做许多自己反感,并觉得自己可怜的事。唉!我只配这么做吗?你知道我这个人热情而又有种种不足。我体内各种无所作为的因素,脑际的云遮雾罩,你要是知道就好了!凡做什么事,都觉得厌烦透顶。费很大气力,才抓住一个清晰的念头。你看到的,只是我青春的末期;整个青年时代把我泡进了天知道什么麻醉剂里,够我余生消受的了。我厌恶生活,话既说出口,就算数了。是的,是厌恶,厌恶一切唤起我须"忍受"生活的种种。吃饭、穿衣,甚至起立,都烦。这种状态,带到一切方面,到处如此:在中学阶段,在鲁昂、在巴黎、在尼罗河旅游途中。你天性干脆,做事有条不紊,对我这种诺曼底人作风很看不惯,我也拙于表示歉意,为此你有时对我很不客气,不是滋味。我尽量不放在心上,但那一刻着实不好受。

你相信吗,一直到三十岁,我按照一种事先未同任何人商量过的意见,过着这种受你责难的生活?为什么我没养情妇?为什么主张贞洁端庄?为什么一直躲在内地的"沼泽"里?你不至于以为我不能那样吧?不想到巴黎当体面的先生?不错,那样做会很开心。请你帮我考虑我的境遇,看看是否可行?老天爷并没有注定我只该如此,而不能做一个玲珑圆滑的人。像我这样没几个情妇的男人很少,这是受泰奥①(Théophile Gautier)崇尚雕塑之美的惩罚。我吝于发表,这正是我早年荣誉观之咎。一个人不应走他自己的路吗?如果说我不愿走动,也许我也有我的道理。我有时甚至认为写一本通情达理的书,这想法本身就错了。为什么不放笔抒情,大喊大叫,写点玄虚荒唐的东西?谁知道呢?或许有一天我会写出属于我自己的书来。

我承认志在著述,能抵御得了吗?比我强的人,也不见得成功。谁知道,四年后我不成为白痴、下流坯?……

并不是说,我不能有所行动。有两次,为了你和阿契尔,投入进去,并取得成功。但是不能旷日持久,而且本身要有乐趣。胳膊虽有力,但缺少韧劲,韧劲才是一切。如果我是个走江湖的,可以举起重物,却永远不会举着以招摇过市。隐性的大胆与灵活,必备的礼仪,行事的艺术,对我都是"不解之谜",因此会做出很多蠢事来。

缪斯(指科莱)责怪我"跟着母亲的裙子转"……昨天我跟她长谈了一次,她跟我一样,并无定见。最后她说:"假如你认为写出了好东西,那就发表吧!"看来我已大有进展。

上面所说的一切,亲爱的老友,只作为思想的题目。那就请你代为思想吧,以作全盘的考虑。我在《情感教育》中说过:"即使在最贴己的倾诉中,也有没有说出的话。"我对你,已言无不尽了。开始写信时,没想到会说这么多。笔下自来,任其自在行吧。这样,半月后的会商,倒可能大大简略。

再见啦,拥抱你!

居·福楼拜

丁世中 译

---

① 指泰奥菲尔·戈蒂耶。

一八五二年六月二十六日
于克鲁瓦塞

出名不是我主要的事。这只能让最平庸的虚荣心得到满足。再说,就这个问题本身来说,难道有人知道该遵循什么?名满天下也未必能使人满足,人几乎总是在对自己的声誉毫无把握的状态下死去,除非死者是个白痴。因此,在人们自己眼里,闻名遐迩并不比默默无闻更能抬高人。

我力求做得更好,力求取悦自己。

我认为成功似乎是结果而不是目标。不过,长期以来,我一直在朝这个目标走,我觉得我并没有失足一步,也没有在路边停下向女士们献殷勤,或躺在小草上睡大觉。同样是幽灵,我无论如何也喜欢个子更高的幽灵。

宁愿美国灭亡,也不愿原则丧失。我宁肯像狗一样死去,也不肯提前一秒钟写完还没有成熟的句子。

我脑子里酝酿着我希冀的写作方式和优美语言。当我认为已经摘下杏子时,我不会拒绝卖掉杏子,杏子若鲜美,我也不会拒绝别人鼓掌。——在此之前,我不愿欺骗读者。就这么回事。

即使在此之前时机不复存在,或谁都渴望当院士,那就算了。相信我,我也希望自己有多得多的机会,少得多的工作和更多的好处。但我看不出有什么补救办法。

在商业领域可以创造良机,某种食品的采购运气呀,老主顾的一时兴趣使橡胶提价或再抬高印度印花棉布的卖价呀。希望生产这些产品的制造商们为此而赶快办工厂,这一点我理解。然而,一个人的艺术作品如果很优秀,很地道,它总会得到反响,总会有它的位置,六个月以后,六年以后——或在他身后。那又何妨!

刘　方译

一八六九年七月二十三日
星期五晚十时　于克鲁瓦塞

亲爱的老友马克斯:

　　近半月,家母住在维尔奈依(Veneuil)瓦斯夫人家。卡罗琳的来信,就晚了三周才收到。您看我多倒霉!我每隔两天去看布耶,发现他有好转!他胃口和精神都好,腿疾也减轻了。上周六我离开时,他的小桌上放了一本拉美特里的书,使我想起可怜的阿尔弗雷读斯宾诺莎,没有神甫去他家。我去巴黎时,带着祝他活得长些的心愿。

　　星期天五时,他开始呓语,大声背诵中世纪火刑法庭的判词,情绪亢奋,接着发起抖来,自言自语:"永别啦,永别啦!"同时把脑袋钻到(女伴)莱奥妮下巴下。少顷,悄然去世。

　　周一上午九时,我去杜勃朗家报丧。我东奔西走,直至下午一时,街上很热。

　　从巴黎到鲁昂车厢很拥挤,我对面坐着一个女人,一边抽烟,一边把腿跷到凳子上,还一个劲儿哼唱。见到芒特钟楼时,我觉得自己要疯了。

　　相信离疯也不远了。见我面色如此苍白,那女人便给我擦香水。我醒了过来,但口渴极啦。在沙漠里也没这么渴过。

　　终于,到了霍尔特街,细节且按下不表。从来没有像(莱奥妮之子)小菲力浦那样心地善良的。他和好心的莱奥妮悉心照拂临终的布耶。他们做了一件我认为恰当的事……

我和多斯莫依安排了丧事。至少有两千人参加葬礼,包括省长、总检察官等。我冥冥中觉得死者还在,仿佛是我俩参加第三者的葬礼!那天热得要命,是暴风雨前的那种闷热。我汗流浃背,登上公墓时已累得要命。

他的好友考德隆把墓地选在先父墓地旁。我靠着栏杆才顺过气来。有三人发表诔词。

次日,我去塞尔吉尼找母亲。前一天,我去鲁昂取来她所有的证件。今天又读了写给我的所有来函!就是这样。

啊,真难受呀,老兄。

他的遗嘱,遗赠莱奥妮三万法郎,外加一些杂物。书籍和文件归菲力浦。他指定菲力浦约请四位友人,共同决定如何处理他未刊的著作。四人是:我、多斯莫依、你和考德隆。

他留下一部极好的诗集、四部散文剧本和《阿依赛小姐》。奇依(Chilly)不喜欢该剧的第二幕,不知他将如何处理。

愿今冬您和多斯莫依同来我处,共同安排出版事宜。

我的脑袋使我受苦不浅,写不下去了。

再见,热烈地拥抱您。

我可怜的老马克斯,没有别人啦!仅仅剩下您啦!

丁世中 译

一八七七年二月二十四日
星期六下午四点 于巴黎

噢!我那可悲的劳作结束了。我整个青年时期都在我眼前重新展现。我为此而心碎。

我长期保存的信件仅限于：

一、有时还要找出来看看（下不了决心销毁的）；

二、用来做资料的。

您那时是多么和蔼可亲！真是亲切啊！咱们那时是那么友好！

这一包里装了十九封信。我想,您会高兴看看的。有几封信您看了会笑,少数几封会哭。

丁世中　译

致维克多·雨果

> 一八五三年七月十五日
> 于克鲁瓦塞

先生,我怎样感谢您馈赠的如此漂亮的礼物①呢?除了塔莱朗临死前对来访的路易-菲力浦说的那句话:"这是我家接受的最大荣誉!"我还有什么可说的?不过,出于各种原因,对比到此为止。

好吧,先生,我不会向您隐瞒,您有力地

> 使我内心引以自豪的弱点感到舒服②。

正如那位善良的拉辛所写。那诚实的诗人!要在今天,他该找到多少"魔鬼"供他描绘,和他的"龙牛"③大不一样,而且坏一百倍!

流放至少免去了您目睹之苦。啊!倘若您知道我们陷进了怎样的污秽里!个人的卑劣来源于政治的卑劣,人们不踩在污秽之物上就不能走出一步。周围充满重浊的令人作呕的烟雾。要空气!空气!因此我打开窗户,朝您转过身来。我谛听着您的缪斯扇动翅膀发出的震响,我吸着从您的深邃笔调里散发出来的森林的芳香。

---

① 雨果在一八五三年六月二十八日把他儿子给他拍的照片赠给了福楼拜。
② 诗句出自拉辛的诗剧《伊菲革涅亚》第一幕第一场。
③ 龙牛,典出拉辛的悲剧《费德尔》:"难以制服的公牛,狂躁的龙……"

此外，先生，在我生命里，您曾使我陷入令我喜悦的困扰，您曾是我长时间热爱的人；而且这种爱经久不衰。在守灵时昏暗的灯光下、在海边、在河滩上、在夏日的艳阳下，我都读过您的书。我曾将您的书带到巴勒斯坦，而且十年前，当我在拉丁区烦闷到极点时，又是您安慰了我。您的诗像我乳母的乳汁已经进入我的体内。您的某一首诗带着爱情奇遇的全部分量，永远留在我的记忆里。

我到此搁笔。如果有什么是真诚的，那就是我表达的这些。从今以后我个人再也不会打扰您，您却可以利用通信人而无须惧怕通信交往。

不过，既然您越过大洋向我伸出了您的手，我就抓住它，紧紧握住它。我带着自豪紧紧握住这只写过《巴黎圣母院》和《小拿破仑》的手，这只琢磨过许多巨人并为叛徒们雕镂过苦酒杯的手，这只在知识的高峰攀摘过最辉煌的乐趣的手，如今这只手像《圣经》里赫拉克勒斯的手一般正在艺术和自由双双被摧毁的废墟上独自伸向天空！

刘　方　译

致埃奈斯特·费多

一八五七年八月六日
星期日晚　于克鲁瓦塞

老兄：

我的熟人中，您是最可爱的一位。一见到您就喜欢，自有我的理由。这是我要告诉您的第一点。

有人骂我"笨蛋""恶狗""讨厌鬼"等等。是的，文学令我烦，厌烦之至！但，此非我之过。文学成了与我脸面不可分的"麻子"，无法摆脱！文学，美学，弄得我昏头昏脑，像一块医不好的炎症，侵蚀着我，活着就不能不每天去挠挠。

你想知道我内心最坦诚的想法，我可以如实以告，我至今没写出自己完全满意的东西。我觉得自己有理想（原谅我用大词），很明确，有理想的风格，追求这种风格，跑得我接不上气。——因此，绝望是我的常态。只有暴烈的消遣，才能使我摆脱绝望。再说，我的天性并不快乐。低级滑稽，淫言秽语，您愿怎么想就怎么想，尽管如此，但不伤悲。总之，生活令我十分厌烦，这就是我的信条。

丁世中　译

一八五九年十月二十六日
星期三晚　于克鲁瓦塞

来信很凄美,很悲切,可怜的费多[其妻十八日去世]!等情绪稍平复,咱们回头再谈。人之死丧,理应崇敬;以丧事的名义,以美的名义,请你握紧双手,努力前进!跳出现在这个圈子!须知痛苦也是一种疏解,痛哭也是一种陶醉。痛苦会变成积习,人生本不可容忍,痛苦也可成为观察人生的方式。

你现在悲伤是否略消释?"痛苦的忆念"是否已融化掉?哀伤过后,是否也浑身一快?半个月来,常想着你,看你一个人在屋里,在空荡荡的房间里走来走去,在桌前坐下,双手托着脑袋,头沉甸甸的像座山,热烘烘的像熔炉!

遗忘了,也勿自责。我辈理应膜拜绝望。我们应该与命运匹敌,就是说应像命运一样,漠然无动于衷。一直说:"就该如此,就该如此。"两眼去凝视黑洞,心情慢慢就会平静。

你还年轻。我相信,你胸中还有伟大的作品要创作出来。想着:得动手去写。应当这样去做。请注意,我没给你任何安慰。安慰别人,是不对等的做法。

假如戈蒂耶出席葬礼,你可以相信,他在头脑里会认为是做了一壮举(我认识他已久),应表示感激。对别人区区不足道的事,在戈蒂耶看来已逾分过度了。你先洒扫庭除,把一切安排停当,再请他重上先生堂。

现在谈谈你的事。是不是真像你说的陷于绝境?你是否决然告别了证券交易所?不能在那里找到谋生手段吗?真是如此,能否找一类似的行当?钱业你已精于此道,万勿丢弃,虽然你被暂时丢弃。因为,在这方面,你可称得上是行家里手。至于文学,可以为你提供相当的收入。但是(这"但是"两字很有分量)匆忙草率,为商业目的写作,最终丧失的是才能!很多强手都栽倒了。艺术是一种奢侈,需要白净的手,平稳的心态。你先做一个小小的让步,然后两个,二十个。开始一段时间,对道德操守还抱幻想,后来,就全不在意了。到这一步,人彻底麻木了,或接近麻木了。你并不生来就是当记者的料,谢天谢地!我就请你继续努力,一直到现在[原来]怎么做就怎么做。

家母正在打点行装,准备去巴黎。你不久就可见到她。半个月后也可见到我。这星期日,我等杜勃朗来访。

我的情况如上所述。再见啦,可怜的老朋友,拥抱你!

丁世中 译

一八六一年一月二十五日
于克鲁瓦塞

如果说我没有给你写信,好朋友,那是因为我没有任何东西可以告诉你。我的心情越来越忧郁——而首都发生的一切都注定不能让我愉快起来。在那里,人们捧场和出版的所有卑鄙无耻的东西使我如此憎恶,一想到它们我就感到恶心。(人们围绕拉考代尔①和基佐先生的两次荒谬的故技重演议论纷纷,真是妙极了!哈!哈!)——在这些愉快和不愉快的日子里(当然,不愉快的居多),我继续缓缓地写我的《迦太基》②。

六个星期写了一章,这对像我这样的三趾树懒已经不错了。我希望在三月中旬以前能在另一章,即第九章,有大的进展;这之后,还有四章要写,够长的!每天下午我都阅读维吉尔的作品,他

---

① 拉考代尔(1802—1861),法国多明我会修士、法兰西科学院院士。
② 指一八六二年出版的《萨朗波》,描写迦太基雇佣军起义的战争。

的文笔和用字之精确真使我佩服得五体投地。我的生活就是如此。——还是谈谈你的生活吧，你的生活马上要起变化了①。但愿上天保佑她，亲爱的朋友。请接受我的祝愿，你一定知道我的祝愿有多么诚挚，多么深切。

我们俩走的不是一条道。你注意到这点了吗？你信任而且热爱生活，我却对生活抱怀疑态度。生活使我腻烦透了，我尽量少信任它。这更怯懦，但更谨慎……

刘　方译

一八六一年六月十九日

我觉得你似乎并不很开心，我的老费多？我想象得出！因为生活只有在文学狂热中才可以忍受。但狂热有间歇；人正是在这种间歇中感到烦闷。

我非常赞成你在写完关于阿尔及尔的书之后再写一个剧本的主意。为什么你写剧本要笔调柔和？恰恰相反，我们要凶猛！让我们往这个糖水世纪泼些烧酒吧！让我们把市侩们淹死在两千度的糖水酒里，让酒烧伤他们的嘴巴，让他们痛得嗷嗷叫！也许这个办法能使他们兴奋起来？让步、删节、淡化，总之，想讨好，这些都不能让你赢得任何东西。你这么做也是白费力气，我的好人，你仍然会激起人们愤慨。对你来说，这倒该谢天谢地！

刘　方译

---

① 费多于一八六一年一月三十日再婚。

致勒洛阿耶·德·尚特比小姐

一八五七年三月十八日
于巴黎

夫人（尊敬的称呼）：

邮包收到，首先表示感谢。谢谢惠书，尤其是画像！承细致关切，此情可感。

三卷大作，我将仔细阅读。仔细是因为值得，我事先就能判定。

但目前还读不了。回到我乡野住处之前，我要先搞点考古，研究古代鲜为人知的一个时代，为我下一本书做准备。这本小说，是讲公元前三世纪的事，我得走出现代社会；我的笔浸润现时代太久了，已经倦于再制造什么了。

有像夫人这样充满同情的读者，我理应坦率。我的回答是：《包法利夫人》中没有一点真实的东西。全然是虚构的故事。没有掺入我的感情和境况。如有如真的感觉，那恰恰来自作品的客观性。我的原则，是不写自己。艺术家在作品中，犹如上帝在创世中，看不见摸不着却强大无比。其存在处处能感到，却无处能看到。

何况，艺术应超越个人的好恶和神经的敏感！此其时矣，应借助严格的方法，赋之以自然科学的精确！

首要的困难，对我说来，依然是风格问题，形式问题，以及由观念产生的难下定义的美。而美，照柏拉图的说法，是真的华彩。

如果说我对生活有点认识，那是缘于我，从正常的意义上说，生活得很少；我少吃，而多反刍。（J'ai peu mangé, mais considérallement ruminé.）

请勿抱怨。世界上我也到过一些地方，您所梦想的巴黎，我算略识一二。没有什么能比得上火炉旁静心地阅读……读《哈姆雷特》或《浮士德》……在情绪很好的日子。

丁世中 译

一八五七年五月十八日
于克鲁瓦塞

亲爱的同行兼读者：

迟复为歉！别以我复信的多少来衡量我对你的感情。此刻回到乡间，有更多时间归自己支配，我们可一起共度傍晚。先谈我，再谈您的书及某些社会政治想法，看来我们有分歧。

您问我如何治愈了神经性幻觉。方法有二：一、科学地研究，弄清真相；二、凭坚强的意志。我常觉得自己快要疯了。脑袋瓜里时时刮起思想和形象的旋风，觉得自己快像一叶扁舟要沉没在风暴里。但我紧紧抓住理性不放。以理性主宰一切，虽受围攻，屡吃败仗……自豪感支撑着我，与痛苦扭打，战胜苦难。有一种感情，或说一种姿态，您似欠缺，就是：喜爱沉思。不妨以人生、激情、您自己，作为智力活动的题目。您就会怒斥世道之不公，社会之卑劣，专制及人生之丑恶。这些您都了解？都研究过？您就是上帝？谁说过，人的判断力是万无一失的？感觉不会欺骗您吗？人的感觉有局限，智力有所不及，怎能对真善有完全的认识？"绝对"能抓得住吗？若想好好活,就别想去弄明白世间万物。人类就是这样。问题不是改变人类,而是认识人类。少想想自己。放弃迎刃而解的奢望。解决办法,存在于上帝胸中。惟上帝握有良策,但秘不示人。

然而,学习的热忱中寓有理想的愉悦,而此类愉悦,只有高尚的灵魂才有。

在思想上,追慕三千年前的长者,感受他们的苦难和梦想,就会觉得心智顿开。一种深邃而无涯的同情,将像大氅,裹住人人物物。

别囿于一己的小圈子。多读伟大的读物。订个学习计划,严格遵行,持续不辍。读历史,尤其是古代史。强迫自己做一件需要恒心的累活。生活是一桩讨厌的事,惟一忍受之法,就是逃避。阅读大师,掌握其手法及实质;研读之余,觉得眼前闪亮,心情愉快。一如走下西奈山的摩西,因为尊仰上帝,脸庞四周放出光芒。

您为何老讲内疚和过失,恐慌和忏悔？丢开这一切,可怜的灵魂！为了自豪。既然您觉得心灵纯净,自可面对上帝,坦率声言："我就在这里！"

既无过失,何惧之有？人能犯什么过失？面对善与恶,人又何足道哉！

您的一切痛苦,皆源于思想的过分悠闲。思想的胃口很大,没有外面的食料,就反求诸身,直啃到自己的骨头。所以得重铸思想,加以充实,而不允许任其闲荡！

举例来说:您很关注世间的不公,关注政治和社会主义。这很好。不妨读读与您有同样憧憬者的著作,翻翻乌托邦学者和梦想家们的著述。——而在形成定见之前,应研究一种很新的学科,时下谈得很多而钻研不足的政治经济学。您会惊奇地发觉,自己在逐日改变主意,快若换衬衫一般。且不去管他,怀疑主义并不晦涩,您会觉得像参与人类的喜剧,好像历史为您一人在世界上演进。

浅薄的人,眼界有限的人,自大狂妄的人,要求每桩事情都有结论。他们寻求生活的目的,无限的规模。他们在小手里抓了一把沙子,对大海说:"我要数清海滨的沙粒!"而沙粒从他们指缝间滑走,数数又颇费时日,于是捶胸顿足,痛哭流涕。在沙滩上该干什么?应该跪对大海,或者漫步海边!

任何伟大的天才都不去下结论,任何伟大的著作都不去做结论。因为人类始终亡前进,远没到做结论的时候,而且也没结论可做。荷马没做结论,莎士比亚、歌德、《圣经》,都没有做。

时下流行"社会问题"之说,我极反感。结论找到之日,世界的末日也就到了。生活是个永久的问题。历史也是,历史是不断把年数加上去。轮子转动时,您能数出有多少根辐条吗?

十九世纪有诸多跨越,于是徒增一种自豪,以为我们发现了太阳。有人说:宗教改革为法国大革命做了准备。此语不虚,但法国大革命本身也为另一种状态做了准备。如此等等。我们最先进的思想,倘若从肩膀上看过去,就显得落后、可笑。我敢断言,再过五十年,社会问题、民众道德、进步、民主都将变成"老生常谈",就像十八世纪末流行的"敏感、自然界、偏见,心灵间甜蜜的联系",后来变得十分可笑一样。

因为我相信人类会不断进化,形式会不断改进,我讨厌想将社会纳入某种框架的做法。民主不再是最后的诉求,正如奴役制、封建制不是最后的诉求一样。人类极目所见的天际,不是对岸,永远是天外还有天!所以寻求最好的宗教、最好的政府,是愚蠢的疯狂。对我说来,正在消亡的政府是最好的政府,因为正让位于另一新政府。

我要责怪您的,是在前一封信里,您提议推出"义务教育"。我讨厌一切"义务"(强制)的东西。一切法律、政府、规则,都是强制性的。哦，社会，你是何物，要来强制我做这做那？是哪个上帝让你来主宰我的？请注意：你们又落入往昔的不公之中了。此番主宰群众的，不是一位暴君，而是一伙人，是公安委员会，是国家的永恒利益，是罗伯斯比尔的训语。我更喜欢荒漠，情愿回到非洲的贝督因人那里，因为他们是自由的。

  信纸还长，在结束本信前，想跟您谈谈您的两本书。

  令我惊奇的是：您才干中主要之点，是诗的能力和哲理之思——形成于永恒的道德思想之中，我的意思是指您不以自己的名义说话。有一位哲人，您可以从中得到养分，并可使您心志宁静，那就是蒙田（1533—1592，散文家）。我权充医生，命令您好好钻研。

  尊著《赛西尔》第十八页，有一句话我很喜欢："您想骗人吗？那是白费劲！"第十五页："我觉得天空更蓝了，太阳更亮了。"此句很可爱。第一百零三页写太阳照在第厄普海上，效果甚好。写出此类效果，不愧高手。赛西尔的长信，是好文章。朱莉亚的性格，她激起的混乱意绪，也是如此。但我常贬斥文风"卑弱""现成套语"，如第八十五页，社会贤达的说辞；第八十七页："命运之神扔下一个造成不和的苹果"；第九十一页："喝他的血，止我的渴"。这些是悲剧用语，日常不这样说，因为从来不这么思考。此乃小疵，但才情高华如您，应当力避。工作吧！努力工作！

  朱莉亚从修道院发出的长信，是一篇小小的杰作；您所写的东西里，这篇是我的至爱。整部《赛西尔》小说，我都喜欢，只对框架有点意见。一般说来，对话写得不如叙述，而陈述情感尤佳。您把我当朋友，那我就可严厉些。相信您能写出可爱、绝妙的东西，我才说些迂头迂脑的话。我的批评不妨打个对折，而赞词宜扩大百倍来看。下一封信，将专门评论《安杰莉克》。

丁世中 译

一八六三年十月二十三日
于克鲁瓦塞

这么久没有给您写信,我为此感到羞愧。我经常想到您,但两个半月以来,我一直全神贯注于一项工作,到昨天才算结束。是一出梦幻剧,我怕不会有人愿意公演。我准备为它写一个序,对我来说,这个序比作品本身还重要①。我只希望公众能注意一种壮观而前途广阔的戏剧形式,但到目前为止,这种形式还只被看成一些平庸事物的背景。我这个作品还远没有达到它应该具有的严肃性,我们私下说吧,我为此还有点惭愧呢。

此外,我只把这个看成很次要的事。对我来说,那不是别的,只是个文学批评问题。我不相信会有哪位剧院经理愿意上演,也怀疑戏剧审查机构会同意演出。有人会发现里面有些场景对社会的讽刺太直率。亲爱的小姐,这只是件小事,却让我从七月忙到现在。好,让我们谈谈更重要的事,比如,谈谈您,和您的忧虑。

我朋友勒南的书②并没有像它使读者大众狂喜那样使我兴奋。我喜欢别人用更多的科学仪器来处理这类题材。然而,正因为此书通俗易懂,妇女和轻浮的读者群便趋之若鹜。能引导大众关心这类问题,这已经了不起了,而且我把它看成哲学的伟大胜利。

---

① 此剧题为《心灵的城堡》,于一八八〇年发表在《现代生活》上,但福楼拜没有作序。
② 该书指《耶稣生平》,于一八六三年六月二十七日列入《法兰西书目》。

您见过斯特劳斯博士①的《耶稣生平》吗？那才是一本内容充实发人深省的书呢！我劝您读读，虽然枯燥，但有最高层次的趣味。至于《拉坎提妮小姐》②……坦率说，艺术不应该被任何学说用来做讲坛，否则便会衰退！人们想把现实引到某个结论时总是歪曲现实，而结论却只属于上帝。再说，难道只凭虚构的小说情节就可能发现真理？历史，历史和博物学！那才是现代的两位缪斯。凭借它们才可能进入新的天地。我们不能回到中世纪。让我们观察，一切都在其中了。也许经过几个世纪的学习研究，某个人可以作出概括。想作结论的狂热乃是人类最致命最无结果的怪癖之一。每一种宗教，每一种哲学都硬说自己拥有上帝，说自己可以测量无限，并了解获得幸福的秘方。多么傲慢，又多么微不足道！相反，我看见最卓越的天才和最伟大的作品都从不作结论。荷马、莎士比亚、歌德，所有上帝的长子（如米什莱所说）做提防自己做再现以外的其他事。我们想登天，那好吧，让我们首先拓宽我们的思想和我们的心灵！我们心比天高，却都陷在齐脖子的烂泥里。中世纪的野蛮还在以千百种偏见、千百种习俗束缚我们。巴黎最上流的社交界还在干"摇神袋"（如今叫"转桌子"）的事。这些之后，再谈进步吧！在我们的道德贫困之外，您还得加上对波兰的多次屠杀，美洲的战争，等等。

刘　方译

---

① 　大卫·斯特劳斯(1808—1874)，德国神学家，在他的《耶稣生平》里，他认为《圣经》故事只是些神话传说。
② 　《拉坎提妮小姐》，乔治·桑的作品。

一八七二年六月五日

……我在悲痛中完成了我的《圣安东尼的诱惑》。这是我毕生的作品,因为最初的想法是一八四五年在热那亚看见布吕盖尔的一幅画产生的,自那时起,我从未停止想这件事,而且一直在阅读有关的书。

然而我是那样厌恶出版商和报纸,所以现在不准备发表。我在等更合适的日子;如果永远不会有这种日子,我便事先得到了安慰。必须为自己而不是为读者大众搞艺术。如果没有我的母亲和我可怜的布耶,我也许不会付印《包法利夫人》。在这方面,我尽量不当文学家。

刘　方译

一八七二年七月十二日

……我刚读了狄更斯的《匹克威克外传》。您知道这本书吗?里面有些部分妙不可言;但结构多么不完善呀!所有英国作家毛病都出在那里;除了瓦尔特·司各特,他们都没有写作提纲。对我们这些拉丁语系的人来说,这简直难以忍受……

刘　方译

一八七六年六月十七日
于克鲁瓦塞

亲爱的收信人：

不，我没有忘记您，因为对所爱的人我从来不会忘记。但您久久保持沉默，这颇出我意料，不知其中有何原委。

您想知道乔治·桑临终情形①。是这样的：她没有接受任何宗教仪式。

但她一死，其女儿克莱辛格夫人就要求布尔日的主教为她举行天主教葬礼。家里竟没有人维护死者的遗愿。

（其子）莫里斯很悲伤，已经浑身无力。而且还有外界的影响，等等。详情我也不清楚。

葬礼非常令人感伤。所有的人都哭了，我比谁都哭得厉害。

这个损失，是我一八六九年以来又新加的一重。第一个是可怜的布耶；然后走的有圣伯夫、儒勒·德·龚古尔、泰奥菲尔·戈蒂耶，费多，还有一位不太出名（但同样亲近）的人，名叫儒尔·杜勃朗。还有我深爱的母亲！就在今天早晨，又获悉我最老的童年朋友恩斯特·勒马里耶去世。

我已开始写一部长篇小说。不过眼下我暂放下，写些短篇——这比较容易。到冬天来临时，我就有三个可以发表的中篇小说啦。

现在我完全独自一人生活（至少夏季如此）。我不握笔写作时，陪伴我的就是回首往事，如此等等。

可怜的乔治·桑夫人常常对我提起您。更准确地说，我和她常常一同谈到您。

得像我一样了解她，才会知道这位伟大人物是多么具有女性

---

① 逝于六月八日晨九时。

特色。她将仍然是法兰西的名流之一,是独一无二的光荣!

您心情为何?还在读哲学著作吗?我向您推荐勒南(Renan)的最新一本书——《哲学对话录》。相信您会喜欢。

请别过太久才给我写信。我心里一直惦念着您。

丁世中 译

致爱丽莎·施莱辛格

一八五七年一月十四日
于巴黎

亲爱的夫人，您的来函使我感动至深。您问及该书作者与该书之事业已直接转到，请放心：此事说来话长。发表我的小说的《巴黎杂志》（从十月一日至十二月十五日）以它敌视政府报刊的身份已两次被警告。而有人却认为，以伤风败俗及无宗教信仰的有意犯罪行为为由一次性加以取缔更为精明；因此，他们已经胡乱抽掉了我书中一些淫秽及亵渎宗教的章节。我不得不去预审法庭出庭听审，诉讼程序业已开始。然而，我已让朋友们为此事大力奔走，而他们为我在首都的烂泥潭里却有些步履维艰。总之，有人肯定说，一切都已决定，尽管我尚未得到任何官方的答复。我并不怀疑会获得胜诉，因为那些举措实在太愚蠢。因此我即将有权出版我的单行本小说。我想，您大约在六星期以后可以收到此书，届时我一定为您标明受到谴责之处。其中一处描写了敷圣油圣事，那无非是《巴黎礼仪书》中的一页法文翻版；看来，那些一心维持宗教礼仪的勇士并不精通基督教教理。

无论如何我都可能被判刑，总会判刑的——判一年监禁，还不算一千法郎的罚金。此外，您的朋友每出一个新版都会受到警察局先生们毫不留情的严格审查和挑剔，而且如有重犯，我将再次被领到"监狱里湿漉漉的草垫上"生活五年；总之，我将毫无可能付印一行字。我这才明白：一、搅进政治事件是极不愉快的；二、社会的虚伪极其严重。但此次,这种虚伪本身已感到羞愧,因此它决定罢休,回到洞里去了。

至于书本身,那是合乎道德的,极端合乎道德的,倘若此书的笔触不那么大胆直率,它有可能获得蒙蒂翁文学奖(我并不稀罕这份荣誉),它已经获得了一本小说在杂志上发表所能得到的成功。

我得到了同行们非常亲切的恭维,是真是假,我不知道。有人还对我肯定说,德·拉马丁先生对我赞扬备至——这让我非常吃惊,因为我这本书里的一切都有可能触怒他!——《快报》和《箴言报》给我提出的建议非常诚恳。——有人请求我写一个喜歌剧(喜!喜!),而且还有各种大小报纸议论我的《包法利夫人》。亲爱的夫人,我毫不谦虚,以上就是对我荣誉的总结。文学批评问题,您尽管放心,他们会掌握分寸的,因为他们很清楚,我绝不会踩着他们的影子走路以期取而代之;相反,他们会对我十分亲切;用新壶砸旧罐是令人愉快的!

我即将重新开始我可怜的生活,这生活既平淡,也宁静,在这样的生活里,句子乃是一个个奇遇,我采集的不是别的花,而是隐喻。我会像往日那样写作,为写作乐趣而写作,为我自己而写作,毫无金钱或引起轰动的私下盘算。阿波罗无疑会重视我,也许某一天我能创作出优秀的东西!因为一切都要为强烈感情的连续性让路,对吧?每个梦想最后都能找到它的表现形式;什么样的干渴都能找到解渴的水,所有的心都能找到爱情。什么东西都不像连续不断的念头,不像理想那样能促使人更好地生活,这是穿灰粗布衣服的妇女们说的话……

刘　方译

致兄长阿希尔

一八五七年一月十六日

亲爱的阿希尔,我当时没有再给你写信,因为我以为案件已经全部结束了;拿破仑亲王①曾三次肯定这点,而且是对三个不同的人说的;路朗②先生曾亲自去向内政部长谈及此事,云云,埃杜阿尔·德莱塞曾受皇后之托(他礼拜二在皇后家吃晚饭)去告诉他母亲,说此案已经了结。

我昨天早上才从瑟那尔老爹那里得知,我已被退回轻罪警局,是特莱拉尔③昨晚在法院告诉他的。

我立即派人将此事通知亲王,亲王回答说那不是真的;但这是他自己弄错了。

这便是我知道的情况,那是一阵谎言和卑鄙无耻的旋风,而我却在这阵旋风里迷失了方向。在这一切的下面一定有点什么,有某个看不见的、极为激烈的人;一开始,我只不过是个借口,而且我现在认为,连《巴黎杂志》本身也只是个借口。也许有人记恨某一个保护我的人?与数量相比,质量更使保护我的人们显得重要。

所有的人都在互相推诿,人人都说:"不是我,不是我。"

有一点可以肯定,那就是,追捕已经停止,随后又重新开始。

---

① 拿破仑亲王,指拿破仑一世的长子吕西安,是当政的拿破仑三世的堂兄。
② 路朗,当时的国民教育与宗教信仰部部长。
③ 特莱拉尔,当时的预审法官,承办福楼拜的案件。

为什么改变态度？一切都来自内政部,法官不过服从而已;法官是自由的,完全自由,然而……我不等待公正,我要去坐牢,我当然不会企求任何赦免,干这种事才真会损害我的名誉。

你如果能知道点什么,能看清楚内幕,一定告诉我。

我向你保证,我一点都不心慌意乱,这太荒唐！太愚蠢！

谁也封不住我的嘴,绝对封不住！我要像过去一样工作,即是说,以同样的良知和独立性工作。噢！我还要给他们写……这类小说！而且是货真价实的！我已经做了卓有成效的学习、研究,也作了笔记;不过,为了发表,我还在等待更晴朗的天气使巴那斯山峰①更亮丽。

尽管出了这些事,《包法利夫人》仍成绩喜人;这本书已变得更有味道了,人人都读过,或正在读,或想阅读。

我受的迫害给我引来了千万种同情。假如我这本书很坏,迫害我倒使它显得好了,相反,假如它应当存在下去,迫害我倒抬高了它的身价。

就这些！

我时时刻刻在等待印花公文指出我应当去坐牢(因犯了用法文写作罪)的日子,在班房里我得坐上扒手和鸡奸者坐的凳子。

刘　方译

---

① 巴那斯山峰,古希腊的山峰,传说是阿波罗和缪斯诸神居住的地方。

致莫里斯·施莱辛格

一八五七年二月十一日
于巴黎

　　谢谢您写来的信。我只能简短回答您,因为那一切使我身心疲惫到再也无力走一步,也无力拿稳一支笔。摆脱这桩案子曾非常艰难,但我终于胜利了。

　　我收到所有同行十分讨人喜欢的恭维话,我的书也将以罕见的方式出售,一开始就如此。但我仍对这场官司感到恼火;总之,这一切使书的成功偏了向,而我并不喜欢在艺术周围存在一些与它格格不入的东西。此事闹到如此程度,使我对那些吵吵嚷嚷感到无比厌恶,而且对是否出版这部小说的单行本感到犹豫。我渴望回家,而且永远待在家里,待在我早已脱离的孤独和沉默中,什么也不发表,不让任何人谈到我。我觉得在这个年头根本不可能谈论什么。社会虚伪是那样猖獗!!!

　　连对我最有好感的人们都认为我不道德!亵渎宗教!我将来最好别谈论这个,谈论那个,最好小心谨慎,等等,不一而足!啊!亲爱的朋友,我多么烦闷呀!

　　有人甚至再也不想看人物描写了!达格雷照相是侮辱!故事是讽刺!我现在已到了这个地步!而我搜遍我倒霉的脑子也没有发现什么东西应当被指责。在这部小说之后我准备发表的东西,比如一本要求我从事多年枯燥无味的学习研究的书①,可能会让我受苦役!而且我所有别的计划都有类似的麻烦。您现在该了解我所处的滑稽状态了吧?

四天来我一直躺在沙发上反复思考我的处境,并不愉快的处境,尽管人们已开始为我编织花环,不错,是混杂着带刺蓟的花环。

我现在回答您所有的问题:如果不出书,我就给您寄去发表这部小说的各期《巴黎杂志》。几天以后便可作出决定。德·拉马丁先生没有给《巴黎杂志》写信,他过分夸奖我的小说的文学成就,同时宣称此书恬不知耻。他把我比作拜伦爵士,云云!这很棒;但是我更喜欢少点夸张,同时少点保留意见。他无缘无故向我道喜,然后在决定性时刻弃我而去。总之,他对我的所作所为完全不像一位儒雅的人,他甚至曾失信于我②。不过我们仍然关系不错。

刘　方译

---

① 指《圣安东尼的诱惑》。
② 一八五七年一月二十五日福楼拜拜望拉马丁时,拉马丁曾答应给《巴黎杂志》写一封信,让塞纳尔在辩护时当众引用。

致埃德蒙·帕尼埃尔

一八五七年二月十一日

如果说我没有早些回答你的祝贺，那是因为我在受到政治打击之后，几天以来深感疲惫，无力动脚，也无力动笔。我被压扁了，我惊得目瞪口呆——而且我对我今后写的书怀着深深的恐惧。还能写什么书比我那可怜的小说更无害呢？

我甚至犹豫是否出这本小说的单行本，因为我有意恢复被《巴黎杂志》删去的那些片段，我认为那些片段无害。那些删节实在荒唐，删节出现的淫猥效应在原作品中根本就不存在。

公众事务部还有两个月可以再传讯。你是否能通过阿巴图克西确切打听到会不会再传讯？是否还需要等两个月？他们怎样看我？是谁在记恨我？我最终会像卢梭一样相信有阴谋。因为所有的人面对我时都满怀诚意，而在背后却难以理解地对我穷追猛打。

另一方面，莱维又纠缠我，让我出书。我真不知道如何是好。

有人劝我删去几处曾被指摘的地方。但这不可能。我不会为讨好当局而干荒唐的事——更何况，如果可以这么说，这种行为本身就是真正的蠢行。

你倒霉的朋友就处于这样可悲的境况。你知道，我在等最近的某一天同你一道去罪犯大道吃晚饭。在这之前，紧紧握你的手。

刘　方译

致弗雷德里克·博德雷

一八五七年二月十一日

…………

我目前心情烦闷。《包法利夫人》使我极端痛苦！我现在真后悔把它发表在《巴黎杂志》上！所有的人都劝我作一些轻微的改动，出于谨慎，出于格调，等等。然而，我认为，这种行动简直卑鄙得出奇，因为，凭我的良心，我看不出我书里有什么可遭谴责的地方（从最严格的道德观出发）。

这说明为什么我告诉莱维停止一切活动。我还没有拿定主意①。

噢！我明白您会怎样回答我！不过您仍应当承认，您内心深处的想法和我一样。

这之后呢？前景！还能写出什么东西能比这部小说更无害？如此不偏不倚的描写都激怒了某些人。还能干什么？拐弯抹角？胡诌？不！不！一千个不！

因此我非常想回家，永远回到我的乡村，回到我的沉默里，并在沉默中继续写作，为我，为我一个人写作。我要写几本真实的、味道浓郁的书，我向您保证。不为名誉而忧虑，这会使我过上一种有益于健康的呆板生活。这个冬天我失去的东西太多，一年前我比现在强。我自己看上去仿佛是个妓女。

---

① 《包法利夫人》仍于一八五七年四月十八日公布在《法兰西书目》里。

总而言之,围绕我的第一本书吵吵嚷嚷,我认为这与艺术太格格不入,所以我对自己都厌倦了。此外,由于我无比珍惜别人对自己的尊重,我渴望保持这样的尊重,而现在我正在失去它。您知道,我从没有见诸铅字的急迫愿望。什么都不付印,我也生活得很好。原因是,我认为根本不可能在想作品之外的事情时写出一行字。我的同代人可以不理会我写的句子,我也可以不理会他们的掌声……和他们的法院。

社会虚伪已登峰造极,我因而果断地逃避战争,从今以后,我心甘情愿过一种最谦卑的有产者的生活。

老朋友,我就处在这种状态。我很有必要赌咒发誓,决心不出版了①。我认为我应当这样。

刘　方译

---

① 实际上福楼拜在一八五六年十二月二十四日已授权莱维出版《包法利夫人》。

致儒尔·杜勃朗

约一八五七年五月二十日
于克鲁瓦塞

不，老朋友，尽管你提出忠告，我不会放下《迦太基》去写《圣安东》。因为我的思想已不在那个范围，得重新投入，对我说来，此非易事。我知道，从评论角度（仅仅从评论说），这更取巧。但我一写就想到这些古怪的家伙，做不出别的更有价值的东西来。以后我会回到圣安东躯壳里，他比肖莱（Chollet）更值得刻画，更有深度。既然正写《迦太基》，就要尽力深入进去，呼吸与共。

《圣安东》这本书，当然不应错过，不过，现尚缺二项：一、大纲；二、圣安东的个性。一定会写好，但需时日。至于别人如何评论，我才不管。人家怎么说，我不在乎。正因为不在乎，《包法利》才有一定的深度。不让我与巴里埃尔、小仲马之流为伍，随他们去说吧。好心的德尚先生还挑出我不少的所谓法语错，这些都伤害不到我。

布耶太顾忌公众看法，想迎合所有人，又要保持自己本色，结果什么也没做成。于是犹豫、动摇、折磨自己。他从藏身处给我写来绝望的信。这都怪他不可救药的性情。

永远别去考虑公众，至少对我而言是如此。我觉得，如现在来写《圣安东》，我会按当下情况加以剪裁，这实是一种下策。

你想把《老实人》改编成几场梦幻剧，那就力争在来此之前完成吧！

我同情你手头紧,尤其因为我眼下也揭不开锅。元旦以来,已花掉一万法郎。对我这样一个年金微薄的人,支出甚巨。此外还背了三千法郎债。因而我尽量留在乡下,以节省开支!可也是为了工作!只要下笔顺畅,银钱事我都不放在心上。

再见吧,老朋友,拥抱你!

丁世中 译

一八六七年十二月十五日
星期日 于克鲁瓦塞

善良的老友:

我多么想同您在一起:

一、因为我与您同在;

二、我要去埃及了;

三、我不必干活了;

四、我可以接受日光浴,等等。

您想象不到今天天气有多坏!天色就像不净的尿壶,泛着淡灰色。与其说是丑,不如说是蠢!

家母去鲁昂了,我完全独居。布耶大人一般周日来看我。可今天,他邀了一位挂毯商人进餐。他开始恢复平静。我猜想:他捕捉到了一个新题目。由于搬家,他有些不知所措。

前天收到马克西姆来信,他境况颇顺,居然向梯也尔先生叫板,而梯也尔是当今法兰西之王哟!

先生,这就是咱们当今的处境,也是"民主"造成的愚蠢后果!

如果继续走伏尔泰的路,而不是盲从卢梭的非教权主义和博爱精神，咱们不会落到这步田地。法国要变成某种程度的比利时了，也就是说，要分裂成两大派。也好！可因为要从一切中得到个人乐趣，我自己乐见梯也尔的"胜利"。他反使我更讨厌我的祖国。我对他这位"仲裁官"也更加敌视了。

您能这样满不在乎地议论宗教与哲学吗？何况，我拟将梯也尔写进小说，写到六月事变后的反动时期……

亲爱的老友，我干活儿甚卖力，不亚于三万名黑人壮劳力。但愿在一月底写完第二部分。为在一八六九年春结束一切，好在两年内面世，我一日也荒废不得。前景在望喽。

有些日子（比如今日），我深感倦怠，连站起来都十分困难，时时有憋气之感。

上周四，我已满四十六周岁。这令我产生哲学的遐想：回首往事，自己算不得"虚度年华"。可是天啊，我又干了什么呀？该拿出点儿像样的货色来啦。

为我，请研究一下《东西方的流氓》一书。代我回忆一些小故事，并烦请笔录。

别耽于欧式高尔夫球！去看看金字塔！谁知您是否再去埃及？不要错过机会！请相信您经验丰富的老友；他很爱您。

记得捎来：一、一小瓶香油；二、一根皮裤腰带。记着您的老友已是大腹便便喽。

要说新闻，艺术家费多写了《德·夏利伯爵夫人》，成就不凡。他在《费加罗报》上与以色列神甫利维唇枪舌剑。龚古尔兄弟的《所罗门的手柄》赢得一件长衫；其长度足以做裹尸布。

苏姗昨日在"新剧场"演出。剧本正好也叫《苏姗》。我以为很精彩。夏特莱剧场演出的《格列佛游记》却叫人打哈欠。主事诸公照旧大赚其钱。

说及读书，我最近研究了喉炎。医生的文章不胜冗长而空洞。是些空谈家！而他们又目无律师。

让我记住：给您捎一部贝雅尔《诗集》。集子里赞扬鲁昂城……

再见吧，亲爱的老友。

望多保重，多一点娱乐，尽量多看一些东西。向你老板大个子亨利·切尔努西致意。盼复！

拥抱您！

又，盼告大驾何时光临。您大概会比我早到巴黎。

丁世中 译

致夏尔·波德莱尔

一八五七年七月十三日

于克鲁瓦塞

亲爱的朋友：

大作《恶之花》我从头到尾拜读过，细心犹如厨娘做菜。一周来，一读再读，一句句，一字字，坦白说，我喜欢，我极为满意。

您使浪漫主义恢复了青春，您与众不同——这是最主要的优点。独特的文风，来自构思。句子满蕴着思想。

我欣赏您锲而不舍的精神，语言精致，价值自高。

印象最深的，是第十八首：《美》，此诗我认为价值最高。其余，如《理想》《女巨人》《腐尸》《猫》《美丽的船》《献给克里奥尔夫人》《忧郁》——此诗令我悲伤，色彩精准！啊，您知道人生的烦恼！您可以毫不骄傲地自傲于人。我要特别告诉您，我特别喜欢第七十五首，《月亮的哀愁》：

> 入睡之前，她用纤手，漫不经心
> 沿自己乳房的弧线轻轻抚摸

我极赞赏《西岱岛之行》，等等。

至于批评，实一句也无。我也不敢肯定一刻钟内能想出什么来。总归一句话：我怕言之失当，过后会追悔莫及。今冬去巴黎见面，我会以质疑而谦虚的方式，向阁下求教。

总之，大作我最喜欢之处，是艺术至上。还有，您以一种哀愁和超然态度,颂扬肉体而并不爱,我深有同感。您坚韧如大理石,沁人肺腑像英伦的迷雾。

再次感谢赠书。紧握您的手。

丁世中 译

致泰奥菲尔·戈蒂耶

一八五九年一月二十七日
星期一　于克鲁瓦塞

亲爱的老泰奥菲尔：

费多来信告诉我，你目前在莫斯科，二月底我们将能见面。哈利路亚！因我不可思议地想念着你！去年十一月，我（为布耶《海仑·贝隆》）在巴黎时，没见到你，很不舒服，你看看！

经常一想起，就是你在大雪纷飞中乐呵呵的长面孔。仿佛看到你坐在雪橇上，裹着厚厚的毛皮外套，低着头，笼着手……

你发表在《箴言报》的文章，我一篇都没读到。听说你在圣彼得堡大受欢迎。我等着你文章编成书后再读。

你回到法国时，会发觉这个国家比你离开时更荒唐。现在，男人也穿灯笼裤。这种灯笼裤爱好，实在是淫秽的标志，像米什莱老爷说的，是一种奇怪的象征主义。

此公刚出了一本谈《爱》的书，称梅拉妮·华尔多夫人为十九世纪排名第一的散文家……书中尽讲卵巢、哺乳、百年好合等等，颂扬婚姻，把夫妻生活理想化，总之，有些婆婆妈妈的呓语！

另一方面，读者对（奥克塔夫·费耶著）《穷小子传奇》趋之若鹜，看的看，诵读的诵读，被当成药一样服用！可悲的药物！

关于被称作"艺术世界"的大茅坑，我知道的就这些。

至于我，三个月来是彻底的独自一人，沉浸在《迦太基》和相关书籍里。我中午起床，半夜三点睡觉，听不见一点声音，看不到一只懒猫,过着奇特而愤世的生活。既然生活是无法忍受的,为什么不像变魔术那样去隐没掉?

我不知道《萨朗波》会写成什么样子,但很难。我累得像条狗。但可向大师保证:意向是善良的。其中没有一种主张,也不想证明什么。我的人物不是在说话,而是在大叫大嚷。从头到尾,就是血的颜色。有男妓的妓院、有吃人肉者、有大象、有酷刑。这一切可能是痴愚的,令人讨厌的。什么时候写完?只有天晓得。

目前,我正受到"正派人"的蔑视。费多的小说新作,题献给我;《现代杂志》的执笔者,就以此为借口,撤回他们的文章。据说不愿为被我的名字"污染"的杂志而写作。蠢也蠢得太过分啦!

很想在下月末见面。寒舍里与你单独相对,以肘支桌,神侃长聊。

一回国,就来叩我门!我将跳上你的颈脖,热烈拥抱你!

丁世中 译

致埃德玛·德·热奈特

一八六一年(?)

……好的主题,就是贯穿全局、一气呵成的主题。这是产生其他一切概念的主要概念。人不可能自由地想写什么就写什么。主题不可以随便选择。读者大众和批评家都不理解这一点。而杰作的秘密正在于此:即在于主题与作者的气质协调一致。

您说得对:必须带着崇敬谈论卢克莱修[①]。我看只有拜伦可以同他相比,而拜伦还没有他那样庄严,也没有他那样真挚的悲哀。我觉得古人的感伤比现代人的感伤更深沉,所有现代人都多少有些低估黑洞以外的不朽性。而对古人来说,这黑洞就是无限本身;他们的梦很清晰,并在漆黑的、永恒的深凹处经过。没有喊叫、没有痉挛,只有一张固定不变的沉思的脸。诸神已经不复存在,而基督还没有诞生,从西塞罗到马可·奥勒留[②],曾有过惟一的一段以人为本的时间。我在任何地方都没有再见到过那样伟大、庄严的东西;然而,使卢克莱修变得令人难以忍受的,是他作为肯定的东西献给人们的物理学。那是因为他对自己知识贫乏这点怀疑得很不够;他竟想解释,做结论!……倘若他只掌握了伊壁鸠鲁[③]的精神而不采纳他的体系,他著作的各个部分都可能成为不

---

① 卢克莱修(约前98—前55),拉丁语诗人和哲学家,他的长诗《物性论》是古希腊罗马流传至今的惟一系统而完整的哲学长诗。
② 马可·奥勒留(约215—275),很有建树的罗马皇帝,喜欢哲学和文学。
③ 伊壁鸠鲁(前341—前270),雅典哲学家,享乐主义派的创始人。

朽的、激进的篇章。那倒无关紧要,我们的现代诗人在这样的伟人旁都是些浅薄的思想家。

刘　方译

一八六二年七月
于克鲁瓦塞

……一长串陈词滥调,像《悲惨世界》一样老旧,却不许人家说坏话。像某某这样愚蠢的政客?他们灵魂深处的痛苦他没看到,一次也没。这是些木偶,糖人,从卞福汝主教开始。出于"社会主义"的狂热,雨果贬责教会,正如他中伤苦难。要求普通人为他祝福的主教,而今安在?哪有这种工厂,单身女子生了孩子就把她开除?这本小说是为了宣扬基督教社会主义的坏蛋,是为了宣扬福音哲学的寄生虫。马吕斯三天就靠一块牛排活命,恩若拉一生只亲吻过两次(可怜的小伙子!),哪里有这种可爱的性格!至于他们说话,都说得很快,但都一个样!——说了很多与题目无关的话,而切题的要紧话,却一句也无。比如立誓说,普选是一桩好事,要教育民众,这类话已重复得让人烦了。这部小说肯定有好的片段,但甚稀少,全书很幼稚。观察,在文学上是次要的品格,作为巴尔扎克与狄更斯的同时代人,这样虚假地描绘社会,不被看好。后世不会原谅雨果想要成为一个思想家。他有什么哲学!无非蒲鲁东、李卡尔、贝朗瑞那一套!雨果虽然对拉辛与拉封丹评价不高,但他不比拉辛与拉封丹更是思想家。就是说,雨果跟拉辛与拉封丹一样,随时代潮流,只是他那时代平凡思想的综述——而且十分固执己见,以致忘了自己的创作、自己的艺术。这就是我的看法。当然,我只为自己保留这种看法。我内心觉得,"神明"渐老,对文学之美,全不萦怀,全不着意。

恭候您的回复与愤言!

丁世中 译

一八六四年夏
于克鲁瓦塞

没有比夏季美好的夜晚更带忧郁色彩。永恒的自然力让我们感觉到:我们可怜的个性多么虚妄!

看到自己的孤寂与焦虑,我自问:我是白痴还是圣人?这种古怪的意志为我增光,但也许标志着愚蠢呢。伟大的作品不要求这么多艰辛!

我愈益不满于近代改良派。其实他们什么也没改良。圣西门、勒鲁、傅立叶和蒲鲁东,全都陷入中世纪!世人未注意到:他们全都相信《圣经》中的"显灵"。

为什么用一些不可理解的东西去解释另一些不可理解的东西?以"原罪"释"恶",等于未释。寻根究底是反科学、反哲学的。在这个问题上,宗教比哲学更令我不快:宗教声称自己无所不知。说这是一种心理需要,我同意。这种需要值得尊重……

至于"赎罪"之说,则源自狭窄的司法观念:是司法野蛮、混乱的一种观念,是将"遗传性"转化为人的责任。

东方"善良"的神明并不善良。它让儿童为父辈的过错付出代价……

当我们扬言正义、愤慨或上帝的慈悲时,其实是在原地踏步。人类一切品质都是相对的,与"绝对理念"水火不相容。

晚上的月光多么皎洁!

周一午夜,有游人自集会返回,乘小舟经我窗前,吹奏着风乐器。突然惊扰到我,便起来关上小窗……心潮起伏。

啊,索莲托的橘树多么遥远……

丁世中 译

一八七六年

……我不赞同屠格涅夫对《雅克》如此严厉而对《卢贡》如此赞赏。一部有魅力,另一部充满力量。但其中没有一部首先操心我认为构成艺术目的的东西,比如:美。我还记得,我站在阿克洛波尔①墙下时曾怎样心跳过,那是一堵光秃秃的墙,经过普罗彼雷柱廊时这堵墙正好在左边。好!我在想,一本书在不受它的内容制约时是否能产生同样的效果?在组装的精确、各组成部分的稀罕、表面的光滑、和总体的和谐里,是否存在一种内在的力,一种神力,一种像本原一样的永恒的东西(我在以柏拉图派哲学家的口吻说话)?例如,为什么在正确的词和有音乐性的词之间有一种必然的关系?为什么人在过分压制自己的思想时会写出诗来?为什么文句匀称的规律可以主宰感情和形象,而看上去是外在的东西却真正是内在的?如果我继续以这种方式思考下去,我会完全搞错,因为从另方面看,艺术应当是天真纯朴的,或者说,艺术应当

---

① 指古代雅典建筑在岩石上的城堡。

是有人可以干的,我们并非完全不受约束。各人走各人的路,但也由不得他个人的愿望……

　　互相理解是多么困难呀!这不,两个都是我非常喜欢的人,是我尊为真正艺术家的人,屠格涅夫和左拉。架不住他们一点都不赞赏夏多布里昂的散文,更不赞赏戈蒂耶的散文。有些句子使我着迷,他们却认为内容贫乏。是谁错啦?连你最亲近的人都离你那么远,怎么去取悦读者大众?这一切让我感到非常悲哀。您别笑。

刘　方译

一八七六年六月十九日
于克鲁瓦塞

…………

　　《淳朴的心》确实是一个卑微的人一生的故事,一个可怜的乡村姑娘,虔诚,但有点神秘;忠实,却并不狂热,而且像新鲜面包一般软。她接二连三地爱别人,先是她女主人的孩子,后来是侄子,再后来是她照顾的一个老头,最后是她的鹦鹉。她的鹦鹉死了,她让人把它制成标本。轮到她自己去世时,她混淆了鹦鹉和圣灵。这一点不(像您设想的那样)是讽刺性的,恰恰相反,非常严肃,非常凄惨。我想让富于同情心的人(我也是其中之一)可怜她,让他们为她哭泣。唉,是的!有一个礼拜六,在乔治·桑的葬礼上,我在拥抱小奥洛尔时,后来在看见我的老朋友的棺材时,都曾号啕大哭。

刘　方译

一八七八年五月二十七日
星期一　于巴黎

我的行装已收拾就绪。希望后天可以在克鲁瓦塞重新安顿好,能坐在书桌前,写第五章。

我开始觉得巴黎十分可厌,在那里住了几个月之后,觉得整个精气神从千百毛孔走漏掉,散落到了人行道上。我的人格在与他人接触之后,似乎散落了。觉得自己变得愚蠢,一想到万国博览会便觉得疲倦之至。我去参观过两次。从特罗亚特罗广场俯瞰下去,真是美不胜收,使人梦想起未来的巴比伦。说到细节,我觉得最有趣的是日本的后院。得用三个月,每天四小时,才能看完这"当代文明的伟大展示"。我可没这么多时间,得务正业啊。

我被邀参加伏尔泰百岁冥寿的活动。但不拟去,每个钟头都得节省。这次百岁活动很可笑:您见到过上层贵妇与下层女人联手吗?伏尔泰的敌人注定是可笑的;这是上帝赋予这位伟人的又一恩惠!关于伏尔泰,可以说他是不朽的。——当人们需要他时,便可发现他的全貌。总之,教士和当朝大佬完全迷失了方向。

您赞赏萨尔杜吗?他认为梯也尔是一位希腊的神明,阿提克的精灵!(萨尔杜入阿里斯托芬的讽刺世界,那是确定无疑的。)

关于看戏,我整整一冬只去过一次剧院,那是去罗亚尔宫,出席《玫瑰花蕾》的首演式,作品写得很可怜,这是作者没料到的,我的老友左拉变得很荒唐。他妒羡雨果老爷,想自己"创立一个流派"。成功使他陶醉,忍受厄运比善处好运要来得容易。左拉在评论方面的镇定自若,正是由于他那不可思议的无知。我认为:艺术,纯粹的艺术,已没人再喜欢。能品味佳句的人都到哪里去了?

这种贵族的享受,已属于远古。

勒南的《加利班》读过吗?里面有些东西甚可爱。但缺乏基础,缺得太多。

您怎样啦?可怜的好友!您在读什么?想什么?咱们何时重逢?为了您自己的尊严,请勿自弃!

明年冬天我会幸运些吗?您会来巴黎吗?

上周,我到夏农梭,在伯鲁兹夫人家里住了五天。一五七七年,当时主人在那里大张宴席,有众多裸女作陪。我想写一写此事。《拿破仑三世治下》的题材,终于光顾到我,觉得能感受得到。有新想法之前,题目暂定为《一个巴黎家庭》。但我得先写完《布瓦尔和佩库歇》。希望明年新年能写出一半。

好啦,再见啦。请忍受这可怜的生活,能写几封长信来,我将十分高兴。您是知道的。问候您的夫君。

丁世中 译

一八七八年十二月二十二日

于克鲁瓦塞

要是按我的本性,我会天天给您写信!但因身体疲劳而不能,这就是我的由头。是的,天天如此,每天数,每次说,想念您,出于自私,讨好自己,或者转向过去。

我觉得,您在这个时世,一定很受罪。我们住的国家不适合我们,我们不属于这个世纪!也许是不属于这个世界的人?

至于我的生存,也变得越来越成为负担,我没有您那些理由可以去咒骂。这一个月,我物质上遇到空前的困难。重新拥有我财产的希望已破灭,我的命运要等一月末才能定下来。一些朋友知道我的窘境,要帮我获得相应的地位,您很了解我,当然能想见我的答案:绝不!这条铭言:"荣誉不增荣,街头适见诣,履职变蠢材。"那是可以记取的。宁可在农村小客店过日子,也不去取库银当老爷。老友丹纳向我吹捧法兰西学院,可那不是我去的地方。人各有志嘛。

在痛苦(得了黄疸病)中,我还继续写作,六月以来,写了三章;其中两章还是九月之后写的。现在还剩三章。但在重新动笔之前,我得好好读四个月的书!

我外甥女要我对您说:"一切最友好的话。"祝您和夫君"生活幸福"。

爱您的老友。

迪东老爹寄我一书(《没有上帝的科学》),我的回复用小字写了整整四页。两极是永远不会相遇的,认为两极中一极将消失,那是很蠢的。

丁世中 译

一八七九年四月七日
星期一　于克鲁瓦塞

我现在能在花园里走几步了(一月二十五日,冰上滑跤,腿骨折断)。但医生发誓说:再过一个月,我就可以爬巴黎住所那可怕的楼梯了。但愿如此。

半个月来,有颗牙痛得要命。牙医竟让我干等了四十八个小时。今天,腰又痛了起来,搞得我像一个驼背病人。健康状况就是这样。

您的健康状况似乎更糟？可怜的朋友，老年阶段（而咱们已到这个阶段）可不是闹着玩的。像您一样，我觉得生活很沉重。过去，还勉强能忍受。眼下我的"雄心"也远不到哪里去。

您对亚当夫人那本书的赞扬，我不敢苟同。您当看得出其中欠缺的东西。那事情是在什么地方发生的？怎么会说到现代希腊人是异教徒呢？总而言之，我什么也没看懂——除去关于风景的描写。为了健康，我建议您立即读一读我的朋友希罗迪亚的第二本书（《新西班牙征战记》）：进出墨西哥城的场景，会像神话故事一样令您眼花缭乱，像童话故事一般。他的第一本书您已读过？是不是？

德·莫泊桑夫人没有来。她的丈夫可以说是个可怜虫，现在还活着。她的身体也不怎么样，眼下财产也很微薄。她是世上难得的好人之一，是我孩提时代的朋友。我非常喜欢她的儿子，他很像他的舅舅阿尔弗雷·勒普瓦特万。我从未听说过他们在维尔诺克斯(Villenauxe)有一位女亲戚。

已用三个半月阅读哲学和磁疗的著作，准备从今晚开始（但又心存恐惧）写第八章，涉及体育、磁疗和哲学，甚至要谈到绝对的虚无主义。

第九章将谈及宗教，第十章论述教育和道德（兼及其运用，运用于迄今所获的一切知识领域）。剩下的是第二卷，那只是些笔记，业已全部写好。最后，第十二章，用三四页来写结论。

我将在五月份（五月中旬或五月底，是吧？）朗读给您听，尤其是第二章的结尾；第三章论科学、第四章论历史、第五章论文学、第六章论政治、第七章论爱情。

此外，还有《庸见词典》，那已完全定稿，准备放在第二册里。

勒南和麦齐艾尔的演说，是多么好的修辞学典范！

但是，勒南为什么要竞选法兰西学院院士呢？他已经是一个人物了,为什么要降格为凡夫俗子?

问候您的夫君。从内心深处向着您。

晚六时

我把信又打开,告诉您刚收到您五日的来信。都德的那段话我不知道。谢谢。"玛格丽特,我认出了那是您!"您在心灵和精神方面都很细致。

丁世中 译

一八七九年六月十三日
上午八时　于巴黎

近一月来,您对我来说是一种自责,因为没答复您的来信。今天,我有意早早起床,告诉您,我没把您忘记!

您决定不来巴黎,我很难过。可怜的朋友,是因为生病吗?那太遗憾了!您的生活很可悲!您是多么英勇啊!现在,什么时候咱们能再见面?我有一种需要,一种情感和审美的需要,想向您读我的大半部小说。您的嫣然笑容将支持我。上帝不作美,咱们只好屈从!您将愉快地获悉,我的物质条件已有一些改善。我腿不好的时候,朋友们主动关心我的命运。总之教育部部长让人问我:是否接受荣誉职务。几经犹豫之后,我终于同意挂名马扎然图书馆的副保管员。别无他法,年薪三千法郎。这样,我可以保留在巴黎的小居所,每年可在此度过三四个月。另一方面,我那位很富有的兄弟将给我三四千法郎的年金。加上我的积蓄和文学活动的收入,尚可太太平平度日。不过,政府的钱总觉得压在我心上,深感屈辱。为了心理平衡,我把这看成一种借贷。我设法不让政府受损,假如我能在有生之年偿还的话。啊,您的老友历经严格的审核!

这个冬天最让我生气的是什么,知道吗?那就是我的腿伤引起的怜悯。我到巴黎后,都旧话重提:"您一定很痛苦吧?""没有的事儿!"于是,人们觉得惊奇。是的,我的腿伤成了一个讨厌的老话题。就像《包法利》一样,我听不得人家谈论它;一提这书名,我就生气。我一辈子好像没写过别的东西!那位夏庞蒂埃还想搞一个插图本!就像《圣于连》一样。这类让步实在太多了!

来这里的头两天,觉得厌烦得要命。后来,很高兴重见了老友。现在,任何走动、任何习惯的改变,对我来说都是不愉快的。这是衰老的迹象。只有心脏还没有老,也许正相反。但文学已变得越来越艰难。像我那样写一本书,恐怕真得有几分疯劲儿。

每天下午我去国立图书馆看书,看到一些蠢事蠢话,无非是颂扬基督的故事。写得如此之笨拙,足以使最虔诚的教徒变得不信神了。啊!一旦想证明上帝存在,愚蠢就开始啦。

您读过叔本华吗?我读了他两本书。唯心与悲观,更正确地说,是宣扬佛教。这倒合我的脾胃。

瓦莱斯的自传体小说《雅克·万特拉》写得很有才华。那可怜的家伙!他的怨愤是可以理解的。不管他,这是个可悲的孩子。我更愿意读柏辽兹的《通信集》。顺便说说,富尔和加莱想把(布耶)《福斯蒂纳》改编成歌剧。我与卡杜尔·蒙代斯断绝了来往。莱耶准备改编《萨朗波》。也许可以把神仙故事搬上舞台。看来,运气还不那么坏。

拥抱您。

问候您的夫君。下周我一直待在巴黎。

丁世中 译

一八七九年十月八日
星期三晚　于克鲁瓦塞

承您谈起《情感教育》，收到您来信时，我正在改《依塞尔》的校样（夏庞蒂埃版，大约两周后面世）。

这本书为什么没取得我期望的成功呢？也许罗宾发现了个中缘由。写得太真实啦！——从美学的角度说，缺乏"透视的深度"。由于着力写好大纲，大纲反而失去了作用。任何艺术作品都应集中到一点上，有个高峰，都应当像金字塔形的逐步上升，或者，应当在圆球的某一点上投以明亮的光线。但实际生活里没有这些东西。不过，艺术不等于生活……

另一个话题：夏庞蒂埃出版的《现代生活》，将在最近刊出《人心的城堡》。由我的外甥女作插图。勒迈尔（Lemerre）本月十五日将在图书馆展出《萨朗波》。您可以看出，两个月来我忙得不亦乐乎。

唉，我经历了种种磨难。一位我视为至友的人（拉博特），表现出最庸俗的自私自利。这种背叛令我伤心。我读到一些蠢东西，或更正确地说，读到一些令人变蠢的东西：塞居尔大主教的宗教小册子，于格神甫的胡说八道，还有好好先生尼古拉把沃尔森比特尔当成了男人，因此对她大发雷霆！现代宗教肯定是一种无法言说的东西。帕尔发在《虔诚的武库》中只稍稍涉及了这个题目。在《家庭中虔诚的女人》中，您对这一章的标题《大热天中的谦和》有何见解？还建议女用人不要去演员、旅店主和卖淫画商人家服务。这些倒是好主意。而蠢人反对伏尔泰（伏氏是一位唯灵论者）。又反对勒南（他是基督教徒）。哦，多傻呀！

但在第九章《论宗教》中很难保持平衡。我写的虔诚读物,足以使不信教者变成圣徒。

我小说写完后,将读给您听,如果没别的办法,我就到维尔诺克斯去。但您如能来巴黎,倒真是帮了我的忙。请注意,大声朗读此书,需要好几天时间。

但我何时能写完?总之不会在四月初。然后,至少还得有半年写第二册。与亚当夫人的杂志还没有签约。假如报酬高,我很可能在那里出版。

您抱怨《先锋报》,我不觉得奇怪。说句私下话,达洛兹是个坏家伙,对我的态度像个顽童。

我读了普帕尔·达维尔反对都德的那篇文章。但这一切与公众有何干系。

米什莱老爹的自传,刊载在《时代》杂志上,平平而已。我怀疑他的夫人参与太多。而且,只有当忏悔过分时,我才爱读。要使一位先生在谈论自己时引起您的兴趣,此人必须有奇特之处,无论是好的或坏的方面。把一些细节告诉读者,这是一种小市民式的诱惑,我始终抵制。

您为什么觉得政治那么丑恶?难道曾美丽过吗?

您欣赏过弗洛利安的节日吗?其目的是什么?那是登峰造极的事!雨果老爹还担任了名誉主席!闹剧、闹剧!

向您夫君致意。吻您的双手,有力地、长久地。

丁世中 译

致昂日·佩梅嘉

一八六一年一月十六日

原谅我，先生，两年来我很少待在巴黎，而且我上个月才在桌上发现您那本很吸引人的书。为您想到我并为我有幸读到这本书而向您表示深切的谢忱。

开始，我一口气读到末尾。然后又重读一遍。依我之见，这是一本精致的作品，写得既朴实无华，又富于刺激性；故事很动人，有如《玛侬·列斯戈》，不过没有那可憎的提贝日，那当然。

最引人入胜的地方是书里对生活的深切感受。读者会意识到那是真实的。在小说的框架下透出自传的味道；但又没有任何夸张和对个人的炫耀。

文笔雄健有力、明确清晰，而且法国化得出奇。正如老实人说的，它捏你，自己却不笑。小说一开头便吸引了我。里面正好写的是省里的有产者们。我们也正是在那种狭窄的生活圈子里感到窒息。你在其中作了杰出的本质的概述，语句颇有古风……

也许，到后来，提纲有些松懈？读者似乎看不见罗莎丽了——而当时冉·弗朗索瓦应当非常有力地表明自己。

从布鲁塞尔起，情节（我指的是由感情开展的情节）便风风火火地牵着你的鼻子走，没有一分钟的停顿。在看到第一百五十到一百五十三页①时，您让我背上发冷。我也经历过那些情景。我

---

① 那几页描写一对情人在冉起程赴土耳其之前在比利时最后一天的情景。

为久别人的眼泪而哭泣。

感受到的事情本身就如此强有力,所以您已经让我(却无须描写)亲眼看见了君士坦丁堡。我看见冉·弗朗索瓦在培拉街上走。我同他一起在伊斯坦布尔泥泞的道路上艰难地步行,一路上闻着水烟筒发出的烟味……

罗莎丽的长信、她的旅行、她在保加利亚小城度过的苦涩日子;罗莎丽临终的情景、她的死和她死后发生的事,那一切都让我着迷,使我深深感动、痛心!皮货商想抢出连衣裙时很有特点的行动非常高超;长信的最后一行辛酸至极。

我们是否能在某一天见见面?我是否能当面对您说,您的书、您的大才引起我怎样的好感?是的,我不止一次想到冉·弗朗索瓦,和叫他我可怜的朋友的那个姑娘。

在等待这次愉快见面的期间,我诚挚地握您的双手,并请您相信我是您亲朋中的一员。

刘　方译

致儒尔·米什莱①

一八六一年一月二十六日
于克鲁瓦塞

先生和亲爱的大师,怎么感谢您给我寄来的书②呢?怎么对您说我阅读这本书时体验到的狂喜之情?

还是让我先谈谈您吧。我早就感到有此必要了。现在既然有了机会,我便利用起来。有些天才受到人们赞赏,但无人喜爱。另一类讨人喜欢,但不受尊重。然而人们珍爱那些在各方面都征服了我们,而又特别合我们脾气的人。我们欣赏他们,那些人!我们从他们身上吸取养料。他们有助于我们生活。

在中学,我如饥似渴地阅读您的《古罗马史》、《法国史》的前几卷、《路德回忆录》、《入门》,以及所有出自您笔下的东西。阅读它们时几乎享受着声色之乐,因为它们太生动、太深邃了。那些书页(我不自觉地倒背如流)向我倾注大量我在别处徒然寻求的东西:诗意和真实性,色调和生动性,事实和幻想。对我来说,那不是书,那是整个世界。

此后,我有多少次在不同的地方自个儿背诵(独自一人,为了欣赏文笔之乐):

---

① 儒尔·米什莱(1798—1874),法国历史学家、散文作家。
② 指米什莱所著《大海》,于一八六一年一月十九日列入《法兰西书目》。

"我渴求一睹恺撒苍白的面容"①……
…………

"那里,河边的雄师窥视着河马",等等。

有些表达方式甚至一直萦绕在我心上,如"在罪孽的安然无恙中发福"等等。

成人后,我的欣赏趣味固定了。我紧跟着您的作品,一部接一部,一卷接一卷,《人民》《革命》《无耻之徒》《爱》《女人》等等。您书中愈益扩展的巨大同情心,您用一句话启迪一个时代的出奇技巧,您那能深入了解人和事并鞭辟入里的对真实的绝妙辨别力,使我越来越感到惊异、叹服。

在您所有的天赋中,先生,正是这一点使您成为一位大师,一位有名望的大师。谁没有热爱过您这位大师,谁就不可能写出任何东西。您在文艺批评领域开了体贴之先河,那可是富于成果的事物。

我出生在一家医院里,并在那里生活了四分之一个世纪。也许正是这点有助于我不仅在文学领域,更在许多方面领会您的作品。我用一句老百姓的话(您肯定会理解这句话):我喜欢您还因为"您是好样儿的"。您具有善心(圣宠的第四位),同时比谁都更具强者特有的不可战胜的诱惑力,这种无名的魅力乃是力量的极致。

然后,您从高处走下来,走进大自然本身,您的心跳一直振动到自然的诸要素里。《大海》是怎样一本奇妙的书!我先一口气看完,然后再重读两遍,我要长期把它放在我的桌子上。这本书从头至尾都光彩照人,它外表朴实无华,实则雄伟壮丽。《一八五九年十月风暴》②中的描写多么生动!《乳海》那一章多么吸引人!

---

① 见米什莱著《古罗马史》。
② 《一八五九年十月风暴》是该书第一部分第七章的标题。

末尾有这么精致的一句:"它殷勤的抚爱……好似女人的乳房可感知的温存……"书中这些词:"原子、血花、造世者们"引起我们无边无际的遐想。里面所有的东西都必须提到!您让人喜欢海豹。读此书的人都会激动并感谢您……您仿佛乘大兀鹰的翅膀周游了世界,仿佛从海底森林旅行归来。我们听见沙滩的低语。咸咸的海水似乎在扑打您的脸。处处都让人感到自己被托在长长的涌浪之上。

不以壮丽取胜的地方则颇具娱乐性,如那位洗海水浴的女士的故事,写得多么细腻、多么真实!大客轮上那些蠢人的画面使我想起过去的一些感受。因为,这些人也曾使我痛苦过。当时他们把我从特鲁维尔赶了出去,而我连续十年每年都去那里度过秋天。我在那边生活,赤脚在沙地上走,像个野人。在您书里的某个角落我还重见了我少年时代的阳光。

无论如何,即使在倍感衰弱的日子,在精疲力竭的凄凉时刻,自己感觉无能为力、忧伤、精力衰竭、像雾一样阴郁、像咔咔响的冰块一样冷漠,此时,如果得到您的好感,读到《大海》那样的书,仍然会赞美生活。那时,一切都忘掉了。——从这种崇高的快乐里也许还能留下一种全新的力量,一种更长久的精力。

刘　方译

*

一八六一年六月六日

亲爱的大师,我一到这里便急忙冲过去取您的书①。我现在

---

① 书名《教士、女人和家庭》。

在首次阅读的激动和叹服中匆忙给您写信。

我认为这本书写得极其严肃、冷静且真实！这才是十足的历史真实性,而且是最高层次的。

别害怕形式的庄重和不够辛辣会成为作结论的障碍并对意图有害;谁都可以感觉到科学无处不在,这本身就能引起人们极大的尊重。

您同时谈到了过去、现在(也许,唉！还有将来很长一段时间)是什么情况;您塑造了一位永恒的教士。

此外,在我的记忆里,那些吸引人的、极丰满的书页写得非常生动。每一行都让人深思。谁读了您的书都渴望自己也能写书。

我看不出什么地方能比第一部分更有趣、更深刻:十七世纪神修指导的历史。仿佛我们在其间看到了、得知了,在其间触摸到了虚伪的耶稣会会士！您在结尾写了一段概述,这概述涵盖了整个美学:比如,他们的手段一文不值。是的,亲爱的大师,您说得有理！缪斯憎恶卑鄙和虚伪,正因为如此,她才爱您。

至于下面的各部分,您在其中显示了现代生活最隐秘、最玄妙的区域;读者只能一再说:是的,正是如此！同时赞赏您透彻的眼力和感情激烈的描绘。我认为,那年轻的忏悔者比所有的《若斯兰》①更有价值。

占有中的绝望,爱情中的不可能相爱,这是多么精彩的结尾！

还有,在对女人的孤立、对那虔诚的青年、对母亲等等的研究中,您的分析和文笔简直是奇迹。最后一页使我感动得流下了眼泪。

如今,谁也不可能没有您,谁也不可能摆脱您的天才的影响,也不可能不按您的思想观点生活。谈到您时,也可以这么说:

---

① 《若斯兰》,拉马丁的长诗,描写一个可怜的本堂神甫忏悔他的情欲和牺牲。

"fons omnium①"。

....

刘　方译

一八六八年二月十九日
星期三　于巴黎

亲爱的大师：

不，我没收到您的书。《达基浴场》，是我读过的书之中最深入人心的一本。您将比利牛斯山和阿尔卑斯山都再现在我眼前。何况，同您在一起，人总是站到了高峰顶端。

您关心的那本沉重的小说（对我来说是沉重的，对别人亦将如此），一年之内尚写不完。眼下，我正全心全意研究（一八）四八年的历史。我深信：教会会有些行动。

民主天主教会的各种危险都发生了，正如您在《革命》一书的序中指出的那样。

紧握您的双手，亲爱的大师！

请相信：我深深地爱您！

丁世中译

---

① 拉丁语：全部的源泉。

致龚古尔兄弟①

一八六一年七月八日
于克鲁瓦塞

我亲爱的两位老朋友：

我在今晨十一点收到你们的小说②，下午五点以前我就狼吞虎咽般把它看完了。

读头几页时，由于里面有两三处重复，比如，"床"字的重复，我就找起碴儿来。接着，故事抓住了我，使我振奋。我一口气读完，有时还"眼泪汪汪"，活像个小市民。

我发现你们在叙述、演绎事件和总体连贯性方面比《文学家》③有进步。既没有离题的话，也没有重复。这是件难得的好事。

费洛曼娜的童年、她在修道院的生活，整个第二章都让我着迷。非常真实、非常细腻、非常深刻。我相信，许多女人都能从中认出自己。其中有几页精美卓绝（四十四、四十五、四十六），读者可以欣赏神秘主义下面的肉欲、圣牌下面开始成形的小小的乳房、同耶稣-基督的血混成一片的月经初潮的血。那一切都很美、很得体、很真实。

---

① 龚古尔兄弟，爱德蒙·龚古尔（1822—1896）和儒勒·龚古尔（1830—1870），法国小说家，自然主义的创导者。
② 指《费洛曼娜修女》，于一八六一年七月十三日列入《法兰西书目》。
③ 龚古尔兄弟的《文学家》于一八六〇年出版，删节后于一八六八年再版。

至于其余部分,如医院里的生活,我向你们担保,你们写到点子上了。书中有些地方以其朴实无华的叙述写得令人痛心,如第九章。

　　病人的闲聊、次要人物学生们的表情、主治外科大夫马利瓦尔的面部表情等等,"very well"。

　　但我对费洛曼娜情有独钟!!! 见鬼,她让我兴奋!可惜她死了!我完全理解巴尔尼叶(医生)后来对修女发火。这样处理既审慎又精彩。

　　总之,我非常喜欢你们的书。我觉得它已经成功了。

　　对这本书我只有一点需要责备你们,那就是太短。读到最后,人们会想:"怎么就完了!"这让人不快。

　　考虑到如今人们热衷于用自己的思想代替作者的思想,并力图以作者这本书为契机再写另一本书,我向你们恭敬地提出如下怀疑:

　　费洛曼娜修女是个圣人(因而是个例外),为什么你们没有在她旁边再塑造几个一般意义上的修女,比如饲养家禽的姑娘们,她们极其愚蠢,有时还十分粗暴?因为,无论巴尔尼叶怎么说,最常见的情况是,修女没有什么正经的,她们总以可怕的方式烦扰病人。甚至有专门的文学作品供她们阅读。我手头就有一本这类教材,这教材荒唐得令人难以置信,是一个医科学生送我的。——不过我预先知道你们会怎样回答我。你们不曾有过描绘医院各个部门的奢望,要那样写,费洛曼娜这个形象就会失去它的重要性,是吗?而且作品的总色调也许会因此受到损坏,是吗?

　　那又何妨!由于修女是个固有的概念,我没有在你们的书里看到(这是我个人提出的有点神经质的问题)一点与之背道而驰的抗议,我深感遗憾。这可能使读者感到不快。

　　(在鲁昂总收容所有一个傻子,大家管他叫米拉波,他为一杯咖啡去梯形解剖室刺穿躺在桌上的几具女尸。你们没有把这个插曲写进书里,我感到遗憾。——这插曲可能取悦女士们。——诚然,米拉波是个微不足道的人,他配不上这样的荣誉。因为有一天,他下贱地停在一个被绞死的女人面前不动了。)

我是在初次阅读的惊叹中给你们写信的。如果我的话太过分,请原谅我的蠢行。

给我谈谈别人怎样评价你们的书!他们从哪方面攻击这本书?你们明白我有多喜欢你们的文笔和你们的为人。把你们的消息告诉我,请你们俩都相信,我爱你们,亲切地拥抱你们。

……………

刘　方译

致儒勒·德·龚古尔

一八六一年九月二十七日
星期五　于克鲁瓦塞

亲爱的儒勒：

　　谢谢寄来干鱼，想必是洪伯特上校捎来的。我从鱼和鱼瓶上认出来。商标上第三条腿踩在公牛身上，虽不知道是什么意思，但觉得很好玩，待什么时候写进书里去。

　　您对我无休无止的工作感兴趣，那就报告一下进展：一、现在这章正接近尾声；二、接着写第十四章；三、第十五章很短。总之，希望一月份能打发完。悄悄告诉您，我十分十分巴望就到了那一刻。我受不了啦！迦太基之围，即将写完，要了我的命。战争机器好像在锯我的背脊！我流的是血，洒出来的是滚烫的油，拉出来的是射弹，打嗝打出来的是投石。这就是我的状况。

　　再说，此书使我有机会说了很多蠢话，现在已开始感到厌倦。——除非波澜不惊，这很可能。哪里能找到对这一切感兴趣的读者？

　　随着进展，我可以更好判断全貌：觉得《迦太基》太长了，重复的话比比皆是。大纲已拟定，如作删节，会造成很多晦暗不明。没关系！也许可以让人去梦想伟大的作品，那就蛮好嘛。

　　一夏天我都没动窝，也没见过客人——除与布耶一起度过二十四小时。

　　您怎样？大作《年轻女市民》写到哪里了？暑假愉快？似乎

走动不少?

《费洛曼娜修女》销售不错?是从我认识的诸多家妇推断的,她们都很喜欢。这是她们用的词。

写书评的笨伯有何说辞?据悉,圣维克多有好评一篇,可惜我还没读到。

我不怕重复。要再一次向上帝和世人宣布:您写了一本出色的书。

再见,我经常想着您,爱惜之情远超乎我之所能言说!

丁世中 译

致龚古尔兄弟

> 一八六三年五月六日
> 星期三　于克鲁瓦塞

亲爱的朋友：

你们二位是世上最友善的人。惠书令我感动，却不出乎我的预料。

我的情况如何？很不舒服，但我努力工作，将这种心情压回去。工作进展不顺利时（例如现在），不适之感便重现，吞噬着我！下文详述一下：

我对健康不太满意。总之，我很不顺当。

我写了两本书①的大纲。对二者我都不满意。

第一本是一系列的分析，多么庸人之见，不伟大也不优美。我不把真实看成艺术的首要条件。我不能容忍写这么平庸的书，尽管时下颇受欢迎。

第二本呢，我喜欢它的整体，又担心民众向我扔石头，或政府将我流放。且不说执行计划何其困难。

此外，春天刺激我产生一种强烈的愿望：去中国或印度一游。我厌恶诺曼底的绿色。

还有，我的胃痛经常发作。

你们呢？有所进展吗？自己满意吗？周六聚餐会还进行？

---

①　指《情感教育》与《布瓦尔与佩库歇》。

克罗丹友好地给我寄来《法朗波》①。我感激这种细致的关切。

关于任命加尔内一事，你们是否责备够了圣伯夫，并谴责了法兰西学院。

我时下正在读梯也尔著《执政府时期史》，边读边生气。这位作者平庸透顶，小市民气十足！这算什么文风，什么哲学？

期望月底能见到二位。

亲吻你们，握手！

丁世中　译

一八六五年一月十六日
星期一　于克鲁瓦塞

亲爱的朋友们：

承寄《热曼妮·拉塞瑟顿》，我昨晚才收到。

我从上午十点半开始阅读，下午三点钟读完。读完之后就没合过眼，只觉得胃部不胜疼痛。你们会造成许多人得胃炎呢？多么可怕的一本书！

如果不是因为不舒服，我本会写一封长长的信，谈谈对《热曼妮》的看法。

这本书令我激动（尤其是第五十二—五十三页）。书写得强劲有力、直截了当、富于戏剧性、十分动人而又极吸引人。

这本书我最欣赏的地方，是逐渐加深的效果和逐步发展的

---

① 模拟《萨朗波》，一八六三年五月一日上演。

心理。

从头到尾是惨烈的,有的地方是崇高的。——最后一节(在公墓)将前面所写,提到一个新高度,仿佛在这部作品的最后画上了一个金铸的句点。

现实主义这个大问题从未像这样明确地被提了出来。就你们的书,很可以展开一场关于"艺术目的"的大讨论。

待半个月后再谈此书吧。原谅我草草写成此信,因为今天下午我偏头疼得要命,弄得我简直无法继续伏案。

然而,我还要比任何时候都更热烈地拥抱二位。

丁世中 译

致爱德蒙·德·龚古尔

一八七七年一月十八日

亲爱的老友：

但愿您在一八七七年过得轻松！

我刚看了巴尔扎克的书简。从中可以看出，他是一位非常正直的人，大家也应当喜欢他。但他多么操心金钱呀，对艺术的爱又多么少！您注意到了吗，他没有谈过"一次"艺术？他寻求荣誉，但不追求美。他是天主教徒、正统主义者、业主，他渴望当议员和学院院士。首先，他像傻子一样无知，直到骨子里都是个"外省人"；豪华使他震惊。他在文学上最欣赏的是瓦尔特·司各特。总之，我认为他是个大好人，但属于第二流。他的归西是凄惨的。命运怎样在嘲弄人呀！在幸福来到的前夕去世！

再说，读他的书简还是大有教益的，不过我更喜欢读伏尔泰的书简！在伏尔泰的书简里，圆规的两脚开得更宽些！……

刘　方译

致圣伯夫

一八六二年十二月二十三至二十四日
于巴黎

亲爱的大师:

您关于《萨朗波》的第三篇文章使我"平静"下来(我也从没有暴跳如雷过)。您的前两篇文章有点触怒我最亲密的朋友们,但我,因为您曾坦率地对我谈到您对我那本有影响的小说的看法,我倒要感谢您在批评中对我的宽容。因此,对您充满友情的意见,我再一次向您表示诚挚的感谢。现在,我不讲客套,先以我的辩护词开始。

首先,在您对此书总的评价中,您是否能肯定您没有过分服从您神经质的印象?本书描写的对象,所有那些蛮族人、东方人都让您"个人"感到不快!您一开始便怀疑我作品的真实性,然后,您说:"它毕竟可能是真实的?"接着,作为结论,您说:"要是真实的就算了!"每时每刻您都在吃惊;而您又责怪我感到惊异。我可就毫无办法了!是否需要美化、减弱、"使之法国化"?而您,您自己却责备我写成了一首诗,责备我是古典主义(贬义的),您还用《殉道者》①来敲打我!

然而,我认为夏多布里昂的写作形式和我的写作形式似乎是

---

① 《殉道者》,夏多布里昂发表于一八〇九年的史诗性小说,描写罗马帝国时期基督教的胜利。

根本对立的。他从想象的观点出发,幻想一些典型的殉道者。而我,我却愿意把幻影固定下来,同时把现代小说的创作方法用于古代,而且我尽量写得简明。您爱怎么笑就怎么笑,是的!我说的是简明,而不是简单。蛮族人比什么都复杂。但我现在要谈您的几篇文章。我要步步为营替自己辩护(同您战斗)。

从一开始我就要打断您,您谈的是汉诺①的《沿海航行》,孟德斯鸠很欣赏,我却不欣赏。今天能让谁相信那是原始材料?很明显,那是被一个希腊人翻译、缩短、祛除毛病而且修改过的。从来没有一个东方人(不管他是谁)用那样的文笔写东西。我可以举埃施牟那扎尔的碑文做证,里面的文字是那样夸张、那样累赘!那些自称上帝之子、上帝之眼(您可以查看哈玛克尔②上校的那些碑文)的人是很不简单的(正如您对简单一词的理解)!——而且您会同意我说的,古希腊人对蛮族社会一窍不通。倘若他们对蛮族有所了解,他们就不是希腊人了。古希腊文化对东方是很憎恶的。凡是由外国人转手到他们那里的东西,他们有什么没有歪曲过!谈论波吕比乌斯③我也要这么说。我认为,从史实来看,他是不容置疑的权威。但他没有见过的一切(或有意省略的,因为他有框框,有学派问题),我完全可以到处去探索。因此,汉诺的《沿海航行》并非"一本迦太基的不朽著作",更非您所说的"独一无二"。真正迦太基的不朽之作乃是用地道的布匿语④写成的马赛的铭文。我承认,这个不朽作品很简单,因为那只是一份税则,它比那名声在外的《沿海航行》还要简单,《沿海航行》透过希腊文还显出了神奇的一角,尽管大猩猩的皮被当成了人皮,而且悬挂在摩洛庙里……我甚至可以私下告诉您,我非常讨厌汉诺的《沿海航行》,

---

① 汉诺是活跃于公元前五世纪的迦太基航海家、商人和探险家。
② 哈玛克尔(1789—1835),荷兰的东方学者。
③ 波吕比乌斯(约前210—前120),古希腊历史学家。
④ 布匿语,古迦太基人讲的腓尼基语。

因为我一读再读,而且连同读了布甘维尔①的六篇论述(在《铭文研究院论文集》里),还不算许多篇博士论文——汉诺的《沿海航行》是那些论文的题目。

说到我的女主人公,我并不为她辩护。照您的看法,她像"一位多愁善感的埃尔维尔",像维蕾塔②,像包法利夫人。不!维蕾塔活跃、聪明,是纯粹的欧洲女人;包法利夫人被多种感情搅得心神不安。萨朗波却相反,她一直固守着一种不变的思想。她是个有怪癖的女人,或许是圣特雷莎③一类的女人?这都无关紧要!我对她的真实性并没有把握。因为无论是我、是您或别的任何人,没有一个古人和现代人能了解东方女人,理由是,谁都不可能经常和她交往。

您指责我缺乏逻辑性,您问我:"为什么迦太基人要大量屠杀蛮族人?"理由很简单:他们仇恨外国雇佣军,而雇佣军又落到了他们手里,他们最强大,所以杀了那些人。然而,您说:"消息有可能随时传到军营里。"通过什么途径?谁去传播消息?迦太基人?有什么目的?蛮族人?可是城里已经没有蛮族人了!外国人?与此事无关的人?可我已经留心表现当时在迦太基和军队之间没有交通线!

关于汉诺(顺便说说,"狗奶"根本不是当"玩笑"说的,过去有,现在还有治麻风的药:请查《医学科学词典》,"麻风"词条;词条写得不好,根据我在大马士革和努比亚沙漠亲眼观察的结果对它的数据作了更正),我是说,汉诺逃掉了,因为是雇佣军自愿让他逃走的。他们当时还没有对他狂怒到失控的程度。后来经过思考,他们才感到愤怒。他们需要很多时间才明白古人的背信弃义

---

① 布甘维尔(1729—1811),法国航海家,曾写《环球旅行》。
② 埃尔维尔,拉马丁的《沉思录》中的人物;维蕾塔,夏多布里昂的《殉道者》中的人物。
③ 阿维拉的圣特雷莎(1815—1882),西班牙天主教会的女改革家。

(见我这本书第四章的开头)。

马托"像疯子一样"在迦太基城周围"游荡"。"疯子"这个词用得很准确。古罗马人想象中的爱情难道不是疯狂、诅咒,不是诸神降下的疾病吗?您说,波吕比乌斯要看见他的马托是这样子可能会"吃惊"。我不相信他会吃惊,德·伏尔泰先生也不会吃惊。您回忆回忆,他在《老实人》中讲述老妇人的故事时曾谈到非洲人感情的强烈:"那是火,是劣质烧酒",等等。

关于引水渠:"这里,读者便完全进入不可信之事里了。"是的,亲爱的大师,您说得有理,甚至比您认为的更有理,但不像您认为的那么有理。下面我会谈到我对这个次要情节的想法,引进这个情节并非为了描写引水渠(这引水渠让我很不舒服),而是为了让我的两个主人公适时地进入迦太基城……

"词汇令人遗憾。"我认为这个指责不公正到极点。我本来可以用一些技术词汇让读者厌倦。我当然不那么行事!我留心把一切都译成法文。我没有用一个专有词而不立即加以解释。只要句子的含义指明了,我就排除钱币、度量衡、月份的名称……

至于"塔妮特女神庙",我可以肯定是照它的原样再现的,参考资料是有关叙利亚女神的论文、德·吕依讷公爵的多枚纪念章和耶路撒冷神庙的资料,还有塞尔登提到的圣哲罗姆的一个片段和郭佐神庙的平面图,这个神庙完全是迦太基风格。比这些更了不起的是:我还参照了我亲眼看到过的图噶神庙的废墟,就我所知,还没有哪位旅行家或考古学家谈到过这座神庙。您会说,那又何妨,反正挺滑稽!那就算了。——说到描写本身,从文学的角度,我认为那是非常容易理解的,而且情节的发展并没有因此受到阻碍,因为斯彭第乌斯和马托一直处在近景的位置。他们从没有在读者眼前消失过。在我的书里从不存在孤立的、无目的的描写;所有的描写都服务于我的人物,而且都或远或近地影响着情节。

我也不同意把"中国古玩"这个字用在萨朗波的房间,尽管精致这个修饰词把它衬托得更突出（就像在那著名的梦①里贪馋修饰了狗一样），因为我放在里面的细节没有一个不存在于《圣经》里，或者说没有一个在东方看不见。您一再对我说，《圣经》并不是迦太基城的旅行指南（这一点还需要讨论），但当时的希伯来人更接近的并非中国人，而是迦太基人，您应该承认这点。此外，还有一些气候方面的情况是永恒的……

至于"歌剧、排场、夸张"的趣味，既然当今的情况如此，您为什么硬说当时就不是如此？我想，送往迎来的礼仪、跪拜、乞灵、焚香以及其他一切都不是由穆罕默德发明的。

汉尼拔也如此。为什么您认为我把他的童年写得"难以置信"？难道是因为他杀了一只鹰？在一个鹰很丰富的国度，那算什么了不起的奇迹！如果故事发生在高卢人的国家，我可能会写成一只猫头鹰、一只狼或一只狐狸。但是，作为法国人，您无意中习惯于把鹰看成高贵的鸟，与其说它是活物，不如说它是象征。但它们确实存在。

您问我，"迦太基议会的想法"是从哪里来的？是从大革命时期所有类似的社会环境中——从国民公会到美国国会——来的，而在那时，美洲人还在互相交换甘蔗和互射转轮手枪子弹。那些甘蔗和手枪，有如我的匕首，都是揣在外套袖子里带来的。我的迦太基人甚至比美洲人更体面，因为那里还不存在公众。作为我的对立面，您向我提起亚里士多德巨大的权威。然而，亚里士多德比我写的那个时代早八十年，因此在我书里毫无分量。再说，这位斯塔吉尔人②是大错特错了，他肯定说："在迦太基从没有见过骚乱和暴君。"您想听听日子吗？下面便是：卡尔塔隆于公元前五〇〇年谋反；马哥尼德家族的侵犯发生在公元前四六〇年；汉诺的谋反

---

① 指拉辛的悲剧《阿塔莉》中阿塔莉的梦。
② 亚里士多德的家乡是马其顿的斯塔吉尔（今斯塔夫洛斯）城。

在公元前三三七年;波米卡于公元前三〇七年谋反。我超过了亚里士多德!还超过了另外一个人。

....

现在谈哈米尔卡尔的财富。无论您说什么,这部分描写都是次要的。哈米尔卡尔在其中占主导地位,我认为我有理由那样写。迦太基最高执政官越发现自己家里大肆挥霍越愤怒。但他根本没有"随时暴跳如雷",他只是在最后,当他遭到对他个人的不公正待遇时,才怒不可遏。"他这次拜访什么也没有得到",我对此毫不在乎,因为谁也没有委托我吹捧他。但我不认为我"把他过分漫画化从而损害了他性格的其他方面"。再下面一些,有个人屠杀雇佣军的方式我已经表现过(这正是他的儿子汉尼拔在意大利显示的特征),此人就是贩卖假冒伪劣商品和拼命鞭打奴隶的那个人。

....

在写蛇那一章既没有"恶行"也没有"琐事"。它不过是某种婉转的措辞,目的是缓和帐篷那一章,后者不会激起任何人的反感,但它虽没有蛇,却可能让人大叫起来。我更愿意用一条蛇而不愿用一个人引起猥亵(如果有猥亵一说)的效果。萨朗波在离开她的家时,同她家的守护神紧紧拥抱,那是符合她的故国那具有最古老象征意义的宗教的,就这么回事。说"这要在《伊利亚特》①或《法萨卢斯》②里是不恰当的",这倒可能,我可没有妄想写《伊利亚特》和《法萨卢斯》。

如果突尼斯在夏末多暴风雨,那也不是我的过错。夏多布里昂虚构的暴风骤雨不比他的夕阳西下多,而我认为,这两者似乎都

---

① 《伊利亚特》,希腊古代史诗,相传为荷马所作,主要叙述特洛伊战争最后一年的故事。
② 《法萨卢斯》,罗马诗人卢卡努斯(39—65)所作的史诗,描写恺撒在法萨卢斯城战胜庞贝。

属于所有的人。此外,请注意,这个故事的灵魂是摩洛,是火,是雷。在里面,上帝本身以他众多的外形之一出现,起作用:他征服了萨朗波。因此响雷很到位。那是留在外边的摩洛的声音。您还应该承认,我免去了您阅读"对暴风雨的古典式描写"。而且我那可怜的暴风雨总共只占了三行,还是在不同的地方!

接下去的火灾是受到马西尼萨写的故事中的一段插曲启发,还有阿伽托克莱斯和西尔提尤斯的故事片段,这三个片段所处的情况大抵相同。您瞧,我不会超越环境,甚至不会脱离我自己活动的领域。

…………

我们既然正在说真话,我要向您坦率承认,亲爱的大师,"有几分萨德式的想象力"这句话使我有点不快。您说的话都很严肃,然而这样一句话出自您的口,再印成文字,几乎就变成了一种凌辱。您难道忘了,我曾以伤风败俗罪坐过轻罪法庭的板凳,而那些笨蛋和不怀好意的人又将这一切作为他们的武器?假如您最近几天读到《费加罗报》上类似这样的东西,请别感到吃惊:"福楼拜先生是德·萨德的门徒。他的朋友和教父,一位大师,在写批评文章时曾亲口说了这句话,说得相当明确,尽管说得很策略,而且带着开玩笑式的善意",云云。我该怎样回答——该怎么办?

对接下去的批评我心悦诚服。您说得对,亲爱的大师。我有点歪曲事实,使历史变了样。您说得很好:我"想制造一次围城战"。但在以战争为主题的作品里,这有什么坏处?再说,那围城也不完全是我虚构的,我只不过写得稍微夸张了些。我的全部错误就在于此。但对有关宰杀儿童作祭品的所谓"孟德斯鸠的片段",我表示反对。在我思想里,我从未怀疑过有这种暴行。(您想想,在公元前三七〇年进行的希腊底比斯城邦对斯巴达的琉克特拉战役里,人祭并没有完全废除。)尽管耶隆①曾硬性规定条件,

---

① 耶隆(死于公元前 478 年),叙拉古僭主。

在反对阿加佐克利斯①的战争(公元前309年)里,据狄奥多鲁斯②说,仍杀了二百个孩子。至于后来的各个时期,我只求助于西利尤斯·意大利库斯③、尤西比厄斯④,尤其是圣奥古斯丁⑤,这位主教肯定说,在他的时代,这类事件还时有发生。

您带着遗憾说我没有在希腊人中塑造一位哲学家,一位受托给我们上道德课的爱争辩的人,或者做好事的人,总之,一位"像我们那样感受的"先生。怎么行呢!这可能吗?您提到的阿拉图斯⑥正好是我渴望塑造斯彭狄尤斯的原型,那是个往上爬的诡计多端的人,他善于在夜里杀死哨兵,而在大白天,他却让人着迷。我拒绝对比,这是真的,但我拒绝的是肤浅的对比,是故意的、没有根据的对比。

我就此结束分析,再谈谈您的评价。您对写古代历史小说的考虑也许有道理,我这本书完全有可能是失败了。可是,根据各种可能和我个人的感受,我认为我写了一些很像迦太基的东西。但问题还不在这里,我根本不在乎考古学!如果我的小说色调不统一,细节不协调;如果人物的道德品行不从宗教产生,事件不从情感活动产生,而各种性格又没有连续性;如果服装不合乎习俗,建筑不适合气候;总之,如果没有和谐,我就有错。否则,就没有错。一切都站得住脚。

但社会环境在刺激您!我知道,或者不如说我感觉到了这点。为什么您不抛弃您的个人观点,您的书生观点、现代人观点、巴黎

---

① 阿加佐克利斯(前317—前289),叙拉古的专制统治者。
② 狄奥多鲁斯,活跃于公元前一世纪的希腊历史学家。
③ 西利尤斯·意大利库斯,公元一世纪的拉丁诗人,曾写关于第二次布匿战争的史诗。
④ 尤西比厄斯(260—339),巴勒斯坦恺撒城的主教,著有《基督教史》。
⑤ 圣奥古斯丁(354—430),希波的主教,其政治、哲学、神学思想影响西方达千年之久。
⑥ 阿拉图斯(前271—前213),希腊政治家、将军。

人观点而站到我这边来？"人类心灵并非到处一样"，尽管勒瓦鲁阿先生曾这样说过①。只要援引一点点对人类社会的看法就足以证明恰恰相反。——我甚至认为，我在《萨朗波》里还不如在《包法利夫人》里对人类严厉。我想，促使我接近已消失的宗教和民族的好奇心和爱的本身也有某些道德性质的、能引起好感的东西吧。

　　至于文笔，在这本书里，我迁就句子和复合句的和谐不如在《包法利夫人》里多。在这本书里，隐喻很少，修饰语都是正面的。如果说我在"宝石"后面加上"蓝色"，那是因为"蓝色"是一个很准确的词，请相信我，也请您相信，借着星光可以很好地辨别宝石的颜色。在这方面，请询问所有去过东方的旅行者，或者您自己去看看。

……………

刘　方译

一八六七年六月二十七日
于克鲁瓦塞

亲爱的大师：

　　不做蠢事者、艺术爱好者、爱好思想和写作的人，都将无限感激您！

---

① 勒瓦鲁阿于一八六二年十二月十四日在他的文章《全国的意见》中这么说过。

这是因为：您为他们辩护①，保卫他们的"上帝"，以及咱们那个受到侮慢的上帝。

　　在这种环境里，能说的就这些。您在运用语言上的分寸和准确，就更加突出了别人的胡言乱语，及其含糊与荒唐。他们没有什么了不起，这是可以肯定的。

　　人类复何其悲哀！世界上第一次在一个国家举行（现代）政治集会。您礼貌地向他们宣示了真理。想以理令他们折服。

　　您使出如许雄力，不至于病倒吧？请代我要求特鲁巴先生，不时将您的消息告知我。

　　但愿我的手臂有二百五十里长，可以拥抱您！一个月后，我将这样做。

　　一切属于您，亲爱的大师！

星期日

丁世中　译

---

①　针对要求在民众图书馆撤除坏思想作家如伏尔泰、卢梭等人著作的提案，圣伯夫六月二十五日在上议院发言，捍卫思想与艺术自由。

致伊万·屠格涅夫

一八六三年五月十六日
于鲁昂附近

亲爱的屠格涅夫先生：

非常感谢您送给我的礼物①。我刚读了您的两卷书,而且禁不住对您说,我陶醉了。长久以来,在我眼里您就是一位大师②。但我越研读您的作品,您的天才越使我惊叹。我很欣赏您的写作方式,感情热烈同时又很克制,还有您的同情心,这种同情心深入最微不足道的小人物心里,又使景色勾起人们的遐想。他们一边看,一边沉思。

正如我阅读《堂吉诃德》时真想骑马行走在一条布满尘土的发白的大路上,在岩石下面的阴凉处吃着橄榄和生葱,您的《俄罗斯生活场景》使我真想坐在俄式四轮马车里,摇摇晃晃走在白雪皑皑的田野间,一边听着狼的嗥叫。从您的作品里散发出一种苦涩而馥郁的馨香,一种使人着迷的忧伤,这种忧伤一直渗透到我的灵魂深处。

您有什么样的艺术呀！温情、嘲讽、观察和色彩混合得多么巧妙！那一切联结起来何等精彩！您多么善于营造效果！您写作的

---

① 福楼拜与屠格涅夫于一八六三年二月二十八日第一次见面便一见如故,屠格涅夫随即寄给福楼拜一部《俄罗斯生活场景》的法译本(两卷)。
② 福楼拜早先曾读过屠格涅夫的《猎人笔记》。

手法何等准确!

您的作品既有独特性,也有普遍性。在您那里我重新找到了多少我曾经体会过、感受过的东西! 如在《三次邂逅》《雅克·帕森科夫》《多余人日记》等等里,到处都如此。

然而,在您身上大家还没有夸奖到家的,是您的心灵,即您经久不衰的激情,一种说不清楚的深沉而又隐秘的同情心。

半个月前我非常荣幸地认识了您并紧握了您的手。亲爱的同行,我现在还要更有力地再紧握您的手,并请您相信我对您的全部友情。

刘　方译

一八六三年五月二十四日

亲爱的同行:

您的来信非常亲切,但您太谦逊了。我刚读了您的新小说①,我在里面又认出了您,更强烈、更出众。

对您的天才,我最欣赏的是高雅——至高无上的东西。您找到了一种方法,使您写得真实而不平庸、伤感而不矫饰、诙谐而绝不粗俗。您并不着意追求剧情的突变,却只通过结构的完美达到悲剧的效果。您看上去像个好好先生,其实您非常厉害。正如蒙田所说的,是"狐狸皮与狮子皮的结合"。

《爱莲娜》的故事很美;我喜欢这个形象,还有楚宾和其他所有的人物形象!——在读您的作品时,谁都会想:"我经历过这些。"比如,我相信没有一个人会像我这样体会第五十一页。那是什么样的心

---

①　指《俄罗斯生活场景》。

理！——不过要想说清楚我的全部所思所想，需要很大的篇幅。

至于您的《初恋》，我理解得尤其深刻，因为那正是我的一个最亲密的朋友经历的故事。所有上年纪的浪漫人（我也是其中之一，我，我曾把头放在一把短刀上），所有那些人都会感谢您写了这个小故事，因为这个故事讲了许多他们青年时代的情况。日诺什卡是多么让人喜欢的姑娘！善于塑造女人，这是您的优点之一。她们既是理想的，又是现实的。她们既有吸引力，头上又戴着光环。但对这篇作品，甚至对整个集子起决定作用的，是这两行："我对我的父亲并没有不好的看法，相反，他在我眼里更高大了。"①我认为这话深刻到了吓人的程度。这一点会有人注意到吗？我不知道。然而，在我看来，这就是崇高。

是的，亲爱的同行，我希望我们的关系别停留在这个层面上，希望我们的好感变成友谊。我期望这个，而且对此深信不疑。

刘　方译

一八七〇年四月三十日
星期六下午　于巴黎

亲爱的朋友：

从赐书中获悉：今夏咱们不能见面了。我本寄希望于和您一起度过美好时光（在您动身回俄国之前）。可世上万事皆难呀！

去冬我最大的悲哀是：布耶之下最好的朋友儒尔·杜勃朗也

---

① 这是《初恋》中的男主人公发现女友为生计而成为他父亲的情妇之时说的话。

去世了。他像狗一样忠于我。这两人的去世接踵而来,使我十分沮丧。此外,还有两位朋友处境可悲。与我的交谊虽稍逊,但总还是朋友吧:我指的是费多癕痪、儒勒·德·龚古尔痴愚。

圣伯夫的去世,经济上的困难,小说的失败,我的仆人患风湿病,种种事情都令我烦闷!

我可以说,许久以来,您上次的来访(可惜太短!)是最令我高兴的事。为什么咱们相距如此遥远?我相信:您是我惟一愿与之促膝长谈的人。我不再见搞诗歌和艺术的人。

全民公决、"社会主义"和其他怪事,塞满所有人的脑子。

我担心今夏不能赴您的邀约,原因是四五天后我将回克鲁瓦塞,即为布耶诗集作序。还需两三个月。然后,我着手写《圣安东》。十月,因排演《阿依赛》而中断。

排练将占去我两整月。这样,到明年新年,我只有六周时间给那位隐士。瞧,我的时间有多紧啊。

我须尽早写出此书,因我已有些厌倦。我连连出书,就为化解个人的不幸。

返俄后,请来信告知情况。请常惦记我。我会常想念您的。

拥抱您。

家母非常怀念您。

丁世中 译

一八七七年十二月
星期六晚八点　于克鲁瓦塞

我外甥女对我作了一番可悲的描绘,说您这位亲爱而伟大的人物如何如何。您的来信,没使我高兴,却让我放心了。至少,眼下您并没受太大的痛苦。啊,可怜的老伙伴,受这该死的痛风病折磨,我深表同情!

您还能干点活吗?能读一点书,就文学作点思考吗?

关于《阔佬》这本书,我同您的想法一样。书的前后不协调。问题不仅在于观察,而且要把所观察到的、所亲眼看见的,加以安排,并且融会贯通。我认为,现实只应该是一个跳板。咱们的朋友却认为,现实本身就是全部的艺术了!这种物质主义的观点使我生气。几乎每星期一,我读这位好人左拉的书①时,都有点儿恼火。

现实主义之后,咱们现在有了自然主义和印象主义。多大的进步!其实这是一群胡闹家伙,要让人相信:是他们发现了地中海!

至于我,好人儿,我在拼命干,不断开垦,活像一个"女黑奴"!有时,我觉得被这部作品(指《布瓦尔和佩库歇》)压得喘不过气来。很可能失败呢?如果失败,也只会是半失败。到目前为止,还算不错?以后呢,我还得读许多书。有许多类似的效果,需要丰富、变化。

再过两周,可以写好三分之一了。——还得付出三年的艰苦劳动。眼下我正在研究凯尔特人的考古学,那里面有许多好笑的东西。

我现在身体很好,可惜不能入睡,完全不能睡了。每天近黄昏的时候,大脑枕骨部就痛得厉害。

今晨阅读《公众福利报》,报载:咱们可能有一届新政府②。巴雅尔不肯自行退出。我担心暗中有花样。也许,善良的百姓倒会怀念帝政时代,要求恢复帝制。那么,愿上苍保佑吧!

---

① 可能指左拉写的三幕歌舞滑稽剧《玫瑰花蕾》。
② 指麦克-马洪任命的杜弗尔政府。

这里,在克鲁瓦塞,雨水不停。人简直是泡在水里。但我反正不出门,我不在乎。何况我有您赠送的那件东方睡袍！一天两次,为这件礼物而祝福您:一次是在清晨起床时,一次是下午五六点钟,穿着在沙发上"打个小盹儿"时。

　　希望新年之前能见到您。我的意图是在这时到达巴黎。

　　眼下,亲爱的老友,我拥抱您。

丁世中　译

一八七八年七月九日
于克鲁瓦塞

　…………

　　至于我,没什么新鲜事。我还一直在拼命写我那本可恶的书。我希望这个月末能结束第五章。这章之后,我还有五章要写！还不算大批注释。有些日子我感到被这个重负压碎了。我骨头里好像已没有骨髓,而我还像一匹拉破车的老马一样继续走着,筋疲力尽,但勇气百倍。什么样的活儿呀,我的好朋友！但愿它不过分荒诞！我担心的是这本书的构思本身。算了！听天由命吧！现在已不应该再考虑构思。没什么,不过我常自问,用那么多时间干别的事是否更好些。

　…………

　　我收到门生莫泊桑一封很凄惨的信。他母亲的健康状况让他揪心,他自己也感到不舒服。他那位部(海军部)长让他恼火,弄得他头昏脑涨,简直无法工作;而那些女士也不能排解他的忧愁……

左拉有了一幢乡间房舍,地板已经腐烂,差点在他脚下垮掉。《公益》名存实亡,这您知道,但左拉仍准备在一个新的机关刊物《伏尔泰》上继续挥舞自然主义的大旗。

阿尔丰斯·都德的夫人生了一个男孩。朋友们的情况我就知道这些。

…………

刘　方译

一八七九年十一月十九日

亲爱的老友:

无疑,您谈到的那一段①语不惊人。我甚至认为有点小儿科。但次女低音的嗓子也可以唱出高音的效果,那位阿尔波尼②就是明证。实际上,我觉得您似乎很严厉。为了辩解,我请您注意,我的男主人公并不是音乐家,我的女主人公也只是个平庸的人。这些都不去管它,我们私下说吧,这一段一直让我感到烦恼。在写这一段时,我大约被一些互相矛盾的回忆弄得很为难。

知道《情感教育》给您的印象,我很高兴。我并非一个骄傲的魔鬼,但我认为对这本书的评价不公平,尤其是它的结尾。对此,我对读者大众还记着仇呢。

既然您宣布十二月来看我,我想,最好是在十二号我的生日那天来。我们俩可以一道庆祝,或者不如说一道悲叹这个(并不重

---

① 指《情感教育》第一部分第四章末尾那一段。
② 玛丽塔·阿尔波尼(1824—1894),意大利著名女歌唱家。

要的)日子。

我的外甥女星期天去了巴黎,这不,我的寂寞又开始了。现在,"宗教"那一章已写到一半。这本书①是我多么沉重的负担呀,亲爱的朋友!

我正贪婪地读着发表在《时代》上的您那虚无主义者的故事。怎么可能,啊,耶稣! 让活生生的人受那么残酷的痛苦!

…………

刘　方译

一八八〇年一月二十一日
于克鲁瓦塞

…………

谢谢您让我读了托尔斯泰的小说②。那是第一流的。他是怎样的画家、怎样的心理学家呀! 头两卷太雄伟了,但第三卷却相形见绌,里面不断地重复和高谈阔论。总之,我们在书中看到了那位先生、作者和俄罗斯人,而此前我们只看到过俄罗斯的大自然和人文主义。我觉得,有时这位作者在某些方面像莎士比亚。我一边读,一边赞赏得欢呼……读的时间很长! 给我谈谈作者。这是他的第一部书吗? 无论如何,他很有"头脑"! 是的,很了不起,很了不起!

我已完成"宗教",目前正在写最后一章:《教育》的提纲。

---

① 指《布瓦尔和佩库歇》。
② 指《战争与和平》。

....

刘　方译

一八八〇年四月七日
星期三　于克鲁瓦塞

亲爱的老伙伴：

想到再过一个月就可以见到您,我真高兴！您过去的种种忧虑都已消散。不久,咱们就可以促膝长谈啦。

星期日,复活节那天,您耳鸣了吗？我们一伙人举杯时,对屠格涅夫不在场深感遗憾,但为他的健康干了一杯。为您祝福的有：您的仆人我、左拉、夏庞蒂埃、都德、龚古尔,我的医生福尔丹,以及"小流氓莫泊桑"（像拉吉叶说的那样）。

关于莫泊桑,他的情况不像我原先所担心的那么严重;他没有什么器质性的疾病。但这年轻人风湿病严重,并且神经极其衰弱。

晚餐之后,这些先生就在这里过了夜。次日午餐后才离去……

雕刻家普拉迪埃,当他一八四八年在荣军院工作时,习惯于喃喃自语："皇帝的陵寝也将成我的坟墓。"至于我,则可以说："我的书应当结束了,不然,就是我的生命应当结束了。"坦率地说,我累得要命！我在做额外的"功课"！还得干整整三个月！——且不说第二册,那还要六个月。总之,我担心结果不符合努力。我已感到精疲力竭,可能结局写得十分弱,甚至完全失败。

何况,我完全不明所以,手足疲软,胃部痉挛,几乎再也睡不着觉。——抱怨得太多咧。

现在我的计划是：希望在五月十日左右到巴黎，一直待到大约六月底，在克鲁瓦塞过两个月，写第二部的一些片段；九月再回到巴黎，就长时间不动窝了。

高曼维尔这个月应当在的里亚斯特了。他对俄罗斯之行感到满意。

我外甥女两幅肖像画已被博览会接受，她向您致意。

报刊将咱们的朋友迪康说得一无是处。可他是新当选的法兰西学院院士啊！

《现代生活》继续用《心灵的城堡》刊载的漫画来诋毁我。我可怜的神幻剧，运气不好哇！可是干吗去听别人的意见呢？为什么要作让步？

别人寄赠的书，我一本也没读过。因此，我讲不出什么文艺方面的消息。

我现在最大的愤慨是针对植物学家的。很难让他们理解我觉得清清楚楚的任何问题。您可以自己去看嘛。您将为这些人脑子里没有判断力而感到惊奇！

请尽量抽几分钟给我写信。这将是做一件好事。您在返程时，请到我们这里来一下。

亲爱的老伙伴，我用双臂拥抱您。

丁世中 译

致乔治·桑

一八六三年一月三十一日

于巴黎

亲爱的夫人：

您完成了您所说的义务，但我并不感谢您。您的善良，使我深受感动。您的同情使我自豪。

惠书补充了您的文章①，信②比文章写得更好。我只能说：我诚心诚意地爱您。

俄冈特先生向我要一期《国民见解》，兹附上。

九月在信里附上鲜花给您的并不是我，奇怪的是，就在那时我收到一片树叶，方式相同。

至于您诚意相邀，我得像真正的诺曼底人一样，不置可否。或许今夏某个时刻我将突然造访。

很想面晤，以便开怀畅叙。

千百次的温情，吻您的双手。

又，很想得到您的画像，好挂在我乡间书房的墙上。我常独自一人在那里过上好几个月。这个要求当否？如说得过去，请先接

---

① 乔治·桑《关于〈萨朗波的一封信〉》，发表在一八六三年一月二十七日的《新闻报》上。
② 一八六三年一月二十四日出版，刊有致《现代杂志》主编的一封长信。

受我的万分谢意。

丁世中 译

一八六六年九月二十二日
于克鲁瓦塞

说我是一个"神秘的怪物",哈哈！恰恰相反,正好相反！我觉得自己平庸得令人作呕。我常因自己根深蒂固的小市民气息而感到烦恼。

圣伯夫一点也不了解我,不管他自己怎么说。

我向您起誓:少有像我这样毛病多多的人。我想得多,做得少。肤浅的观察者常弄错,注意不到我的感情与思想不一致。若想听我的忏悔,我就一一道来:在混乱的斜坡上,幸好有一种"可笑"感制止了我向下滑行。我坚持认为:玩世不恭接近纯洁无辜。

下次面晤还有很多可说的。

建议作如下安排:我的住所在这个月里将较拥挤,住起来很不舒服。约十月底(或十月初),您可以上我这儿来。您将有自己的房间,可供写作的桌子。好吗？咱们一共三人,包括家母。

我觉得,您对布列塔尼失之于严厉。我不是说那里的人(他们像猪猡一样毫不可爱)。我特指有关克尔特人的考古。

一八五八年,我在《艺术家》杂志发表了一篇文章。但手头并无此刊,连刊有文章的月份我也忘了。

我一口气读了十卷(乔治·桑)《生平故事》;此前只断断续续看了三分之二。给我印象至深的是修道院生活。就此,我有许多看法要奉告。

常下雨吗？您在诺昂还要住多久？

向您祝贺什么呢？祝咱们再次见面吧。

吻您的双手。

家母无日不提及您。如能再见到您，她将十分高兴。

丁世中 译

一八六六年十二月五日
于克鲁瓦塞

…………

您全然不理解我在文学上的苦恼，我对此毫不感到惊异！连我自己也大感不解。然而这苦恼确实存在并且很剧烈。——我再也不知道该怎么办才能写东西，而我经过无止无休的摸索之后也只能表达我思想的百分之一。您的朋友不属于那种不假思索的冲动型。——不！一点也不！比如，我两天以前就在反复斟酌一个段落，到现在还没有结束。——有时我真想哭！我恐怕让您可怜了吧？我也可怜自己！

至于我们俩争论的主题（关于您那位年轻人），您在最近那封信里写的东西正好是我的看法，因此，我不仅付诸实践，而且加以"鼓吹"。不信您问问泰奥。不过我们应当互相理解。艺术家（都是传教士）保持贞洁是没有任何危险的。——恰恰相反！但一般市民，那又何必呢？某些人倒很需要有点人情味。——坚持这点的人是幸福的。

（与您相反）我不认为有了"理想艺术家"的个性就能干什么好事。那会是个魔鬼。——艺术并非专为描写例外。——再说，我对在纸上写下我心中的什么东西有一种难以克制的反感。——我甚至认为,小说家"没有权利(在任何书刊上)表达自己的意见"。上帝难道说过自己的意见?这说明为什么我心里有许多东西让我感到窒息,我想吐出去,却咽下了。其实,有什么必要说出来!偶然遇到的任何人都比居斯塔夫·福楼拜先生更有趣,因为此人更一般,因而也更典型。

然而我有几天竟感到自己还不如患痴呆症的人。——如今我家里有一缸金鱼。这让我开心。我吃晚饭时金鱼们给我做伴。对这么傻的东西感兴趣该多愚蠢!别了。

刘　方译

一八六七年一月十二日
周三夜　于克鲁瓦塞

亲爱的大师:

您一定能长生不老,如同那些巨人!您就是巨人之一啊!

不过,您一定得注意休息。有一件事令我吃惊:您想了那么多,写了那么多,却依然健在!(您本可以死二十次哩!)

到地中海边去散散心吧,如您渴望的一样。淡蓝的天色可以舒缓身心。有些地方,比如拿波里海湾,简直宛若仙境!——有时,也许美景更令人忧伤!我不知道。

生活艰辛啊。多复杂、多费钱呀!我算知道其中甘苦了。干啥都得花钱!如果收入微薄,职业又赚不来大钱,就得忍饥挨饿咧。

我就是这么惨。命运已注定:工作不顺,心情自然不妙。

哦,我亟愿随君去另一星球!正是由于金钱,咱们的星球不久就不宜居住了。即使豪富,不管好自己的财富,也是无法存活的。

人人天天要干活儿,这是好事。

我吗?在继续"草创"小说。写完手头这一章,我即去巴黎,约在下月中旬。

这项工作进展得不紧不慢。我就像苦役犯那样,精雕细刻我的人物。我不仅是苦役犯,而且还颇为可悲。

不管您如何设想,"没有一位佳丽"来看望我。我倒常念及她们,幸好没占去我许多时间。把我当成隐修士吧,也许更恰当些。

我常历数周而不与人交一言。到了周末,竟忆不起一个日子、一件事情!

在家里,我仅有的"伙伴"是一群耗子。大小耗子,在头顶上,在阁楼里,闹得天翻地覆!

要不然,我就洗耳"恭听"淅沥雨声和萧萧风声!夜深沉,如浓墨!我四周寂寞如沙漠。

在这等环境中,人是极敏感的。很小的事即可以引起我心猛跳!在如我这种"老资格"的神经质身上,这是完全可以理解的。

我坚信:男人也像女人一样神经质,我就是这种男人。写《萨朗波》时,我就这一题材读了许多优秀作家的作品,于是有了材料。

这一切源自咱们美妙的职业。折磨自己身心的莫过于此。但这是在现世惟一适合我做的事呀。

在您愿意时,咱们再促膝长谈吧。

我已说过:我重读了《康素爱萝》和《德·鲁道尔斯塔特伯爵夫人》,共用去四天时间。您愿意时,我愿畅谈读后感……

您曾允诺在诺昂为我找一篇有关陶器的文章。找到后,请惠寄。

替我向令媳致意。握您少爷的手。替我亲吻令堂大人。

至于您自己,望多多保重,也是为了老友我呀。

丁世中 译

一八六九年一月一日
圣·西尔威斯特节之夜
凌晨一点　于克鲁瓦塞

值此一八六九年新年伊始,祝您新年快乐!这是"俗套"啦,但我喜欢!

现在让咱们聊聊:不,我不曾"过度兴奋"。时下身体很好。人家在巴黎发现我"年轻得像一位小姐"。不了解我生平的人说:这表面的健康是因为"乡下空气新鲜"。这真是"先入为主"了。

人人有自己的卫生习惯。我不饿的时候,惟一的进食就是干面包。难消化的食物,如做苹果酒的苹果(青苹果)、肥肉之类,会引起我胃疼……

说到我的"工作狂",我比之为皮疹。我叫叫嚷嚷,为自己搔痒,既快乐又受罪。

自己想做的事往往做不成。题材不能自选,题材是强加的……与我气质相符的题材会自天而降吗?我能全力以赴地写一本书吗?我虚荣心发作时,似乎隐隐约约地看见:小说应当是什么。但在写这一部之前,还有三四部要写。我像那位普吕多姆先生,觉得最美的教堂,既有斯特拉斯堡的箭楼,又有圣彼得教堂的柱廊,以及雅典娜神庙的门式,等等。理想中这些元素是相互矛盾的。由此,感到为难、停滞、无能为力!

说"我自闭"是"一种乐趣",没有的事!但又有什么办法?喝墨水喝"醉",总比喝老酒喝醉要好一些。诗神不论脾气多坏,总比女人造成的痛苦要少！诗神与女人，二者协调不来！只得两择其一。我早已选定，剩下的是感觉问题。感觉始终听命于我。早在青春时期，我就能随意支配自己的感觉。如今已年近半百。妨碍我的，并不是由感觉产生的情绪。

这个制度不好，我确信此点。人有时感到空虚和厌烦，但随年事增长，这样的时刻会越来越少……

我在巴黎待三天，用来找资料，为我的书奔走。上周五我累极啦，晚七时便就寝。我在首都的不规律生活大抵如此。

我发现龚古尔兄弟在疯狂地（原文如此）欣赏一部题为《生平故事》（乔治·桑著）的传记。这证明他们更有文学趣味，而非更博学。两兄弟甚愿写信给您，表达赞佩之情。另一方面，我觉得咱们共同的朋友哈里斯很蠢！他把费多比作夏多布里昂，欣赏《阿俄斯特城的麻风病人》，却认为《堂吉诃德》腻人，等等。

请注意：文学感何其欠缺。语言学知识、考古学、历史等，这一切知道了都有用。可事实完全不是这样！

所谓开明人士，在艺术上越来越麻木。他们甚至感受不到艺术，竟认为注释比正文重要！注意"拐棍"，而不重视双腿！

圣伯夫老爹似乎快乐了一些。不过他不可救药地致残，却没有生病。

我没有时间去拜访拿破仑亲王（le Prince Napoléon），听说他发烧了，或至少曾发烧……多古怪的家伙，不是因为发烧，而是其他种种。

复活节前我不会外出。但愿在五月底前写完。今夏您在诺昂可见到我。即使天上掉炸弹，此行计划也不改变。

还有工作！亲爱的大师，您在干什么？

何时能面晤？您春天来巴黎吗？

拥抱您！

丁世中 译

一八六九年十二月
于巴黎

亲爱的大师：

您的行吟诗人正被人以闻所未闻的方式踩在脚下。看过我的小说①的人们不敢和我说话，出于怕受牵连，或出于对我的怜悯。最宽容的人也认为我只画了些图画，而且绝对谈不上构思和构图。

圣维克托吹嘘阿尔塞纳·乌塞所有的书，却认为我的小说太坏，不愿为我写一篇文章。就这么回事。泰奥不在，没有一个人，绝对没有一个人为我说话……

萨尔塞写了第二篇文章攻击我②。巴尔贝硬说我在小溪里洗脸弄脏了溪水。不过这一切都不可能让我不知所措。

刘　方译

一八七〇年三月十五日

亲爱的大师：

昨天晚上我收到考尔努夫人一份电报，上面有这几个字："来我这里，有急事。"我今天去到她家，原来是这么回事。

---

① 指《情感教育》。
② 文章题为《又是福楼拜先生》。

皇后硬说,您在最近一期《杂志》上对她个人作了令人生气的影射。"怎么?现在,所有的人都攻击我!我真无法相信!而我还想让人任命她当法兰西学院院士呢!可我哪点对不起她啦?"云云。总之,她感到痛心,皇帝也一样。他倒没有发怒,只……

考尔努夫人提醒她,说她搞错了,您并没有对她作任何影射,但没有奏效。

这里,存在小说写作方式的理论问题。

"那好,让她在所有报纸上声明,她无意使我不快。

——我保证,她不会这样做。

——写信给她,让她对您这么说。

——我不能冒昧采取这个手段。

——但我想知道真实情况!您是否认识某某人,此人……(于是考尔努夫人提了我的名字。)

——噢!别说我对您谈到过这些!"

这就是考尔努夫人向我转述的她们的对话。

她希望您给我写一封信,在信里您告诉我,您没有把皇后当成写作原型。我把这封信寄给考尔努夫人,她再把信转给皇后看。

我认为这件麻烦事很荒唐,这些人也真难对付!有人还会对我们说些别的这类蠢话呢!现在,上帝保佑,亲爱的大师,您绝对应该做适合您做的事。

皇后一直对我不薄,讨她喜欢也不会使我感到不快。

我读过了这出名的一段。我看不出里面有任何刺伤人的东西。妇女们的头脑真古怪!

我的(头脑)也让我感到疲惫,或者不如说,在这一刻钟里它处于低谷!我工作也白费力气,脑子根本转不动!一切都让我生气,使我不快;我由于在众人面前克制自己,竟不时突然眼泪汪汪,好像马上就要咽气。我终于有了全新的体会:意识到老之将至矣。

正如维克多·雨果所说,阴影已在我身上蔓延。

刘　方译

一八七〇年五月二十一日
于克鲁瓦塞

亲爱的大师:

不,我没有生病。正忙于在克鲁瓦塞重新定居。后来,家母生病,现已康复。然后,我得辨认可怜的布耶的遗稿字迹,并开始为之作注。本周我写了近六页。在我就很不错啰。不管怎么说,这项工作是件苦差事。困难在于知道什么不能说。就写作说了两三点意见,感到轻松一点。这倒是说出我看法的一个机会。

您对我说了很好、很美的事,好让我重新振作。我不大振作,但装成振作的样子。也许振作不振作都一样。

我已感觉不到写作的需要,因为我是在为一位故人写作。这就是真相。不过,我将继续写,但兴趣却没有了。

爱我之所爱者并不多。您在这偌大巴黎见过一家人在谈文学吗?偶然有人谈及,也总是从外在和次要的方面:成就问题,道德问题,用处问题,是否合适的问题,等等。我似乎成了化石,与周围创作界无关的生物!

我亟愿有新关爱。但为何关爱?我的老友几乎都结了婚。他们经年的思虑,无非是自己的小生计:假期想着打猎,晚餐后想着打牌。熟人中竟没有一位能与我度过一个下午,来朗读一位诗人的作品。

他们自有活计,我却没有。请注意,我仍处在原来的社会地位,同十八年前一样。我爱我的外甥女,待她一如己出。但她却不与我同住一处。

可怜的好妈妈已进入耄耋之年,不可能同她谈什么了,除了谈谈她的健康。这一切使生活变得没什么情趣。

至于贵妇人,"我的寒舍"里是没有的。不过,我没能将维纳斯与阿波罗配在一起。阿波罗是一位过分的男人,完全投身于自己从事的事。

我向自己重复歌德的名言:"越过坟场,向前进!"我希望能适应这空虚,别无其他。

我越是与您熟识,就越赞赏您,您真棒!

您给那以色列孩子①写信,真是一片好心。让他留住他的金子吧!这家伙不会想到文艺之美。他或许自以为很慷慨,因为他建议无息供钱给我。我一点也不责怪他。他并不曾伤害我,也没触碰我的敏感点。

回来之后,除少量斯宾诺莎和普鲁塔克的著作外,我什么也没读,因为专心干手头的事。这活计一直要干到七月底。我急于脱手,好投入《圣安东》的"荒唐"之中去。但我担心勇气不足。

霍特里夫小姐②的故事很美,是不是?引起普吕多姆写了许多有关道德的好句子。我能理解。他们的行为不是美国式的,而是拉丁式、古代风格的。他们不强大,或许很纤巧?

咱们何时相见?

向莫里斯问好。愿他好好治疗老毛病。好好亲吻您的小姑娘们。握您的手!

星期六晚

丁世中 译

---

① 指出版商莱维。
② 由于贫困,她与情人双双自杀,曾轰动一时。

一八七一年九月八日

……昨日,我和屠格涅夫度过了很有意义的一天,我给他念了写好了的一百一十五页《圣安东尼的诱惑》。后来又念了差不多一半《最后的歌》。他是怎样的听众呀!怎样的批评家!他见解的深刻和清晰简直使我着迷。啊!倘若所有参与书评的人能听到他的话,那会是怎样的教训!听完一百行诗之后,他都能想起其中有一个修饰词有缺陷!他为《圣安东尼的诱惑》提出了三点有精彩细节的建议……

刘　方译

一八七二年十月
于克鲁瓦塞

……别把我夸大了的愤怒太当真。别以为我会依靠后世报我同代人冷漠的仇。我只想说这些:当人们不面向群众时,群众不花钱酬劳他们是正确的。这就是政治经济学。然而,我坚决认为,一个艺术作品(与这个名字相称的、凭良心创作出来的)是无法定价的,它没有商业价值,不可能买卖。结论是:如果艺术家没有年金收入,他可能饿死!有人认为,作家不接受大人物的补助会更自由、更高尚。如今,作家们的全部社会尊严就在于他和食品杂货商平起平坐。多大的进步呀!至于我,您对我说:"您该有逻辑头。"

可困难正在于此……

刘　方译

一八七四年六月三日

亲爱的大师：

我刚像饮一杯美酒般一口气读完了《我的冉娜妹妹》，真被这本书迷住了。既有趣又激动人心。多么清晰！写得多棒！

开篇乃是叙述的范文，接下去是心理描写，剧情（一开头就准备得很好）的展开也非常自然。

您的主人公是个真正的男子汉，而且大家都很喜欢他。

不过，我觉得他放弃马努拉似乎快了些，这个女人使我激动得出奇，我！而理查爵士似乎很通情达理？这是我惟一的两处批评；不过这批评不怎么样，因为我站在与作者不同的角度，要这样就"无权这么做"。

年轻人对一个尚未谋面的女人的爱，还有他为见到她而进行的热情奔走，这一切写得多么真实！

我一边给您写信，一边重读第一百一十一页和一百一十二页，这两页简直就是"总谱"！

马努拉的故事很优美。而医生的嫉妒、他的粗暴和吹毛求疵也相当真实。他不时对自己作一些道德反省，这些反省表面简单，却非常深刻。

在第二百一十一页下面，克吕沙尔老头感到有人在拥抱他！他多么震惊！多炽热的爱情！啊，我亲爱的大师！接下去的五六页可以和您最卓越的作品媲美。在读到那里时，为了享受其中的美,我停了几分钟……

刘　方译

一八七六年四月三日
星期一晚　于巴黎

亲爱的大师:

寄来的书今天上午收到。我还有别人早就借给我的两三册书,拟草草先读完,周末来读您的大作(那时我将作一次小小的旅行,准备在旅途中看)。

您喜欢都德的《杰克》这本书,我很高兴。这是一本可爱的书,对吧?要是您认识其作者,比之作品,一定会更喜欢作者本人。我已请他给您寄上《里斯莱》和《达尔达汉》。我事先就确信:您会为能读到这两本书而感谢我的。

比较《杰克》和《卢贡家族》,是很有意思的。我以为:后者比前者强得多。都德过于照顾效果、趣味,并且有些猎奇,您不觉得吗?他句子冗长,但并不新鲜,描写仔细,显得啰唆,并且有讨好读者之嫌。

他长篇大论地描绘女人的敏感。他的主人公是一位殉难者,而不是一个人物。关于赛西尔的一段是失败的。结尾"获得解脱"的话,似乎是老生常谈。而造就他成功的,恰恰是我责怪他的这些地方。假如他改掉这些毛病,销售额就会下降。至于他的优点,我就不说啦。优点是突出的,而且很多很多。

《卢贡家族》的构思和创作要严肃得多。我觉得那属于另一个量级。书里没有一句多余的话。实实在在,没有一句大话。

不过,我对屠格涅夫否定《杰尼》的那种严厉态度,以及他对《卢贡家族》的过分欣赏,实不敢苟同。

前一部作品很迷人,而后一部作品刚健有力。但这两本书,没有一本能首先考虑我认为的艺术目的,即美。

我记得:当我欣赏雅典卫城的墙壁(特别是左侧向上延伸的那堵墙)时,我的心激动不已!哎,我在想:一本书(不管说的是什么)能不能产生同样的效果呢?

在联结的精准、材料的罕见、表面的光洁、整体的和谐等方面,难道没有一种内在的品质,没有一种神奇的力量,某种永恒的东西,做本原吗?(这是作柏拉图式的泛论。)

同样,在恰当的语句与音乐性的语句之间,为什么有着必然的关系呢?为什么当您集中思想时,总能想出诗句来呢?匀称的法则既主宰感情,又管辖着形象;而表面上是外在的东西,恰恰正是内涵哩。

我要是再这样高谈阔论下去,就会完全走到一条错路上去了。

因为,事情还有另外一个方面:艺术应当是淳朴的。换句话说:艺术应当是人所可能做到的那个样子。我们并不自由。每个人都身不由己地自己走自己的路。总之,鄙人的脑瓜里实在没有什么稳稳当当的思想。

然而,取得一致又是多么困难!

有两个人——屠格涅夫和左拉——是我很喜欢的,并且认定是真正的艺术家。这并不妨碍他们一点也不欣赏夏多布里昂的散文,更不爱读戈蒂耶的文章。

我喜欢得如醉如痴的句子,他们都觉得空洞无物。

谁对谁错呢?当您最亲近的人也显得如此遥远时,又怎么能够取悦大众呢?

所有这一切,令我伤感之至。您可别笑话我。

让咱们往下走几级,谈谈次要的事。维·博里(Victor Borie,

公司职员)是不是您那位也叫博里的朋友？如果是，能不能为我写封热情的信给他，委托他一桩事，以解我囊中羞涩之困？

丁世中 译

致阿梅丽·波斯凯①

一八六四年八月九日
于巴黎

…………

下面是我想对您说的一切:我把那所谓的贝朗瑞看成令人沮丧的人。他曾让法国相信,诗歌就是用压韵的狂热表达他牵肠挂肚的事。我憎恨他甚至是出于对民主和人民的爱。他是办公室勤务员、商店小伙计、一个十足的市侩;他的快活让我厌恶。伏尔泰之后,认真而粗俗下流的玩笑话应当休矣。——对弗育②们来说,这样一个人是什么样的反哲学论据呀!还有一问,为什么不欣赏崇高的东西和真正伟大的诗人?也许法国还没有能力喝更烈性的酒?贝朗瑞和荷拉斯·魏尔奈③将是这个国家经久不衰的诗人和画家!您那篇文章使我最气愤的是,您把他与博叙哀和夏多布里昂相比,而在我眼里,这两位远不是神灵。我坚持认为,无论别人怎样说博叙哀写得很糟。现在,也许已到了在"文笔"上互相理解的时候了。反正,我不会把这两位贵族和那个小商店伙计相比。

我并没有等到有了反响才决定自己的看法;在一八四〇年,即二十四年以前,我因为在他的一个朋友家里攻击他差点被轰出门

---

① 波斯凯曾写过一篇文章叫《贝朗瑞,他的朋友,他的敌人和他的批评者,阿尔蒂尔·阿尔努著》。福楼拜因而以严厉的口吻给她写了这封信。
② 弗育(1813—1883),原系《宗教世界》的主编,此杂志后来被取缔。
③ 荷拉斯·魏尔奈(1789—1863),法国军事题材画家。

外。那是在科西嘉省长家里,在全体省议员面前。现在,我倒要告诉您,我经常为这个贝朗瑞作辩护。因为那些人与他的理想相比更低下。此外,在圣伯夫最近的一本集子里有一页很精美,我理解的贝朗瑞在其中得到令人赞赏的描写。里面也不加缩写地提到了我的名字。这让我大笑不已,因为那很真实!

我同意您说的,他比当今的名人更有价值——这点恭维不足挂齿,但我也只能到此为止了。

刘　方译

致伊波利特·丹纳[①]

一八六五年十二月十二日
星期二 于克鲁瓦塞

亲爱的丹纳:

我用两句短话告诉您:大作《新评论集》拜读之下,何其令我高兴!这才是真正的评论啊!

没见过像您评论《大地与天空》(冉·雷诺著)那么成功的文章。行行令人赞叹!您会自言自语:"正是这样,正是这样!"读者终于感受到绝对的满足。

我也佩服您对佛教的分析:是该书中的两篇杰作。我读过巴尔扎克的作品,为避免重复计,恕不赘言。您已作了最终判断嘛。

至于拉辛,请允许我指出:在第二百六十页上:"找不到……任何正确的形象!"对不起,人家根本没考虑"形象"。他处处写着:让我们倾听塔西尔的叹息!

倾听当然与两眼无关。十七世纪常云:"燃起火焰。""火焰"当指爱情。"燃起"在这里指"以成功的婚姻"予以实现。

是的,这些人考虑到风格问题。但他们是逆向思维。为什么十六世纪诗人的作品中没有虚假形象?追求概念的热忱,消除了他们对大自然的感觉。他们的诗学是反自然的。

您精辟地指出:他是如何与自己的时代相契合的。您的这类

[①] 丹纳(1828—1893),法国文艺理论家、史学家、孔德实证论哲学的继承人。

分析,被认为是大师手笔。我愿看到您探讨的是美学方法,而不是根源。

我要为马克·奥瑞尔向您致谢(此公是我日历上标明的圣人之一)。总之,大作令我着迷。我急切期待您允诺赐予的另一本书。

紧握您的双手。

又,何时能读到您的《意大利游记》?

丁世中 译

一八六六年十一月五(?)日
于克鲁瓦塞

谢谢您想到了我,亲爱的朋友!不过我要免去一切开场白,先谈您的书①。

我认为,您从来没有比书里的您更"您"过。谁想了解名叫丹纳的作者,只需读这本书。读者可以在书里找到他和他的全部特质,——我觉得这些特质正在扩大——因为,(为您谢天谢地)您正在走极端,尽管您不乐意我这么说!

作为总体,作为艺术品,里面也有些啰唆的话,但在第二版很容易删除,删除之后读起来更快。(我要给您指出重复多次的动词:"与……对齐。")

市民们也许会感到您的作品里描写太多了些?我却没有这个

---

① 即丹纳的《意大利游记》。

感觉！因为我喜欢您那与道德伦理及故事结合得十分巧妙的情景描写。不过我对里面的风景太少感到遗憾，因为您的风景描写都很完美，而且符合原样。

从第五页起我就被夜景效应控制了，如"在黄色月光里不停地跳来跳去的"驿车车夫，其他也没有减弱。

我早就料想您会描绘特利西迈纳湖了！但您没有看到阿西西，这让我感到很遗憾。至于佩鲁斯，您算是让我重见了它的容颜……

刘　方译

一八六六年十二月一日
于克鲁瓦塞

亲爱的朋友：

我头脑发胀时，感受到的是：

一、无可言状的不安，一种模糊的不适感，一种痛苦的期待，如同诗的灵感出现之前一样：自己感觉到"有什么东西即将出现"……

二、接着像雷电一样，记忆萌起，复又消失，感到形象如血一般涌出，觉得头脑里的一切同时迸发，就像千支焰火同时放花。这些疾驰而过的形象，都无暇细看。在别的环境中，是一个形象在放大、展开，覆盖客观现实；又如一个火星迸发，形成燎原之势。在后一种情况下，可以同时想别的事。一切搅在一起，正是一般所说"一群黑蝴蝶在翻飞"。

我以为：意志可在很大程度上克服幻觉。我竭力为之，但未做到。有时做得也还好。

我少时常看见枯骨:在剧场我常产生此类幻觉……

我知道尼古莱的故事。我感觉到这一点:看出虚假的东西。要知道:这是一种幻觉,相信它,但要尽可能地看出它,把它当真的。

在睡眠中,人会感到类似现象:一边做梦,一边想着梦。

为有很好的容颜,需有很好的记忆……您不妨问问音乐家,他们是否完全听见要写的音乐?我们这些作家,是清楚看见要写的人物的!

在艺术幻觉中,画面不是有限的,无论它有多清晰。比如,我清楚地看到一件家具、一个人物、一角景物。但它突然摇动起来,高挂起来,不知道流往何处!

这"东西"单独存在,与其他东西并无关系。而在现实中,我看见一张椅子或一株树,同时也见到其他家具、花园中其他的树木。至少,我模糊地看到它们的存在。艺术幻觉不能覆盖很大空间,不能在广阔的环境中活动,于是,惟一完全模仿别人的方法(再现其声音和姿势),只能在高度集中的情况下才能采取。

……

要看各种人物,牢牢记住他们。的确,还需有器乐专家的才能,要运用面部和喉头的肌肉!

您问:在周围现实中,这是相互衔接的吗?不。周围现实消失啦。我不知自己周围有什么。我仅仅属于那种"显现"罢了。

恰恰相反:在纯粹的简单的幻觉中,您可一眼看出虚假的形象;又用另一只眼看实在的东西。

再见啦,祝您笔下顺畅。

丁世中 译

致莱奥妮·博雷娜

一八七五年七月十八日
星期日　于克鲁瓦塞

不,亲爱的朋友,我从不认为,您会把我忘记,因为我是一个可悲的思索主题。

债务(!)还没有结束。已经快有四个月了,我们就生活在这种地狱般的不安中。

在最好的情况下,还可以留下很少一点东西以维持生计。我很担心,我们迟早得离开可怜的克鲁瓦塞。对我来说,这将是最后的一击。

到了我这把年纪;不可能再重铸生活。您知道,我不善装模作样。

唉,我觉得自己是个完蛋的人。这样的打击抵挡不了!

然而,我还剩下多维尔庄园。如果高曼维尔①没有破产,希望他能重新工作,咱们就保留克鲁瓦塞,生活还有可能照旧,否则就算了。

至于赚钱?怎么赚?我既不是小说家,也不是戏剧家,更不是记者,我是从事写作的,而风格,风格本身是卖不出钱的。谋一席之地,可那是什么地位呢?

---

① 外甥女婿高曼维尔经营的锯木厂接近破产,福楼拜作为舅父,变卖家产,帮助小辈渡过难关。

啊,生活是沉重的,我正在受大苦大难。这一切都使我愕然。我甚至不能认认真真读一点书。

当重大问题(破产问题)有了决定之后(这将在本周决定),我就到贡卡尔诺去,尽可能在那里多待些时候,为了呼吸新鲜空气,也为了走出这令人窒息的环境。

直到如今,我还以为死亡是最大的灾难。啊,并非如此。——最大的痛苦,莫过于眼看自己的所爱遭到屈辱。

我可怜的外甥女令我痛心,这恰因为她是勇敢高贵的。她放弃了自己可以提供的一切。但这又有何用呢?

我一生为了智慧的自由,一切都抛弃了!但命运不济,又使我的智慧被夺走!这使我很绝望。

看我多自私!没谈您,没谈您亲爱的儿子。您给我提供的消息似乎是可喜的?但您似乎很厌倦、很懒散?

对明年冬天,我事先就有恐惧心理。我想,这个冬天一定不好过。

希望不久能收到像上次那样一封很好的来信,能做到吗?一有新消息,当再提笔奉告。

拥抱您,您忠诚的老友。

丁世中 译

一八七八年六月二十日

亲爱的朋友:

我太尊重您,所以不必对您说安慰话。您清楚我对法兰西学院的看法。我可怜的是它——您的失败倒增强了我对这个机构早就具有的罗曼蒂克式的蔑视。丹纳被亨利·马尔丹击败了——那是什么景象！——您看过一出关于投石党的历史剧吗？就是这位先生写的。我可看过，先生。——写得不怎么样，我向您起誓！

您还记得有一天，在谈及文艺批评的无知时，您对我说起居斯塔夫·勃朗什，说他认为雨果老爹的玛丽·都铎缺乏高尚的情操——在这方面，您还讲了一个大伊丽莎白的小故事，她竟朝她的丫鬟们脸上吐口水。

您能否说说：一、勃朗什的意见登在什么地方；二、还有伊丽莎白的小故事。

我那两个好人①还在继续走他们的路——我希望七月末能结束这一章。到那时我就写了一半了。

刘　方译

一八七八年十月
星期四　于克鲁瓦塞

一段时间没您的消息，我就会自问："她是否还好？"

可以肯定地说：亲爱的美人儿把我忘记了。这不好。您有时想到那深黑色的皮肤吗？请给那可怜的人一点阳光。他没什么可以奉告，除了：他疲倦时就想您！也就是说：常想到您。

我知道您曾去过都兰；乔治曾在您家吃饭（我想是上周六）；我的弟子正在酝酿一首颂扬您的诗篇。他健康如何，没人对我说。

---

①　指福楼拜有生之年最后一部小说《布瓦尔和佩库歇》中的主人公。

那就意味着很好!

二月中旬之前,我不会去巴黎,首先是因为我没有地盘!其次是为那本没完没了的书能进展快些!"何等的事业啊!"(像贵族文笔中喜欢说的那样。)也许结果是可怜的,这是一件大胆的事,我这本书已写了四年。还有两本要写!末了,我完全进入了特雷拉(Trélat)大夫称之为"清醒的疯狂"状态,或者说是一种癖性。

是啊,我着了魔!我奔走趋候,要告诉您,我的美人儿,我是您最热情的仰慕者。

丁世中 译

一八七八年十二月三十日
星期一晚　于克鲁瓦塞

亲爱的美人儿:

刚才(四点钟)收到那盒东西(巧克力),赠礼现正在消化中;两件东西都很好,承您想到使徒波力卡勃(Polycarpe)。您今晨的来信使我感动,我感到您爱我,从心底向您致谢。怎么?我给您写了一封"悲惨的信"?我理应对您坦率,我把自认为对的都告诉了您。如果早知道这会使您痛心,那我本该沉默的。

我经历了激烈的冲击,感到双重的烦恼,这就是我发愁的原因。但我会适应的,慢慢会变得"平静"。

求您别对我提位子或职务之类!善良的公主与您有同样的想法,用不同的词汇表达了相同的思想。但此事使我烦。要我说"同意"那句话,那是屈辱,您明白吗?

物质上的艰难不能妨碍我的工作。我从来没有像如今这样勤奋过。现在我正准备书的最后三章。波力卡勃在玄学和宗教中迷了路。重新写作之前，得把自己认为巨大的工程（阅读）先打发掉，这会带我去夏朗东（疯人院），假如我不是头脑健全的话，而且这是我的秘密。不过我的目的不会达到，原因很简单，就是读者不读我的书；一打开书，可能就要昏昏欲睡。

拉皮埃尔夫人前天对我外甥女说：您又要病倒了，可怜的人儿！由于出血，您漂亮的面孔会受到损害。然而我是理想主义者，仍然期望您能好转。您经常痛苦，这使我困惑、悲痛。我相信，精神很重要。您太忧伤，太孤单。人家爱您爱得不够，但在这个世界上没有任何完善之物，生活是一种恶劣的"发明"。我们都在沙漠中，谁也不了解谁。

一年又要开始了！祝您来年比今年好！愿您新年幸福。有一件事比健康更重要，就是脾气要好。希望上天给我们好脾气。

我忘了一个小故事，您听了一定会发笑。上星期五，我在鲁昂大教堂参加葬礼。——一位丧葬职员称我为"神甫先生"，大概看了我的针织上衣和帽子，便断定我是教堂里人，真有意思！

我什么时候去巴黎？不知道，有些原因迫使我一直待在此处，长期待在此处。这不使我高兴，但是……

再见啦，热烈拥抱您。

丁世中 译

一八七九年一月十日

…………

您现在在做什么？工作进行如何？我在这个夏天写了三章①,正在准备最后三章:哲学、宗教、人道主义。现在,我正专心研究形而上学,您的《十九世纪的哲学家》就放在我的桌上。

写这本可恶的书困难越来越大。还得十二到十四个月才能完成。第二卷需要半年,不能再多了,因为此书已经慢慢完善起来。

…………

刘　方译

一八七九年十二月十日
星期三夜　于克鲁瓦塞

亲爱的美人儿:

来信可爱之至!我得向您致谢!请您待在我面前,让我好好看看您可爱的容颜。让我吻您,随意摸您,拍您!吻您美丽的双眼、美丽的眉毛,您……总之,您身上一切美丽的地方。

再过二十四个小时,明天,十二月十二日,您的不肖奴才就五十有八啦!我真希望是青春二十五。管他呢,反正我的心是年轻的。

像您说的那样,也许我是一个"女性化的男人"!似乎我的故里在(希腊)列斯波岛。我具有列斯波人的细腻和慵懒。而且,我过去和现在,生活都不太合乎卫生。也罢,我这好好先生还活着。反正还活着!他希望月内能开始写最后一章。这本书完成之后,负担就减轻不少啦。

---

① 指《布瓦尔和佩库歇》的写作。

今晨，拉皮埃尔给我寄来一篇左拉的文章，此文真是"面面俱到"。窃以为是对的。公众对《情感教育》一书是不公平的，对结尾的判断尤令我气愤，虽然我并不认为自己是出于傲气。

您说，乔治·桑、莫泊桑和我是"三友"，真是说得好哇。我希望明年变成"四友"。

您何时出发？哼，多恶劣的天气。这里也许缺少欢乐。请尽量别冻着，别焦躁。

向小妹妹问候，致以最大的柔情。

丁世中 译

致玛蒂尔德公主

一八七七年十一月二十一日
星期三晚　于克鲁瓦塞

您最近一封来信,语调是如此悲凉,真令我感到伤心。

是何原因,尊敬的公主,您怎么会跌落到完全泄气的境地?这是为什么?您的处境有什么变化?谁在威胁着您?

我真想变成一名善心的教士,以便能够给您带去抚慰——就像俗话所说的:"振奋情绪。"

简言之,我想您对事物的现状是弄错了。现状并不那么黑暗。何况,您又有什么可以畏惧的呢?有什么帮派跟您作对吗?没有呀。我也同样不能理解:波帕兰为什么对儿子的命运"感到担忧"。

假如连上帝的宠儿都在抱怨,那么其他人又该如何呢?虽然自荐为他人的榜样是冒失的,但是,尊敬的公主,为了使您心情平和,希望您能像我一样不在意,或者说,像我一样逆来顺受。

现在,政治直接影响到我的利益。因为我没有根基。我的机遇全在于事业能重新兴旺起来。世上没有比我的未来更不牢靠的了(何况现实也不怎么样)。

没有关系,我不怨天尤人。既不怪时代,也不怪国家。

使我愤怒的只有一件事,就是一般平民的愚不可及,他们的卑劣无知,以及他们的颠顶糊涂。总之,与其发怒,不如发笑。

而且,一当我想到我的朋友普耶·凯民耶(Pouyer Quenier)将重新上台(如果不是已经在台上的话),我简直高兴得要心花怒放!

坦率地说,这位新的"救世主"很可笑。在现实生活的污泥浊水中,滑稽感倒是人生很好的支撑。假如我没有滑稽感,那早就气疯啦。尊敬的公主,请努力培养滑稽感和自豪感吧,让咱们一起,把忧愁赶出大门!

请想一想:您的血管里流的是贵族的血脉!

希望您保持"女神"的神态。

丁世中 译

一八七八年十月三十日
星期三 于克鲁瓦塞

公主殿下:

我想您现在正做返程的准备,气候真是很恶劣!我们这儿已被雨水淋透,居民说"这是名副其实的倾盆大雨"!

有此一说,他们可略感安慰。外面世界怎样,对我无所谓。我窗下的塞纳河是绿绿的,并且咆哮着,天空墨黑。树木在风吹下失去枝叶,像那些人把自己头发拔光。简直可以说,大自然在发愁。夏季里风和日丽,现时雨骤风狂,不是有点欺侮人吗?

目前在埃特勒塔见一痛心场面:童时的一位老友(德·莫泊桑夫人)神经有病,受不了光线的刺激,不得不在黑暗中过日子,一有灯光就大喊大叫。真是苦啊!人是多么不灵的机器!但干吗要跟您说这些呢?请您原谅,我那"黑色的灵魂"越来越暴露了,唉,的确,我没有什么开心的题目。我没读过年轻荷塞依的作品,那本书的标题很好听(《环球旅行记》),那是理发师的谐趣,说其中充满了平庸(如您常说的),我很同意,但平庸的东西往往讨人喜欢。其他方式,反而不讨人喜欢。

作为滑稽事,您看见为展览会定做的荣誉十字架吗?用于颁授商场职工,这就是所谓的"民意"。看到这些老爷的名单我开心了好一阵。

我什么也不读,只是写,这本可恶的书好歹有点进展,明年年底大概可写完。

我的外甥女向殿下致意。这厢谨施跪礼,重申我对您的挚爱。

圣葛拉甸(公主庄园)社交圈的种种经历,为我所铭记不忘。

丁世中 译

致考尔努夫人

一八七〇年三月三十日

…………

　　我向您再说一遍，社交界人士总是在没有影射的地方看到影射。我写完《包法利夫人》时，人们多次问我："您想描写的人是某某夫人吗？"我还收到一些素昧平生的人写来的信，其中有一封是一位兰斯的先生写来的，他祝贺我替他报了仇（对一个不忠于他的女人）。

　　下塞纳河的所有药剂师都在郝麦身上认出了自己，他们都想到我家来扇我的耳光。最有趣的（我在五年后才发现）是当时有一位非洲的军医，他的妻子就叫包法利夫人，而且很像《包法利夫人》的女主人公，而这个名字是我虚构的，是从布瓦莱变音得到的。

　　我们的朋友莫瑞在谈到《情感教育》时，第一句话就是："您是否认识某某先生，一个意大利人，数学教师？您的塞内卡尔在体貌和精神上都活脱脱是他的画像！什么都相像，包括头发的式样！"还有些人硬说我想通过阿尔努描写贝尔纳·拉特（昔日的出版商），可我从没有见过此人，等等，不一而足。

　　说这一切都为了告诉您，亲爱的夫人，公众把我们不曾有过的意图强加给我们是搞错了。

　　我深信桑夫人并不想描绘任何人：一、缘于她思想的高度、她的审美趣味、她对艺术的尊重；二、缘于她的品德、她的礼仪观念，也缘于她的公正。

我们私下说说,我甚至认为这个指控有点让她不快。报纸每天都在把我们往垃圾里推,我们却从不还手,而我们的职业却是操纵笔杆;有人是否认为,为了产生"影响",为了获得掌声,我们就得指责某某男士或某某女士?噢!不!不会那么卑贱!我们的抱负更高尚,我们的诚实更重要。当一个人很重视自己的精神时,他不会选择需要取悦恶棍的途径。您理解我这些话,对吧?

刘　方　译

致居斯塔夫·莫泊桑夫人

一八七二年十月

在目前这样一个可憎的时代,为什么还要发表作品?难道为了赚钱?多么可笑!仿佛钱是对工作的酬劳而且可以成为工作酬劳似的!有可能这样,但得等到投机倒把被摧毁的时候:从现在到那时,不可能!再说,怎样衡量工作?如何估量人的努力?余下的就是作品的商业价值。为此就必须取消介于生产者和购买者之间的中间环节,但无论如何,这个问题本身是无法解决的。因为,我写作(我谈的是有自尊心的作家)并不是为今天的读者,而是为只要语言还存在就可能出现的读者。因此我的商品不可能在目前被消费,它并非专门为当代人制造。我的服务一直不明确,因而是无价的。

刘　方译

致莫泊桑

一八七六年十一月二十三
星期四　于克鲁瓦塞

为能认真谈论您关于巴尔扎克的那篇文章,我得先去读那册书①。从内容看,文章似乎太短?而且除了关于柔情的部分,似乎还应提到其他内容?

至于大作文风,我觉得连一个逗点也不必改,您是坚持自己信条的。

这位大人物既非诗人,也不是通常说的作家,但这无碍于他成为伟人,我对他的敬仰比过去减弱了许多。这是因为我越来越追求完美,也许是我错了。

好好维护同拉乌尔·杜瓦尔的友谊,他可以帮助您。没有比他更好的人了。

新年之前,您见不到我啦。我像三万名黑奴那样,缓慢而艰难地开垦着(指写作《希罗迪娅》)。请告近况。

您的老头子,他拥抱您。

又,我的外甥女将回巴黎,时间为下周。

丁世中　译

---

① 指不久前刚出版的《巴尔扎克通信集》。莫泊桑写了《从书信看巴尔扎克》一文,于十一月二十二日发表在《民族报》。

一八七六年十二月二十五日
　　　　　　　　圣诞节　于克鲁瓦塞

　　好哇！您有什么新闻？《民族报》事件有何发展？历史剧写得怎样？

　　我吗？我在拼命写作，虽然没写出几页。但是，希望在二月底能写完。二月初，您可以来见我。这不那么"自然主义"，但这是一种"叫喊"——高级的品质！

　　怎么可以陷入诸如"自然主义"这类空洞的术语中去呢？为什么放弃善良的尚弗勒里提出的"现实主义"（同样口径的蠢话，或者说同等的蠢话）呢？亨利·莫尼埃的真实并不超过拉辛呀。

　　好啦，再见！祝笔下顺畅，一八七七年脾气好。代我紧紧拥抱您的母亲。

　　　　　　　　　　　　　　　　　　　　　丁世中　译

　　　　　　　一八七八年八月十五日
　　　　　　　　　于克鲁瓦塞

　　委派拉吉叶①事已妥，我有一函寄巴黎，因不知左拉乡间的地

---

①　左拉的《小酒店》改编成戏剧，苏姗·拉吉叶欲扮演剧中的女主角，请福楼拜从中斡旋。拉吉叶常把"下身与艺事搅在一起"，故说"此人不好"。

址。说此人不好,您可以直接告诉拉吉叶。她本可以亲自给我写信嘛。

您上封信里,没谈及您可怜的妈妈。我想知道她的消息,她是否一夏天都待在巴黎?您九月份去埃特勒塔吗?十至二十五日,我将去巴黎,为首都"增光"。咱们可在那里一见。但不要对任何人提及。

《布瓦尔和佩库歇》,进展缓慢。现正准备写政治那一章,所有的笔记差不多已作。一个月来,没干别的,希望再过半月可以动手写起来,一部什么样的著作啊!至于想让大众去读,就这么一部书来说,无疑是异想天开!然而

> 人总按捺不住,不免沾沾自喜
> 看到自己在当地名列第一!
> [On a beau s'en défendre, on est toujours flatté
> De se voir le premier dans sa localité]

我的好人儿,您对这两句诗有何感想?知道出自何人之手?出自德·德高德(de Decorde)笔下!他上周在卢昂科学院朗诵来着。您先好好想一想,然后用适度夸张的语气朗诵之,可令您得意一刻钟!

现在说说您的情况。

您说写女人的下身"太单调"了,最简单的办法就是别去写啦。"事情不够多样化"。这是很现实的抱怨,您怎么知道是这样呢?得仔细看看呀。事物的客观存在您相信吗?也许一切不过是一场幻觉?真实存在于"关系"之中,也就是看咱们用什么方式观察一切,"弊病是卑劣的"。对,但不等于一切都卑劣。"句型变化不多",去寻找呀,您会找到的。

末了,我亲爱的好友,您似乎满脸愁云。您的烦恼使我难过,因为您可以更好地使用您的时间。年轻人呀,应当付出更多的劳

动。我觉得您多少有点游手好闲。妓女写得太多！划船写得太多！活动写得太多！是的,现代人并不需要医生倡导的那么多活动。您生就适合于写诗,那就写吧！何况按天性办事对健康有利。这种看法是一种深刻的哲理,一种深刻的卫生观念。

您生活在地狱中,这我知道。我从内心深处同情您。但从晨五点到晚十点,可以全用来作诗,亲爱的,抬起头来！老是发愁有什么用！自己在自己面前应成为强者,这是成为强者的办法。更多的自豪感！那"男孩"更加大胆,您所缺乏的是"原则",现在要知道的是什么"原则"。对于艺术家来说,只有一条原则:一切为艺术作牺牲。生命应当被认为是一种手段,如此而已。应当嘲笑的首先是自己。

《农村的维纳斯》①进展如何？还有那部小说(其大纲令我神往),怎么样啦？

如果您想消遣,请读读我的朋友居斯塔夫·克洛丹的《第欧梅德》,别读我今天读的博叙哀《圣经的策略》。这位雄鹰在我看来已变成一只笨鹅。

亲爱的居伊,让咱们小结一下:不要发愁。发愁是一种毛病。有人以发愁为乐,当忧愁过去之后,因为用了许多力气,你就会委顿。于是又后悔,但悔之晚矣,请相信我这教主的经验。他已见识过种种荒唐事。

衷心拥抱您。

又,别无友人任何消息。

丁世中 译

---

① 莫泊桑的长诗集。

一八七八年十二月十五至十六日

让我见鬼去吧,我相信我也正在经历您所有的忧虑!而我非常急迫地想知道结论。您十二日(正是我的生日,五十七岁!)写来的信给了我希望,对吗?

…………

佩库歇刚失去他的童贞,在他的地窖里!(再过一周,关于爱情这一章就写完了。)

现在,我要朝他身上扔去点糟糕的梅毒!这之后,我那两位仁兄将谈论妇女问题,到那时我就需要一些触及这类问题的论贪恋-道德的文章。我认为我前面谈到的那本书①(一本薄薄的书)正好收集了有关的片段。

…………

刘　方译

一八七九年十二月二十八日
于克鲁瓦塞

…………

我受不了啦!我累坏了,已精疲力竭!"宗教"那一章于我真是一次地道的惩罚作业。我很担心,怕它太枯燥。可是,半个月前,我觉得屠格涅夫对我写的东西很满意。管它会怎么样呢!我

---

① 福楼拜请莫泊桑替他借一本叫《来自妇女的一切好处和坏处》的书。

准备三星期以后一定写完,到那时,我会轻松地大叫一声:噢哟哟!

布莱纳夫人写信告诉我,您写鲁昂的中篇小说①很吸引人。我很想看看,也想看看他的作者。

我刚过了一个月的雪天生活,活得绝对像穴居的熊。再说,巴黎恐怕比克鲁瓦塞更糟。

您读了左拉发表在《伏尔泰》杂志上的赞扬《情感教育》的辩护词吗?夏庞蒂埃②没有把这篇文章寄给我看,您对此有何看法?我认为他这种疏忽简直是犯罪。

刘　方译

一八八〇年二月一日
于克鲁瓦塞

先谈谈《彩排》,然后再说《羊脂球》。嗯,写得好哇。勒内的角色将给他以演员的名气。诗歌佳句比比皆是,例如五十三页最后一行。时间紧迫,不一一列举。情夫的转向和丈夫的来到,富有戏剧性。写得有趣、精细、可爱。

请将此书寄一册给玛蒂尔德公主,附上您的名片。我希望,在她客厅里能上演此戏。

我急于要对您说:《羊脂球》是一篇杰作!是的,年轻人!不多不少,是大师之作。构思很独特,风格很好。风景和人物都清晰可辨。总之,我很满意。有两三次,我自顾自地放声大笑。

---

① 指莫泊桑的《羊脂球》。
② 夏庞蒂埃,福楼拜的出版商。

博雷娜夫人的拒见使我不解。我在做梦。我在小纸片上写了我作为小卒的意见。请适当考虑。我想是好意见。

您可以相信,这个短篇将能流传下去。您把那些市侩写得多好!没有一个人物是失败的,高尼岱写得又开阔又真实。

那位有麻子的女修士写得至善至美,还有伯爵、故事的结尾,等等。可怜的姑娘在哭泣,而另外一位却在高唱《马赛曲》。我真想拥抱您一刻钟!不,真是这样!我十分满意。我觉得有趣,我赞赏不已。

是的。正因为内容很坚实,而且对资产阶级来说是给他们"找了麻烦",我想应该去掉两处,其实并不坏,但会使笨蛋们叫嚷:一、年轻人朝武器扔泥土的那一段;二、"tétons"(乳头)这个词儿。这样改了之后,连最挑剔的妇人也不能责备您什么了。

您的女儿真可爱。如果从小您就注意别让她吃大肚子,我会感到高兴。

请向艾尼克表示我的歉意。我真是读书读得很累了,可怜的眼睛已经受不了啦。我在动手写最后一章之前,还得读一打左右各色著作……

您是(更正确地说,过去是)一个农村人,您见到过动物是怎样交配的吗?我想,我这一章的某些地方将写得不那么符合"贞洁"的观念。我笔下有个孩子不那么遵守公德;还有一个人物请愿,要求在他的村子里开办一所妓院!

我比任何时候都更热烈地拥抱您!

关于推广《羊脂球》,我有一些想法。希望不久能见到您。此书给我带两本来。再次喝彩!

刘　方译

一八八〇年四月二十五日
于克鲁瓦塞

我的年轻人：

您爱我是有理由的，因为您的老头儿珍重您。我立即读了您那本书，其实三分之二的内容我已熟悉。咱们以后再谈……

您的题赠使我想起了许多往事：您的舅父阿尔弗雷，您的祖母，您的母亲。老头我一时感到难过，双目流泪。

请为我收集有关《羊脂球》以及《诗集》的各种评论。

我因杜朗蒂的赞扬感到气恼，他是否会步泰洛尔男爵的后尘？

您来克鲁瓦塞时，记得提醒我给您看好家伙杜朗蒂关于《包法利夫人》的文章。应当留着这些东西①。

莎拉·贝尔纳是一种"社会表现"。请读一读昨日的《现代生活》，富尔科的文章。蠢话到何时才能说完。

丁世中 译

一八八〇年五月四日
于克鲁瓦塞

我致班维尔的信，今晚将会到巴黎。

下星期，请将那些在费叶作所谓文学评述的蠢货的名单告诉我。然后，咱们就架起"大炮"。不过，要记住善良的贺拉斯的那

---

① 杜朗蒂对《包法利夫人》一书评价不高。

句名言:"他们都是仇视诗人的。"

还有那个万国博览会!……先生,我听够啦。事先说得太多,都变得讨厌了。

关于低等艺术,我星期一已给年轻的夏庞蒂埃一封信,说明古希腊人的看法。《现代生活》的最近一期,并未详加说明……

如果夏庞蒂埃出版社不立即支付所欠的版税,《布瓦尔和佩库歇》就找别处去出版。过于重视蠢话,无谓卖弄学问,使我愤怒。

大作可曾寄一本给海雷蒂亚?

《梅塘夜话》的第八版呢?天哪!《三故事》才出了四版。我都要妒忌了。

下周初,你可以来见我。

你的老头拥抱你
星期二晨十时

丁世中　译

致爱弥尔·左拉

一八七七十月五日
星期五　于鲁昂郊区克鲁瓦塞

亲爱的朋友：

您九月十七日的来信在此间"等候"了我几天，然后转寄到冈城。我腾不出一分钟时间作复，因为我在下诺曼底地区的小路和沙滩上赶路。昨晚我才回来，现在又得干活了。多么讨厌又多么困难啊！在这次小小的出游中，我看到了想看的一切，没有什么借口可以不提笔了。关于科学的一章将在一个月内写完。希望下个月进展迅速（写关于考古和历史的一章）。那时我将动身去巴黎。时间当近新年前夕。

这本该死的书使我在战栗中生活。意义只有在整体上才看得出。没有什么出色的片段，那总是同样的场面——实际方方面面要有变化。我担心它令人望而生厌。我得有极大的耐心，因为三年内不可能写完。但最艰难的部分可以在五六个月内写完。通过夏庞蒂埃，知道了您健饭豪饮的结果。我羡慕您的胃口。您在阳光下①度过夏季，感到惬意吗？这里滨海，"白昼的天体"很少露面。眼下甚至冷得要命。

政治越来越恶劣。一般来说，世人为道义秩序而愤慨，旧日的

---

① 指马赛附近一渔村，左拉一家习于在此消夏，塞尚的画使该村出名。

温和派变得最激烈……

屠格涅夫正忙于维亚尔多小姐的婚事。龚古尔(玛蒂尔德公主给了我一些关于他的消息)正沉浸于对日本文化的爱好中,在准备他的《玛丽·安多纳特》版本。夏庞蒂埃也打算写一本。都德没有任何表现。我读了他《阔佬》的若干章节,觉得很好。但要等读完全书才好发表意见。青年莫泊桑在卢埃什温泉度过了一个月,用他的淫猥笔墨污秽了瑞士山水。

我在奥尔纳和卡尔瓦多斯省发现许多淫画和铭文。甚至在公厕里也有这类玩意儿。这是唱诗班先生或合唱队儿童的作品。

您没有告诉我是谁将《小酒店》改编为剧本的。而《玫瑰花蕾》①呢,进展如何?何时面世?

一家报纸宣布:都德正在把《杰克》改编为剧本,将在冬天上演。

我向您推荐奥克塔夫·费依埃的《菲力普的爱情》。这还不如不写。但这的确是"大世界"!何其愚蠢,何其虚假!而且是老生常谈!

我到监狱里去探望了伊夫·居约,并且参加了梯也尔老爹的葬礼。这是很特别的一幕。

再见啦,老伙伴。祝工作顺利,身体健康,脾气变好。向左拉夫人致意。紧握您的手!

丁世中 译

---

① 乃简称,左拉所作。

一八七九年十二月三日
星期三晚

亲爱的朋友：

　　用不着装样，或者假装没有读那篇文章①（实际上我读了三遍）。出于不好意思，我才没将文章内容告诉厨娘。再说，她也听不懂。

　　您真行！替我报了仇！我内心的想法是您说得对：这是一本正经书。也许我让小说说了所能容许的更多内容！

　　过了一月份，应当来看看我。请事先与朋友们商量一下。这将成为一次"家庭式聚会"，对我大有好处。到那时，希望我已写到最后一章。

　　我干了许多活，也觉得干够啦！寒冷使我难受。

　　假如您不十分忙，请告我近况。我急于读到《娜娜》，其程度与我想让您看到《布瓦尔和佩库歇》相当。尊作是何时面世的？

　　再次感谢。拥抱您！

丁世中 译

---

① 指左拉关于《情感教育》的文章。

致卡米叶·勒莫尼埃

一八七八年六月三日
星期一晚　于鲁昂附近克鲁瓦塞

先生，极为可亲的同行：

我刚刚非常有兴趣地拜读了您关于画家库尔柏的大作。说到点子上啦。换句话说，我完全同意您的看法。

下面这句深刻的话语使我深思："他没有对形式的那种该死的恐惧。"没有比这更正确的了。正因为如此，这个能干的人，才没有成为所谓最伟大的人物之一。

他身上令我不高兴的是：有点儿江湖骗子的味道。而且，我不喜欢任何形式的空谈家。打倒迂夫子！

自称是现实主义、自然主义、印象主义的人们，请你们远远离开我！你们这帮胡闹的家伙。

请少说废话，多拿出些作品来！

亲爱的先生，我对您过分的赞扬敬谢不敏，但我接受您的问候，并诚挚地紧握您的手！

丁世中　译

致阿那托尔·法朗士

一八七九年三月七日

亲爱的诗人：

诚挚地谢谢您，为您寄来的书和这本书给我带来的快乐。我已经很久没有读过这么纯的东西了。您的第一个故事很优秀，但我冒昧认定第二个故事是个杰作。

就《若卡斯特》而言，我惟一要责备的是女主人公情感里的些许难于理解之处。不知道她为什么会有那么多悔恨。我觉得（除非有更好的意见），对她的悔恨应当做一些更有分量的解释，是吗？但里面有多少迷人的细节！而且总体非常有力。

至于《瘦猫》，从第一页到最后一页，读起来真是其乐无穷。您的所有好人都跃然纸上。特勒玛克，一个独特的新典型！但（无论他如何突出）他仍然没有使别的人物相形见绌。文笔多么出色！朴素、无拘无束、毫不装腔作势！真正的文学，不需要多讲了。

再一次感谢您，太妙了！

刘　方译

致于斯曼

一八七九年二三月
于克鲁瓦塞

现在,大人,咱俩相互解释清楚吧(雨果诗句)!

如果您不是我的朋友(也就是说,假如我不必表示尊敬的话),或者说,假如我觉得大作很平庸的话,我就只是向您致以平凡的敬礼!一切也就明白了。但是我觉得内中有许多才华,这是一部出色的、非常紧凑的作品,这样您就可以接受我思想的深意啦。

您写的题词里称赞《情感教育》,倒使我看清了您那部小说在构思上的不足之处。《瓦塔尔姐妹》①缺乏前景的虚假性,没有逐步前进的效果,读者在书的结尾留下了从一开头就已有的印象。艺术并不是现实。不管写什么,总要在现实提供的各因素中作选择。只有这样,无论什么派,这才是理想。描写非常好,性格是经过仔细观察的。看的人会说:正是这样!人们相信您的选择。表现力得以完成。最打动我的,是心理,您的分析是大师级的。下一部作品中,请您充分施展这一才能。那在您是自然的,而且只属于您本人。

您的风格的实质,其根底,很坚实。然而,您不信此说,证明您的谦虚。为什么选择用强有力的、常常是粗俗的表达方式来加强

---

① 于斯曼的第一部小说,一八七九年由夏庞蒂埃出版社出版。

呢？当作者讲话时，您为什么像自己的人物那样说话呢？请注意：您的人物使用的语言削弱了书的内容。巴黎流氓的语言我不懂，并没有什么坏处。如果您觉得这种说法是典型的、必需的，那我就俯首承认，只责怪自己无知。但当一位作家用一连串这样的词汇（任何字典里都找不到这些词），我就有权利奋起反对，因为您伤害了我，损害了我的乐趣。（以下举几个通俗的用语）为什么不说衣服，而偏要说 frusques 呢？

我重读您的作品，偶尔落在第二页和第六页上："走吧，卡罗尼娜……"另一个女人或许多别的女人顶得上她，也都跟她一样，具有大家气派。刚刚写了那么多无用的俗语的人，难道是同一个人吗？

请看第一百五十二页：这句话表达了一种美学思想——"愿丁香花的忧愁知道，在一尊花瓶里，玫瑰花的笑脸显得更加有趣"……

为什么？不论是丁香还是玫瑰，本身都没什么意思，有意思的是画它们的方式。恒河并不比比埃夫尔河更富有诗意，而比埃夫尔河也不比恒河更富有诗意。请留意，像在上古悲剧时代一样，我们将重新陷入主题的贵族气质和用词的故弄玄虚之中。你会发现，从文风的角度看，俗气的用词产生良好效果，正像从前，人们用精心选择的辞藻来美化文章。修辞学翻了个面，但毕竟还是修辞学。我感到伤心：一位像您这样独到的作家，怎么能用这样幼稚的思想来损害自己的作品？您应变得更自豪，我的老天爷！不要相信"秘籍"！

明乎此，我只有欣赏书本的设想及其展开。没有平庸之处，处处都有力量，常常还有一定深度。

瓦埃尔神甫有新发现。我不是说两姐妹（她们是如此迥然不同，但性格的对比并不突兀），结局几乎臻于崇高。

亲爱的朋友,我要说的就是这些,我的坦率恰恰表明我对您的尊重。

丁世中　译

致外甥女卡罗琳

一八七九年十二月三十一日
星期三晚　于克鲁瓦塞

愿一八八〇对你是个轻松的年头,亲爱的孩子!

祝你身体好,画展获得成功,事业顺利!就我自己而言,特别要补充:《布瓦尔和佩库歇》写完了!因为,坦率地讲,我已没力量再写了。

有些日子像今天一样,我累得要掉眼泪。拿起笔来也很勉强!我本应当休息。但怎样休息?……在哪里休息?……用什么来休息?

不过,还要再过两周,希望能结束眼下这一章!这将使我重新获得生机,我希望是这样!再过三四个月,当最后一章写完,我还得干六至八个月(写下部)!!!这样的前景在我已厌倦的时候,令我十分害怕。可是,这样的书前人写过吗?我想还没有!

为了使自己重新振作起来,那位先生在进行食补。屠格涅夫送的鱼子酱和外甥女拿来的黄油是午餐的基本内容。博雷娜夫人送了我一罐生姜,外加一个斯特拉斯堡的砂锅。(它会令您啧啧称奇!)

昨天,苏珊娜在博雷娜夫人的招待会上说了一句妙语:"高曼维尔夫人没有来,多么可惜!"

朱莉小姐怕我忘记她表示的新年祝贺。作为新年祝贺,你猜猜我收到了谁的一封来信。

是拉波博先生的信!随同此件附上那封信。你有什么看法?

我当然不会答复他。

亲爱的萝萝,你想现在来,是多么好的主意!我们已被烂泥淹没。由于这些泥淖和地上的薄冰,已经不可能赴约。

刚才,我又差点儿弄破一只手。

还有一件不舒服的事:老是有人来为穷人募捐(时时有人按门铃,对我干扰甚大)。不过,苏珊娜总能够客客气气地把他们打发走,而且自己不动声色。

我的灯很好使。所以,请帮忙立刻付款给卡尔赛尔夫人。此事等候你答复。

再说些什么呢?我看不出还有任何要说的事了。

明天醒来时,希望能看到你的复信。

但也许邮递员会晚点。此信可能在你用晚餐时寄到。

请惦记我这老人:他孤独一人,在小客厅的大柱子前向小炉灶里吐痰,他的伙伴只有一只狗。多奇妙的"艺术家的生活"!

就此停笔。吻你的双颊。

克罗-马侬(大马熊)

丁世中 译

一八八〇年四月二十八日

我仍然为这个圣波利卡普本命节①感到惊愕,拉皮埃尔夫妇今年更胜以往!!!

---

① 圣波利卡普为福楼拜的本命神。

收到来自世界各地的约三十封信! 晚饭时又收到了三封电报。鲁昂大主教、意大利红衣主教、清洁工、清扫公会、香烛商,纷纷来函致意。

作为礼品,收到一双丝袜、一条围巾、三束鲜花、一帧西班牙画家作的圣波利卡普像、一枚圣牙。尼斯还将送来整整一箱鲜花……

说实在的,为让我高兴,他们花了很多心血,我真非常感动。

我猜想:这类可爱的闹剧,是我的门徒莫泊桑撺弄出来的。

你赞赏《羊脂球》,我十分高兴。那是一篇杰作,不多也不少,将会留存在您的记忆里。

丁世中 译

一八八〇年五月六日①

"我原本就有理!"我的有关资料是从植物园的植物学教授那里得到的,而且我之所以有理,还因为美学就是真实,因为在智力的某种程度上(只要有方法),我们是不会搞错的,现实不屈从于理想而进一步确认理想。为了写《布瓦尔和佩库歇》,我当时认为必须在不同的地区作三次旅行,才能找到小说的背景和适于人物活动的环境。哈! 哈! 我胜利了! 这是个成绩! 这成绩让我很得意!

刘 方 译

---

① 这是福楼拜生平最后一封信。五月八日上午十一点,他突发脑出血病故,享年五十九。

致玛格丽特·夏庞蒂埃

一八八〇年一月十三日
星期二

亲爱的玛格丽特夫人：

您那张可爱的新年贺卡，在到我住所之前，已绕了不少路。因邮局看不清楚地址，而我觉得清晰可读。

本来，应是我首先给您写信！我的粗野无礼有一借口，就是我累得要命。

有时，我连提笔的力气也没有。而这一切是为了什么？为了夏庞蒂埃出版社。

今天才写完倒数第二章！下星期一开始写最后一章，还得有三四个月的活计。

现在说另一件并不新鲜的事：请您夫君现在（也就是说在四月底之前）帮我个人一个忙，就是出版莫泊桑的诗集①。因为这样做，就可以让这位年轻人为法国读者奉献他的一小件成品。

我坚持一点：这位莫泊桑有很高很高的天赋。这一点我是肯定的，我想，我是在说内行话。他的诗句并不枯燥，这对读者是顶要紧的一点。他是一位诗人，不是靠运气，也不是耍小聪明。总之，他是我的门生，我爱儿子一般喜爱他。

以上几点理由假如您的夫君不接受，那我可要埋怨他啦，这肯

---

① 包括莫泊桑四五年来的诗作，共二十五首。

定无疑。

　　还有,同一位夏庞蒂埃先生没有把左拉关于《情感教育》的那篇出色文章转给我,为此似应向我道歉呢。假如不是鲁昂一友人寄来,我就会失去这篇恭维拙作的文章。

　　请为我吻您的孩子。我年事已高,应能允许自己先吻他们的母亲。

　　咱们什么时候能生一个小出版商呢?

丁世中　译

致洛尔·莫泊桑①

一八八〇年二月二十七日

亲爱的洛尔：

我感到有必要对你说，我的"门生"（是卡罗琳这样叫你的儿子）正在变成一个朝气蓬勃的男子汉！如今，他已是才华横溢。他的散文小说《羊脂球》是个奇迹，而且他昨天还给我背了他的一个诗剧，我还很少见到比那更优秀的诗剧！难道是我对他的爱让我盲目了？不。这方面的事我很熟悉。多么善良的家伙！尽管苏珊·拉吉叶小姐（是个道德高尚的人）管他叫"这个小坏蛋莫泊桑"。

从他那里得知，你在阿雅克肖暂住对你大有裨益。那你就尽量在科西嘉多待些日子，亲爱的洛尔。还有，你知道有一个梦想吗？那就是今年夏天你和我们的年轻人一道来这里度过一周。我们会怎样地闲聊呀！会怎样谈过去的日子，谈这个小伙子。

十一月中旬以来，我一直一个人生活，有多少次，坐在壁炉旁反复回顾过去时，我都想到他（这个小伙子！）和与此有关的一切……

---

① 洛尔·莫泊桑，闺名洛尔·勒普瓦特万，阿尔弗雷·勒普瓦特万的妹妹，莫泊桑的母亲。

再见,亲爱的洛尔,像兄弟般拥抱你。

　　　　　　　　　　　你最老的朋友。

　　　　　　　　　　　　刘　方译

"外国文艺理论丛书"书目

第 一 辑

书 名	作 者	译 者	
柏拉图文艺对话集	〔古希腊〕柏拉图	朱光潜	
诗学	〔古希腊〕亚理斯多德	罗念生	
古代印度文艺理论文选	〔印度〕婆罗多牟尼 等	金克木	
诗的艺术（增补本）	〔法〕布瓦洛	范希衡	
艺术哲学	〔法〕丹纳	傅 雷	
福楼拜文学书简	〔法〕福楼拜	丁世中	刘 方
波德莱尔美学论文选	〔法〕波德莱尔	郭宏安	
驳圣伯夫	〔法〕普鲁斯特	沈志明	
拉奥孔（插图本）	〔德〕莱辛	朱光潜	
歌德谈话录（插图本）	〔德〕爱克曼	朱光潜	
审美教育书简	〔德〕席勒	冯 至	范大灿
悲剧的诞生	〔德〕尼采	赵登荣	
艺术与现实的审美关系	〔俄〕车尔尼雪夫斯基	周 扬	
卢那察尔斯基论文学	〔苏联〕卢那察尔斯基	蒋 路	
小说神髓	〔日〕坪内逍遥	刘振瀛	